阿爸，咱们去看萤火虫

季先 / 著

照护失能父亲三十年

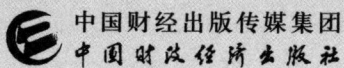

中国财经出版传媒集团
中国财政经济出版社

图书在版编目（CIP）数据

阿爸，咱们去看萤火虫：照护失能父亲三十年 / 季先著 . —北京：中国财政经济出版社，2022.5（2022.6重印）

ISBN 978-7-5223-1260-6

Ⅰ.①阿… Ⅱ.①季… Ⅲ.①纪实文学 — 中国 — 当代 Ⅳ.① I25

中国版本图书馆 CIP 数据核字（2022）第 044702 号

责任编辑：尉　敏　　　　　责任校对：胡永立
责任印制：史大鹏

阿爸，咱们去看萤火虫：照护失能父亲三十年
A BA, ZANMEN QUKAN YINGHUOCHONG：ZHAOHU SHINENG FUQIN SANSHINIAN

中国财政经济出版社 出版

URL：http://www.cfeph.cn

E-mail：cfeph @cfemg.cn

（版权所有　翻印必究）

社址：北京市海淀区阜成路甲 28 号　邮政编码：100142
营销中心电话：010-88191522
天猫网店：中国财政经济出版社旗舰店
网址：https://zgczjjcbs.tmall.com
北京时捷印刷有限公司印刷　各地新华书店经销
成品尺寸：170mm×230mm　16 开　21 印张　248 000 字
2022 年 5 月第 1 版　2022 年 6 月北京第 2 次印刷
定价：69.00 元
ISBN 978-7-5223-1260-6
（图书出现印装问题，本社负责调换，电话：010-88190548）
本社质量投诉电话：010-88190744
打击盗版举报热线：010-88191661　QQ：2242791300

献给正在老去的父母和他们的孩子们

① 1966年，阿爸和大哥
② 1967年，阿妈和大哥、二哥
③ 1970年，阿爸和大哥、二哥、三哥
④ 1973年，阿爸和三哥、我
⑤ 1973年，二哥、三哥和我看大哥表演样板戏
⑥ 1976年，三哥、我和五弟
⑦ 1984年，阿爸带领大哥、二哥和长虹宝宝撬地

⑧ 1987年，阿爸阿妈在老家院子梅树下
⑨ 1988年，阿爸和三哥、五弟在自家茶园
⑩ 1989年，阿爸看我写字
⑪ 1998年，阿爸阿妈和孙辈
⑫ 2000年，阿爸阿妈在小院
⑬ 2021年，三哥、我和阿妈

| 前言 |
萤火的微光，照亮爸妈的晚年

我的生活，得益于新冠肺炎疫情的最大变化，就是获得了时间和空间上的更大自由。这让我在2021年间，可以两次回故乡，每次能待一个月左右，陪伴爸妈和三哥，近距离看到他们最真实的生活常态。

年初回家，很急，是因为我妈突然腰腿痛，下不了床了。两个老人卧床，让三哥急困。2021年1月9日，我回家，看到爸妈衰老病倒，三哥一个人肩负两个老人的照护，心如刀割，时常泪如雨下，临时决定，用相机和文字记录这些日子。一个多月后，我离家。又于秋天11月再次回去，遭遇老父又一次病危，和三哥一起照护爸妈，仿佛经历一场枪林弹雨的战争。

我看到的几十个日夜，于三哥和爸妈而言，是三十年如一日的重复啊。从1990年我爸偏瘫开始，我妈这个"超级护士长"有榜样在前，我妈身体不行后，我三哥接棒，青出于蓝胜于蓝。

一年来，我站在亲人和旁观者的视角，拍下一万多张照片，写下十多万文字，真实见证老年的不易，照护老人的三哥的艰难。难舍的故乡家园、人间亲情，生命的脆弱、衰老的焦虑等复杂而蜂拥的情绪，都化作文字汩汩流淌。多少他们在孤老，多少我们在远方？多少父母在期盼，多少儿女在他乡？多少三哥在坚守，多少爹娘在彷徨……我把这些年对故园山水、对父母亲人、对生命自然的饱含乡愁的追问和爱，全都融进了这些文字里。

这些文字在微信公众号推出后，很多人追更。原来，衰老、养老和照护，这都是无数家庭必然面对的常态。随着人口老龄化的愈演愈烈，这已经是或将是全社会焦虑的事情，需要全社会和无数家庭共同面对、探讨和解决。

我在远方，一想起爸妈和三哥，脑海里就浮起这样的画面——

在川西崇山峻岭之间，苍茫的夜色中，那辆满载着爸妈和生活所需品的七座小车，在山间公路上移动，车灯划过的足迹，就像夜里的萤火虫在林间灌木丛里行走，微光闪烁，缓慢而又孤独。

蛙声沉落，月亮升起。总是深夜一两点，三哥才会忙完林间的萤火虫观察。他穿着高筒水靴，戴着头灯，挎着腰包，手里拿着塑料瓶和捕虫网。夜里的他，总是精神抖擞，他头上的小灯，仿佛让他变身一只大大的萤火虫，一会儿就消失在林间，留下爸妈在路边车里守候。

每次从林间回来，不管爸妈懂不懂，他总是兴奋地给他们展示他新捕获的萤火虫，不厌其烦地给他们讲，如何发现了新品种，要怎么观察，怎么培育和复育，好像又生了个孩子的父亲。

就这样，日复一日，年复一年，带着爸妈去上夜班已经成了习惯。一边是不能丢下的养家糊口的工作，另一边是不能放下的老病的父母；一边是热爱的事业，另一边是深爱的爸妈。他对两边都尽力了。天台山上的萤火虫越来越多了，一年之中，总有无数萤光飞舞的夜晚，就像生命的盛大Party。而三哥也因为几十年如一日地孝敬老人，荣获四川省邛崃市"温暖邛崃"年度人物。

梁晓声在《人世间》里曾说道：孝有两种，一种是养口体，一种是养心智。向来讲究光宗耀祖的中国家庭，总希望有的子女在跟前尽孝，有的孩子可以在外争光，面子里子都有，父母就很满足了。从这个意义上说，我们家，一个中国式普通家庭，爸妈也是有这样的需要的。

1979年，四十一岁的我爸考取四川师范大学中文系五年制本科函授；1980年，十六岁的大哥考取四川大学中文系；1984年，四十六岁的我爸和二十岁的大哥同时大学毕业，大哥同期考上川大研究生；1985年，二哥考上四川大学中文系……我们在乡村的老屋摆酒庆贺，辛劳的父母面上有光，大哥二哥，是家族的头一批大学生，是弟妹们和其他乡邻的榜样，算得上是养了心智吧。

我爸函授毕业后，从民办教师转正，把我们下边的三姊妹都带进了城，彻底脱离了农村，虽然只是走到小镇上，但在老家一带，也算是名声在外了。但我们刚换了城市居民户口，1990年，我爸就偏瘫了。两年后，三哥高中毕业，就没有继续上大学，直接参加了工作，在本县的天台山景区一干三十年。十几年前，景区开始研究萤火虫，他向来对生物充满好奇，就一头栽进去，搞得非常出色，天台山被评为亚洲最大、全球十大萤火虫观赏地。三哥被许多媒体采访报道过，其中四川作家蒋蓝采写的《"萤火虫王"高叔先》一文先在《成都日报》发表，后又收入其新书《蜀人传》。这，也算养心智吧，只是，此时的老父已经开始糊涂。

三哥和爸妈，这些年相依相伴，互相拉扯着过，其间，他结婚生子，爸妈身体时好时坏，到近年来双双失能，他寸步不离，照护得无微不至，感动许多人。他还是最大的养口体的孝子，爸妈有福。

我们姊妹五个，外加一个二姨家的表哥过继到我家，共六个。爸和我们五姊妹上学，表哥和妈在家干活，辛苦但也井然有序。我们离开老家，老房子家业都留给了表哥，也给他娶了媳妇成了家。爸在平乐中学教书，爸妈和三哥就一直生活在小镇上。虽是成了城镇居民，但我妈没工作，三哥、我和小弟都上学，就我爸的一点微薄工资，全靠我妈精打细算过日子。为了给长身体的我们增加点油水，我妈总是趁赶场天快散场时，才去肉摊子上买些便宜的肥肉渣子和下水给我们改善生活。所以，倔强的三哥因为种种原因很快就上班了，我和小弟好歹考了学也离了家。

大哥二哥大学毕业后留成都，在体制内一边上班、结婚、生子，一边帮助家里供养上学的我和弟弟，直到我们上班。其间，除了老爸的病情反复、几次病危，我妈也经历了几次大手术，小弟生病多年，于2003年病逝……世事纷纷啊！我，作为家中唯一的女儿，远嫁他乡，漂泊流浪，最是让爸妈和哥哥们操心。

我爸妈真的是没舒舒服服过过好日子。刚进城，我爸就病倒，我妈是一边照顾我爸，一边拉扯我们，拉扯得大哥、二哥的日子也很多年过不利索，一家人，就是这样拉拉扯扯着走过来。如果要展开去写，那也是一部堪比《人世间》的人间大戏啊。

我爸自年轻时热爱文学，一生矢志不渝。小时候那些苦日子里，领着我们一帮顽劣孩子，他总是纵横古今中外给我们讲故事，既是激励我们，更是给他自己打气。从孟子的"天将降大任于斯人也，必先苦其心志，劳其筋骨，饿其体肤，空乏其身，行拂乱其所为"到奥斯特洛夫斯基的"人最宝贵的东西是生命，生命属于人，只有一次，人的一生应当这样度过：当他回首往事的时候，他不因虚度年华而悔恨，也不因碌碌无为而羞愧"。

他确实是以身作则，把吃苦当作人生乐趣的。那么苦那么难的日子，我们家总是充满欢声笑语，农闲假期里，屋子里飞出的笑声、琴声和歌声，总让乡邻觉得我们是那么与众不同。而我们也学会了在艰难生活中要懂得自得其乐，把苦难当作宝贵的财富。他在百忙之中还带着我们一大家族的孩子们办家庭小报《小荷尖尖角》，鼓励大家写作，最重要的是养成记录生活的习惯，我们姊妹就都养成了写日记的习惯。这才有我回家陪伴他们时写下的这些文字。本书出版，就当作用他教会我的方式，送给他暮年的礼物。如果他尚能觉知，该多好啊！

出书，是他作为一个文学爱好者一生的执念。他的病后岁月，不停出书。我妈每个月领了工资都会给他一些，他一分不花，全攒起来出书。他紧紧抓住我们兄弟姊妹，再三叮咛，出诗集，出小说集，出论文集，出民间故事集……都是他早年的文字。大哥奔命一样地给他出了两本，觉得其他文字的意义已不大，只做了整理，但老头儿直到糊涂，也一直都念念不忘。

我爸的一生，前五十年，是高质量的五十年，拼命地、卖力地活，每天工作、写作、阅读，每天几乎只睡三四个小时，用力过猛，英年倒下，留下半生遗憾。但当我们走到他倒下时的年纪，人到中年，才发现，这一生受用不尽的，都是他留给我们的。

妈的厨房养身体，爸的书房养精神，当年，他们夫唱妇随地养育了我们，如今，一身老病人生迟暮，轮到我们来养其口体和心智，希望他们老了也能活得尊严、体面、幸福。但不得不说，养老，对于离家遥远、在外奔波的儿女来说，大多心有余而力不足，尽孝还得在跟前。

养老，这个宏大而沉重的话题，没有亲身经历，都是隔靴搔痒，不知道真相是什么。这世界，有多少老人在生病、在老去、在离世，就有多少儿女在经历身心的熬炼。也只有当我在父母病重后回去亲眼看到和经历，才知道，一个家庭的养老送终问题，就是万千家庭同样面临的问题，大同小异。生命的暮年需要关怀，而陪伴暮年的人，更需要关怀！

我一点一滴跟随、记录三哥照护爸妈的点点滴滴，那些日子，有太多的泪。看到三哥怎样带行动不便的爸妈出门、上车，那些先后顺序里的小小用心和智慧，看到三哥喂水喂饭、洗脸洗脚时的精心和细节，看到他喂爸妈每天吃那么多药的有条不紊的准备，那些事无巨细的病情日志，他是那么投入和用心，没有时间悲叹和感慨，每天二十四小时衣不解带地沉浸式照护，这里边承受了常人难以想象的精神压力：父母的情绪，自己的绝望、无助和崩溃……我们可以"逃离"，而他，暂离都不能。

记录到后来，发现有些问题，是可以依靠政策、亲人和社会去改善的，而有些问题，永远无解。因为，生命真的脆弱，而生离死别，是我们无法跨越的命题。我把这些细节和艰辛记录下来，让更多的人看到，从心理层面讲，看见也是一种关怀。

在这个过程中，和无数的朋友聊到这个话题，都感到特别沉重。我们，要怎么样承受父母的老去和离去，我们又该怎样面对自己的老去和离去？人的一生，看似漫长，然而，白驹过隙，惊回首，原来极其短暂。在时间的长河里，我们的一生几十年，和萤火虫的一生几天，又有多大区别？

三哥在天台山培育萤火虫十几年，看顾、培育过无数的萤火虫。他说，萤火虫的一生很短，只有三到七天。但它们会倾尽一生的能量去发光，用那光，警示天敌、吸引爱情、交流同伴，因为那光，它们可以被看见，它们用那光，爱着这个世界，也被这个世界所爱。萤光微弱，但也是它璀璨的一生。我们和父母，都曾像萤火虫一样，在最好的年华里尽力发光，照见和温暖过彼此。

三哥曾经给爸妈拍过一张照片，在天台山景区的溪水边，萤光飞舞的夜色中，爸妈安详地坐在轮椅里等待三哥。看起来是多么温馨浪漫的晚年啊。三哥的爱，像暗夜里萤火的微光，却真实地照亮了爸妈的晚年。

沉重艰辛的生活，需要点诗意和想象去抵御绝望，就像老父亲当年赋予我们乐观面对苦难的勇气一样。所以，商议再三，我们还是决定，把"萤火虫"这个诗意的意象，放在书名和封面上，苦乐如歌，再艰难的日子，都别忘记唱一首《萤火虫》——

> 萤火虫 萤火虫 慢慢飞
> 夏夜里 夏夜里 风轻吹
> 怕黑的孩子安心睡吧
> 让萤火虫给你一点光
> 燃烧小小的身影在夜晚
> 为夜路的旅人照亮方向
> 短暂的生命 努力的发光
> 让黑暗的世界 充满希望
> 萤火虫 萤火虫 慢慢飞
> 我的心 我的心 还在追
> 城市的灯光明灭闪耀
> 还有谁会记得你燃烧光亮
> 萤火虫 萤火虫 慢慢飞
> 夏夜里 夏夜里 风轻吹
> …………

目录

第一章 冬归

- 3　壹　爸妈倒床，三哥兜不住了
- 7　贰　老爸不乖了
- 11　叁　陪三哥去培训
- 14　肆　老爸在外要大便
- 17　伍　在家待一天
- 21　陆　三哥的心
- 24　柒　进城看病，拉在裤子里了
- 29　捌　生气
- 31　玖　有个田螺姑娘就好了
- 34　拾　妈妈的红烧鱼
- 37　拾壹　大寒+腊八节
- 39　拾贰　崩溃时刻：老爸闹老妈哭
- 43　拾叁　换新家具

46	拾肆	萤火虫叔叔，带着爸妈去上班
49	拾伍	川西"边城"夹关镇
54	拾陆	唱首歌吧
57	拾柒	老爸的柔情
62	拾捌	老父亲的眼泪
67	拾玖	妈妈的心
70	贰拾	大哥和三哥获奖了
75	贰壹	风中的纸屑
78	贰贰	路遇杀年猪
81	贰叁	三哥的深情

第二章 守望

91	贰肆	阿大，我的妈妈
98	贰伍	我的阿爸
105	贰陆	我家这些年
109	贰柒	小院三十年
113	贰捌	老妈的心事
116	贰玖	父母爱情
121	叁拾	"温暖邛崃"
124	叁壹	鱼和水
128	叁贰	小镇时光，有一种栖居叫"平沙落雁"
133	叁叁	两个轮椅去赶场
136	叁肆	老人一窝窝

139	叁伍	姑父家团年
143	叁陆	傲娇的周孃和周老表的梅花
146	叁柒	回故乡之路
151	叁捌	各是各的家
154	叁玖	大坪山的梅花
157	肆拾	过除夕
161	肆壹	新年第一天
165	肆贰	过年的转转饭
170	肆叁	父亲房里的灯光
172	肆肆	我们，终日游荡在故乡青山上
176	肆伍	初五的心
179	肆陆	危楼上的蕨草
182	肆柒	无处安放的老年
185	肆捌	聚散皆故乡
187	肆玖	离去

第三章 远春

193	伍拾	送你一颗酥心糖
196	伍壹	采春茶了
198	伍贰	"梅子树"
202	伍叁	北方雪南方花
204	伍肆	油菜花开
207	伍伍	养儿防老

210	伍陆	老去的勇气
214	伍柒	废物式养老？
218	伍捌	鸢尾花开，萤光飞舞
222	伍玖	新玩意儿
225	陆拾	嫩胡豆和四月的心
228	陆壹	故乡、花和梦
231	陆贰	坚守和选择
234	陆叁	站起来和摔下去
237	陆肆	旧故乡，新故乡

第四章 秋来

243	陆伍	故园已是秋，君归否？
246	陆陆	生日惊魂
251	陆柒	陪护琐记
257	陆捌	绑父记
263	陆玖	穿越枪林弹雨的花开
267	柒拾	出院回家
271	柒壹	"5+1"兄弟
275	柒贰	陪老妈逛街
278	柒叁	女朋友
282	柒肆	爱哭的妈妈
286	柒伍	走夜路请放声歌唱
289	柒陆	流浪的晚年

293　柒柒　盛世的流离

296　柒捌　说我爱你

300　柒玖　秋草黄，思念长

304　**编辑手记：聚萤映雪，集火成炬，让"萤火虫"飞逸于这深情的"人间世"**

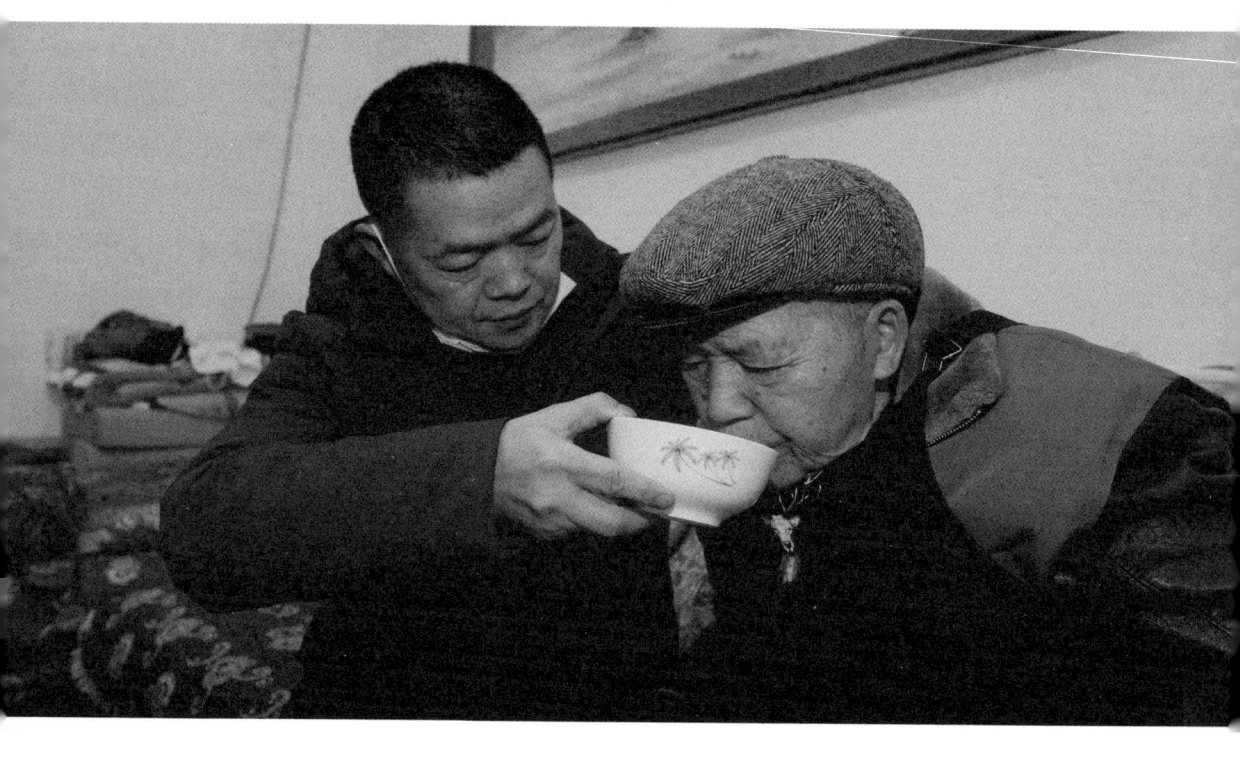

第一章 冬归

壹　爸妈倒床，三哥兜不住了

元旦节前，老母突然腿疾发作倒床不能动，伺候痴呆瘫痪老父的三哥陡然陷入困境，这边给老母按摩，那边老父从床上掉下来了……我在远方心急如焚，立时查买机票，彼时疫情燃至川西，大家叫我不要慌，二姨前去家里帮忙了三五天，情况略有好转，我且先安排小家和工作各种事宜。终于，2021年1月9日一大早，从济南遥墙机场乘西藏航空的航班，中午落地成都双流机场。

中午，二哥在成都设宴，召集成都的部分兄弟姊妹小聚，在老厨子川菜馆聚餐。下午，又去机场接了上海飞回的侄女露桃一起回老家。侄子开车，我们直接冲回川西乡下老家李碥吃了姐姐做的晚餐。三哥也带着爸妈去了姐姐家。与老迈的父母相见，老父尚能识我，握手亲亲抱抱。他如今俨然婴儿一个，唯用此等方式表达自己。老母经过一段时间的推拿理疗，已经可以站起来小走几步，一个多月来，同样七八十岁的二姨、小姨帮助照顾，多次劝说老母找保姆未果。她不相信也不喜欢陌生人。我，也是回来"打酱油"的，以后咋办还是个问题。老母倒是乐观，她说推拿见效了，慢慢好起来，自己能做饭就好了。

在这个百年不遇的寒冷冬天，川西的天空不时飘着干冷的雪花。这是我的故乡，我在寒冷的冬天清晨醒来，把能穿的衣裤都穿上了。走进厨房，有点茫然：调料碗碟在哪里，他们现在的口味是怎样的？妈妈扶着家具摸进厨房，从冰箱里拿出她包的抄手，让我去门外花坛里摘几根葱回来做调料。早餐吃抄手，煮了红汤、清汤两种口味，我们吃红油抄手，老父吃清汤抄手，轮流喂老父吃完。

周日是送妈妈去名山中峰做理疗的日子。早饭后，三哥做好各种准备，背包就三个，大旅行包，一个装药，一个装衣物，一个装吃食等，都是每天出行必需的各种物件：药、水、纸巾、纸尿裤、衣裤……全是应对各种意外的工具。三哥细致到，出门前用电吹风把老父的僵手吹热，戴上手套。每一个细节都是精心不忘的。物品背包先上车，或先把老母背扶上车，或先把老父抱上轮椅推出去上车，他有着他自己按部就班的科学程序。

妈妈今日能走了，我身上挂满各种背包，搀扶妈妈，三哥就专心伺候老父。虽好在住一楼，但老宅院没有残疾通道，磕磕绊绊的，遇到台阶就得弃轮椅先抱人，找个地方杵好老父，回身再取轮椅，继续前行，如是者几次才到停车场。再按如是步骤上车。

今日，我在旁边用相机记录这个过程，泪如雨下，泣不成声。这一招一式一点一滴里，是我的父母、我的三哥一起度过的艰难岁月，漫长，无人可度！这些事，我和大哥二哥都做不到，做不了。当然，如果没有三哥，受生活所逼，也是能被逼会的吧！可三哥也不是生来就会的啊！

终于上车，一路驱车，田野上飘起密集纷飞的雪花。老父在温热的车里昏睡了。热情的杨大夫是理疗神手，他一摸就知道妈妈这几天胃口不好，推拿捏揉一会儿，妈妈就一骨碌轻松起身下床了。中午又就近去李碥姐姐家吃了午饭，就着姐姐给侄儿理发，三哥和姐姐合作，给老父亲理了个发，老父又哭又闹不配合，哄着箍着才剃完。

壹 爸妈倒床，三哥兜不住了

下午驱车去夹关镇买了甜皮鸭，去太和乡里表哥家接二姨，顺带蹭晚饭。昔日黄泥翻天的贫穷太和早就今非昔比，表哥们都住进了宽大明亮的新楼房，烦琐农活只剩单纯的种茶摘茶。冬日无茶，都窝在家里打"跑得快"，嘻哈打闹，消磨时光，小日子过得很是惬意。

老父做客情绪很好，挨个与人握手打招呼。但是，像个婴孩似的老父亲，不能安静待久。三哥给他读了一些时事新闻和古诗词，他还是坐不住。以为他想上厕所，于是我配合三哥一阵忙乱，然而没有坐便器，只有蹲坑，三哥护理老人的智慧向来就是随机应变，指挥我搬两个凳子摆在蹲坑上呈锐角，将老父搬过去坐在两个凳子边上，扒下裤子可以大小便……折腾半天，老父也未便。

熬到吃过晚饭，他就死活不待了。我们告辞，黑黢黢的楼道，三哥干脆一把抱起老父就扛下楼去。三哥要去单位值夜班。他也只有带着老父母和我一起去值班了。一个一刻不能离开他的痴呆父亲，别人都毫无办法。他去值班，车里也不能单独留下父亲，需有人陪着。他说有一次夜班单独把父亲留在车里半小时，下来打开漆黑的车，老父张着惊恐的双眼大哭，那一刻，他心如刀割、泪如雨下……所以，夜幕低垂，三哥开车，带着我们，去陪他值夜班！

我们在黑夜中奔跑，这是一场没有接力的比赛，终点也无人喝彩、无人等待，苍茫的时间，比大地还要宽广辽远。

●○○

照顾已如孩童般的失能爸妈出行，三哥有一整套繁复但规整的程序，极为考验人的耐心，但这已成为三哥的日常。

贰 老爸不乖了

今天一早，二姨要回邛崃。我回来了，二姨终于可以放假了。

我送二姨去车站。一路上闲聊，二姨今年也八十岁了，她一辈子吃过不少苦，早年在城里做过多年保姆，照顾人自然是十分用心在行。不过她也年事已高，好在她像外婆一样心态好、身体好，每天把自己的生活安排得井井有条：跳舞、打拳、打麻将、到处帮忙，过得十分惬意。我妈身体不行，抓住她不放，她一是感觉生活节奏乱了，二是在这里感觉家里都是病人，心情十分灰暗，她住不惯我们一楼阴暗的房间，自己也不能像平常一样唱唱跳跳……是啊，她一介老人，她的平安健康才最重要。

我给二姨买了早餐，她在菜市顺带捎了些菜，上车走了。我去菜市逛了一圈，买了几个米馍馍回家才做早餐。妈妈没什么胃口，依然吃抄手。我喂老父亲吃抄手。饭后，三哥负责让爸把各种药纷纷吃下，给爸打胰岛素，我负责在厨房收拾洗刷。

今日川西难得的大晴天。收拾完后在爱干净的妈妈指挥下，大动干戈拆洗两个房间的床品，洗了抱到屋顶上晒，屋顶上阳光好、风好，一天可晒干。我忙会儿线上工作，然后着手准备午饭。午饭后趁着洗碗，

阿爸，咱们去看萤火虫

将冰箱及桌上所有的残羹冷炙，包括发霉的卤汁等全部清掉，常用的碗碟全部泡洗一遍，毛巾也全部搓洗一遍……四川潮湿，东西都极易生霉。尤其厨房！

收拾停当，因为老妈最近实在没胃口，就想吃抄手。所以我听她老人家指挥，去"寇挂面"店里买了四斤抄手皮。寇老板热情告诉我，四斤抄手皮要买二斤肉馅儿打四个鸡蛋，并指点我去秦汉驿道那边城隍路的猪肉店去买肉馅儿，因为她家的肉馅儿打得很细。顺利买好肉馅儿，阳光很好，我很想去江边走走。但，还是回家推上老父亲一起去吧！

于是回家，老爷子一听出门去就高兴。三哥不放心我一个人推，于是我们俩一起推上老爷子，穿过水井街去"平沙落雁"江边，这条路平坦，好推轮椅。我们在江边古榕树下逗留晒太阳，又推他沿骑龙街、其乐坊转到水井街，一边跟他拍照逗乐子，一边回家。一路上但见许多店铺、酒吧都关门了。我在一家小店给妈妈买了个新挎包，她喜欢功能多、能装东西的软布料包包，家里那个都磨坏了还不舍得扔。

没料到的是，五点来钟，一到家，老父亲就开始不乖，各种作！作到让人崩溃！刚开始是咿咿呜呜闹，不坐，要起来。问是否撒尿，摆头，牵着往卧室走，要上床。床上拆洗后未铺床品，三哥让他姑且躺一躺，看他是否想睡觉。结果，两分钟不到去看他，就把裤子、纸尿裤全扯掉，尿了一床，除了纸尿裤是干的，其他全打湿了。三哥赶紧扶起来抢救床上，又找新的棉裤、秋裤换，怕凉，还用电吹风吹暖和才给他穿。

三哥说，老父亲虽然糊涂了，但对撒尿拉屎这件事十分清楚，就是坚决不拉在纸尿裤里，一定会想方设法扯掉纸尿裤拉，哪怕拉得到处都是。让人百思不得其解。

这一趟折腾还没完，又闹！看表六点过了，大约是闹饿吧。三哥赶紧给他服下饭前药，备饭喂他。可是，他不吃。三哥指着在一旁包抄手的我，问他：是不是想吃抄手？他似是而非，但没拒绝。于是赶紧烧水给他煮抄手！结果抄手递到嘴边，老爷子坚决不吃！左哄右哄都不行，嘴里叽里咕噜不知想干吗。没辙！只能冷处理！

三哥担心他吃了药没吃饭血糖会紊乱，着急！可他就跟三哥杠上了，不听说，不听劝，不理三哥！三哥给测血糖，完全不配合，摁都摁不住，劲儿很大，顽抗到底，扎出来的血最终没测成血糖，抹得到处都是。三哥被他折腾得很崩溃，几次说"不管你了，我走了"。叫我们都不要管他，看他想搞个啥。倔老头就在沙发上像个肉虫子似的蠕动，半个身子掉下来，谁也不让管，最后把自己折腾到地上躺着。老妈说，很久不这样闹腾了。三哥把垫子给他垫地上，预防他出溜到地上，他用仅能动的一只脚将垫子踢开……终于把自己折腾到地上了！趴在地上，此情此景，外人来看到，绝对以为是虐待老人了！我想起一则新闻，一个保姆把老人绑在路边的树上去取东西回来，被人拍照发到网上，大家纷纷谴责保姆无良……我现在理解了，那是必须绑！为了他的安全！

等他终于动不了了。三哥才出手弄起他来，他不再顽抗。我又再次见证了三哥怎样把这一百多斤扶起来的。据说上次我姑不听劝，非要去抱他起来，结果把腰闪了。

三哥和老妈的经验是，等他闹腾够了，再弄起他来。只见三哥把老爷子的双脚一并，用自己的双脚抵住老爹双脚尖，双手拉住他的两手一使劲，老爹爹就站起来了，这样抱他去沙发上坐好就容易了……父子俩拥抱，貌似和好了。但还是不吃东西。三哥气急得不行，几次跑出门外透气！不知他哭了没有。最终还是又回来好言相劝，哄。如是者几次！生气，也发火，最后还是忍了又忍，再回来哄！终于在夜里九点半把饭喂下去一点！

三哥说，今晚老爷子如果不吃饭他会睡不着觉，担心老爷子半夜低血糖没命了！上一次老妈四处给我们打电话报病危就是因为他出现低血糖。

我终于亲眼看到了三哥平常在微信里说的"崩溃"！在老父日日这样的闹腾下，还有老妈的各种不适和要求，三哥得有多么强大的心理承受能力！日日面对两个生病的老人，一点自己的空间和生活都没有，他怎么挺到现在的？

他总是在咬牙坚持！我不想天天为三哥唱赞歌。这一点用都没有！没有经历过这样照顾老人的，根本不知道这意味着什么！

我和老妈一边烤火，一边烤衣服扯闲话。老妈对这个家有太多规划，因为身体不能动，只能指望三哥，她有些责怪三哥懒惰，沉迷于玩手机，家里房顶该翻修了，啥又该清理了……我告诉她，老三现在一门心思都扑在如何保住两老的命，还有工作需要操心，他没有那么多精力了，否则就垮了！

环视这个住了三十年的家，确实需要一场翻新！门窗坏了、腐朽了，他们卧室里的家具还是大哥结婚时打的组合家具，合叶和门都掉下来了……大嫂说她已定了新家具，家里需要清理东西，准备进家具，得忙好几天。我和妈商量，趁三哥明天进城学习，我们去打听一下琉璃瓦的事。

日子，在忍耐、抱怨、无奈、不忍中，继续！

叁　陪三哥去培训

今天，三哥要去城里参加单位组织的景区讲解员培训。一整天！

老父离开他是不行的，和之前一样，带着父母一起去。爸妈在车里等他，有事打电话，中间他会出来看看。现在老妈也行动不便，连厕所都不能自己上，我自然就得跟着。于是，一家四口一起去。

我完全没有意识到，带两个身体不便的老人出门有多复杂。

三哥说，八点出发来得及。

我六点过醒了，在床上冥想完，起床，慢吞吞洗漱，不一会儿三哥的闹钟响了。他一起来，节奏和我就完全不同。马上用电水壶烧上水，灶上点火，锅里也烧上水，然后返身就去忙活给老爸穿衣服起床。我马上明白了。赶紧结束洗漱，开始洗菜摆碗做早饭。三哥伺候老爸穿衣、喝水、服药，然后提着烧开的水就去弄车了，昨夜温度低，怕打不着火，不能及时开走。弄好车回来，收拾两大包一天在外要用的各种物品。每天三顿药，他都用一个格子盒提前一周分配装好，我一看，七天的，每天三顿，二十一个小格子，老妈一盒，老爸一盒，这只是西药，每天还有中药。

吃饭喂饭，老爸好像还打着瞌睡，迷糊着吃不下，我们商量一会儿路上给他买些包子再吃。妈妈今天瞌睡好，起来晚了些，出门扶着我小步挪

阿爸，咱们去看萤火虫

那边三哥已经把老爸弄上车，然后推着空轮椅返身来接老妈。推着快！

车开到包子铺门口，三哥甩着嗓子喊认识的老板：来一笼包子带走！那边应着，我赶紧下车付钱取走。

大晴天，气温零下五度，车窗上都是冰花，路边田野松林都是一层白头霜，像一层薄雪。三哥担心迟到，车开得急，但见我拍照，他又放慢速度将就我。

三哥是热爱生活的三哥。琴棋书画、植物动物等大千世界都有他热爱的，对什么都好奇。四川作家蒋蓝曾经专门采访过他，写下近万字长文《"萤火虫王"高叔先》发表在《成都日报》，后来又收入其新书《蜀人传》。即便在病迈父母的负累下，他还热衷各种物事，平日里记录生活十分用心，有空发发朋友圈，还玩抖音、写书法、探寻植物、研究萤火虫……他写下的父母护理日记简直令人叹为观止，几大本，非常翔实。

就是这样一种状态，才让他可以在繁重的无处逃离的护理陪伴中保持了精神的独立和自由吧！

我最听不得老妈抱怨、指责甚至骂他，所以有机会就对老妈说，你看老三多可怜，你就不要骂他了嘛！老妈说，心疼归心疼，该骂还得骂！老大不小了，啥话该说不该说、啥事该做不该做都不知道，你说骂不骂？嗯，我爸当年说得对，我妈就是"常有理"！

还好，我们顺利按时到达邛崃市体育馆培训楼。三哥去报到学习，剩下我们仨在车上呆坐闲聊。太阳升起，金色的阳光洒在车上、身上，渐渐没那么冷了。

我其实心里惦记着有工作要处理，但最后还是选择陪伴他们。

中途扶老妈去上了厕所。老爸终于饿了，哼哼！老妈打开她的哆啦A梦才有的背包，竟然掏出一个碗来，水壶、速溶麦片跟上，瞬间冲出一碗麦片粥。我给老爸喂上，吃完还要，又冲一袋，早上买的小笼包吃了四个！真行！

在三哥接力照顾老爸之前，我们家的超级护理员、超级护士长是妈妈！她曾是最了解我爸的人，久病成医，我爸一有什么风吹草动，她就能知道他是哪里不好了，就会从积累的众多药单中找出合适的来，给爸调理，无数次都做对了。如今，她是泥菩萨过河自身难保了。三哥迅速成长，接过了她的棒。

中午时间有限。本想去妹妹那里吃煲仔饭，可是她中午忙得要死，我们就赶紧去附近巷子里吃了一家跷脚牛肉。肉菜碾碎和饭，喂了老爸一碗，我们又继续去体育馆蹲点。

午后阳光灿烂，没有风，顿时有种小阳春的感觉。老爸在车里打盹，我用轮椅推了老妈在球场跑道上晒太阳。这样的小时光，不知是否可以抵消一点妈妈心里对于老迈病痛的无奈和绝望呀？！

妹妹忙完了，提着奶茶、芋头、地瓜来看我们。三个女人闲话，老爸哼哼唧唧开始闹腾。

夕阳西下，我们终于可以回家啦！

拒绝了小姨的晚餐邀请，我们去南河坎买了三哥爱吃的馒头，顶着夕阳回家。回家赶紧下厨做饭。煮了豆浆麦片粥，老妈爱喝，多喝了小半碗。白菜丸子汤、西兰花都没吃完。下午偷嘴吃了不少东西。

晚饭后，三哥说要去山上一下，气温太低，怕天台山上的房子里水管冻坏，得去处理一下。我说你去俩小时，就让爸妈和我待家里，他说不行！于是，又是轮椅、包包、拐杖的，他再次带着爸妈出发了。

寸步不离！

生活确实是沉重的，活着也多苦难。家有病人，更不能愁眉苦脸。要像三哥一样，乐观、坚定、投入、沉着，活在当下，把眼前的事处理好，就是最大的修行！

肆　老爸在外要大便

老爸清醒的时候并不多，一旦清醒时，看人的眼神就是定定的，很安静，与他说话时，他一举手一投足之间，又仿佛当年那个威严的"老虎"。

他近年学会的表达方式就是握手、摸脸、亲手、拥抱。清醒时，告诉他，你知道昨天有多不乖么？你知道你昨天打滚了么？你知道你折腾老三到什么样吗……他就摇头叹气，表示无可奈何，带着十分抱歉的表情紧紧握住三哥的手不放。他现在，一天到晚就是床上、车上、轮椅上、沙发上轮换坐。就这样，三哥也没让他屁股生褥疮。

今日，还是要去市里陪三哥培训。平乐古镇现在管控日益严格，过了早上八点车就出不去了。所以今早我们决定先把车开出去，在外面吃早餐。我回来后还没出去吃过小镇的奶汤面呢。我们把车停在禹王街口子上，去陈涛小吃店吃清汤面。陈涛是三哥的同学，在小镇开馆子很多年了。她的妹妹陈萍又是我高中同学。免不得寒暄几句，她就感叹三哥简直太孝顺了，也太不容易了！

一人吃了一两面，五块钱一两。加个鸡蛋加两元，妈说，可以自己家里带鸡蛋来加。自己带鸡蛋去吃面，是小镇传统。在街边车上喂老爸吃面。三哥在隔栏的石墩上分拨面条旁若无人。一碗加蛋奶汤面，连汤带面都吃光了才出发。

依然在市体育馆。今天，我带了电脑，在车上边陪他们边工作。这是自由工作者的好处。爸的干儿子志彬老弟专门跑到体育馆来看干大。他来没聊几句，老爸就开始哼唧。想着他早上那一大碗汤面，估计是要排便吧。老妈立即给三哥打电话，三哥下楼来。

像往常一样，就站在车门处，车门遮挡用便壶接的小便，尿完还哼唧，大约是要大便。三哥熟练拉过轮椅，掀起轮椅上的小垫子露出便孔，替父解开裤子坐下，轮椅下放小垃圾桶接便。老父哼唧一阵拉不出，三哥找药包取出一管开塞露，地上垫上塑料袋就趴下去了，从轮椅便孔处替父塞入开塞露，又赶紧擦手给他按摩腹部，果然拉出一大堆来……这就是三哥的护理日常。我，都是第一次看到！他已然非常熟练。

今日天气亦好，中午我们去文君公园旁边吃小菜饭。结果，稍一疏忽老妈就在餐厅里摔了一跤，有个小台阶没看到！老妈现在腿无力，非常容易摔跤！吃过饭去药店给老妈买七厘散，跑了很多个药店都买不到，最后买了盒跌打损伤丸，回到车上让老妈吃下，又将老妈随身携带的膏药贴上，她一下午还是有些不舒服，但愿没有摔出大毛病！阿弥陀佛！

六点前回家车子也进不去小镇，于是我们驱车去了夹关镇的二龙山道观。传说中的二龙山，我还是第一次来。这里曾是老爸年轻时当农中老师的地方。古刹肃静，古木参天，有道姑和道士出没。有古道长亭，唯独没有道观历史碑文。

三哥陪我爬上观顶，老爸老妈在车上，稍离左右老妈就会慌张，一打电话我们赶紧下山，一路上风景如画，冬日的千里光只剩了蒲公英一般的绒花，在夕阳下的剪影亦是好看。

老妈已经能够行走，稍微宽心。只不过，因为长期用激素抗痛，毛细血管脆弱,手腿总是不停脱皮,动不动就出现血痕。明天,应该可以不用奔波,在家待一待了吧!

  我回来第四天了。川西真冷啊。昨夜睡到一点过被窝都凉,冻得睡不着,电热毯按钮被三哥弄坏用不了。回家后,买了加毛的棉鞋,所有毛衣堆一身,再裹上厚羽绒服。有一种冷叫南方的冷!刺骨!好怀念北方的暖气呀!

  唯愿爸妈一切向好!

伍　在家待一天

今天终于可以不用出门浪了，早上大家都可以睡到自然醒。可是，昨晚一夜，老爸就没有消停过，我在隔壁一直听着他在呻吟、叫喊、哭闹，甚至口齿不清地大骂发火，这又是我第一次见证他们的日常。他闹腾，不睡觉，掀被子，扯裤子，把尿撒在床上，仿佛是故意的，可是他又确实是无意识的。你恼火，生气，但不知该对谁恼火生气，更不能对他发火。

在这种时候，三哥只有把他的手脚捆绑起来。不是简单粗暴捆绑，而是捆绑捣乱的那只好手好脚，一头系在床栏上，另一头牵着手和脚，留着一定的活动范围，大冬天怕着凉，再用棉褥子把露出来的部分包起来、垫起来……

我翻看三哥的护理日记，关于爸和妈的，里边不仅是数据监测比对，更是经验技术积累。他一直在学习，在实际护理中总结，偶尔发些给我们看，非常详尽。近半年，他开始用手机记录了。依我看，完全可以总结出教材进行推广了。三哥的性格可爱之处在于，凡他在做的事就喜欢深入研究，非要搞明白不可。他的聪明智慧在老人护理上也得到了尽情发挥！他做得十分投入和用心！

阿爸，咱们去看萤火虫

七点过，我起床，烧水收拾停当，老爸闹累了依然在被窝里蠕动哼唧，看三哥睡得香，就慢吞吞做早饭，让他多睡会儿。老妈起床后在沙发上打盹，伺候她洗脸。她说昨天摔跤后有点不舒服，加上老爸闹腾她心里烦。想给她加贴膏药，她不要。又说脚后跟裂口子，于是让她脱了袜子给她护理下，喷护肤水，用护理油揉揉，抹保湿霜。她那不走动的脚有些浮肿。

八点过，估摸老爸该饿了，得起床吃饭，下了卧蛋清汤面，喊他起床。三哥伺候老爸起床，把昨夜打湿的清理掉，要洗的换下来，一阵忙活。老爸吃面喝汤，吃光一大碗，老妈吃了半碗面。老爸的胃口一直不错，所以也挺有力气闹腾。

九点过，忙活完，操心的老妈就吩咐我把冰箱里的排骨拿出来氽水，午饭做土耳苕烧排骨。虽然觉得时间尚早，但也不想惹她生气，赶紧处理排骨和土耳苕。拿出来一看，土耳苕冻坏了一半，于是我打算去菜市场买土豆代替。出门才知道小镇今天又赶集了。这几天太阳很好，白天温度都到十度以上了，并不很冷。我也不敢耽搁，买了土豆、蒜苗、生姜、小白菜匆忙回家。在家做饭要泼辣放得开，于是，我也穿上小镇媳妇儿们都穿的袖套和围腰，感觉一下就很接地气了。

忙忙活活一上午就过去了，屁股都没挨过凳子。吃过午饭，我需要处理一下工作。我看老妈一直是头晕的状态，坐着也是闭着眼，在沙发和床之间挪来挪去。三哥在沙发上眯着了，老爸不睡觉，不停闹腾拍打睡觉的三哥，三哥醒来弄他便尿后推出门去了。

出门逛逛回来，老爸明显清醒了。把他闹腾的视频放给他看，他就十分无奈地摇头叹息，紧紧拉住三哥的手，眼睛和身体都在表达抱歉，父子俩抱在一起，眼泪在我心里打转。三哥说，他从小就有老人缘，老人都很喜欢他。这我是知道的，奶奶、外婆都待见他。他对老人十分有耐心。我想，那是因为他骨子里的温柔善良吧！

傍晚时分，来了养老服务公司的护理人员，每周来一次，测血压、血糖，洗头、洗澡、理发，等等。哥说这是政府福利，符合条件的老人可以享受！而且，像我爸这样的失智老人还申请一份特别护理费，每月一千余块。养老政策在变好，从无到有，从有到优，是个不断完善的过程。和老妈闲聊，她还担心我老了怎么办，我宽慰她，再过二三十年，养老会更人性更科学，可以像国外那样抵押房子给银行换取养老金，也可以去做养老志愿者，换取将来老了以后的被照顾……老去，是个无法逃避的现实。

晚饭后，七十多岁的姑姑来家闲坐，她一向是个乐观的人，但现在

●○○

久病床前有孝子。三哥的拳拳赤子心，全落在《护理记录表》的纸面上。照护爸妈多年，他已成为半个专家。

开始对衰老忧心忡忡。她说,闺女说将来要送他们去养老院,愁得她饭都吃不下了……既然无法逃避,又何须去提前发愁?活好眼前的每一天吧,活的就是个过程,结果,无非一死,随他去好了。

这一天,我和三哥还是会惹老妈不高兴。因为她的性格如此,我们已经习惯了。而这一天,我们也无数次欢笑过!在播放老爸"出丑"视频的时候,在闲话八卦的时候……去经历,去面对,就是态度!

陆　三哥的心

陪伴爸妈的日记引起了一些人的关注，女朋友们开始关心我的三哥了。我女友夸三哥的方式就是，直接甩来一句：我要嫁三哥！笑过之后，我也想，像三哥这样的男人，既不是帅哥，收入低，还有沉重的家庭负担，甚至都没有时间与你亲热浪漫，需要24小时贴身伺候老父。你真敢嫁吗？当然，三哥也是一个热爱生活、情感丰富、正直善良的人，但也是一个过于简单以至不太懂人情世故的人。除了父亲，我也没有看到他为某个女人这样柔情万种过，包括对他的孩子。

今天下午，邛崃文联李汛和摄影师张超云老师来家访，我们聊到，三哥和父亲之间，不是简单的责任义务，他们有多年来的相濡以沫之情。

早上，我在厨房洗碗时，和三哥聊到父亲，端着尿盆的三哥说，父亲清醒时，也同他交流过自己的脆弱和崩溃。三哥说，你看你这么受罪，我也这么受罪，要不然我们都去死了算了！老父立即否定"不不不"，摸着三哥的脸直摆头……我顿时就控制不住自己的眼泪了。

三哥对父亲说：那你听话嘛，我们好好活！你对这个世界最大的意义就是活着！三哥见过老父的坚强，深切感受到他骨子里当年顽强与病魔斗争的意志，已经变成一种绝不妥协、绝不放弃的生命本能。三哥时常开着车,左手握着方向盘,右手握着副座上老父的手,牵着这个无助得像个婴儿又坚强得像个战士的亲人,百感交集,内心翻涌,一个人静静地泪流满面。他怎能放弃?又怎能弃之不顾?他在情感上把自己绑架了!我们看到所有的艰辛,他却任劳任怨,从不期待旁人帮忙,只要他自己还没倒下,他就这么坚定地走着!看得揪心的都是旁人!

去年,三哥的身体遭遇危机,突然病倒住院,顿时整个家庭陷入困境。大家张罗找养老院、找保姆,因为种种原因未果。其中最重要的原因是,老爸没有养老院接收,那种死贵的我们付不起钱,而且也不放心,老妈又死活不愿意找保姆。最终,他又一人扛下所有。彼时,老妈虽行动不便,但她搭凳子尚能做饭、做些家务。但如今,她腰腿痛到不能动,拽着二姨小姨帮忙,现在我回家顶顶,即便这样她还是不让找保姆,总想着过几天她就好起来,能走路做事了……加上婚姻不幸福以致离婚,三哥像个悲壮的英雄,抱着把父母伺候终老的决心,英勇地走在这条孤独的养老之路上。

无数次,我泪洒他乡,无能为力!三哥也无意名利,但大家点赞他、宣传他,他也接受。他觉得,社会上,大家做人做事就该这样,正能量的爱行善举应该提倡和发扬,不要让老人受罪。养护父母,既然是别无选择,又有情意深浓,那他就会义无反顾。在他辽阔的精神世界里,这是我看到的一个点。

昨夜老爸很乖,起来尿一次,也未闹腾,大家一起睡到八点过才起来。早饭后,三哥搀扶他居然走到学校大门外坐了一会儿。很有进步。这两天,他只是不大吃饭,血糖血压还正常。老妈因为前天在餐厅摔了一跤,又觉浑身疼痛,一天差不多都在昏睡。

傍晚,我在厨房做饭,老妈起来在沙发上翻看抖音。那爷俩在客厅唱歌。唱得不过瘾,三哥又搬出不知从哪儿弄来的老旧手风琴,无师自通地演奏起来，从《北国之春》到《莫斯科郊外的晚上》，再到《绣荷包》，老父亲也欢快地咿咿呀呀挥起手来，笨拙地跺脚，打拍子应和。

　　生活的好坏，在许多时候，全看你的态度。我和许多旁人一样，只看到艰辛和困苦，而坚强的当事人，他们早已习惯在困苦中寻欢作乐，把日子过得和你我一样平常。其实谁的生活不是有苦有乐呢？我记录这段生活，真实具体，苦乐皆有，愿大家看到的不只是困难和痛苦，虽是向死而生，但也还有更多人间温暖和希望！

柒 进城看病，拉在裤子里了

今天又要出门，两件事，一是进城看病，二是带老妈去推拿。三哥说，有个亲戚介绍了一个专家医生，可以通过虹膜眼诊判断患者的病情，打算去试试看。这些年，三哥总是多方打听，寻医问药，找过许多民间奇医，一次次拯救和缓解过老爸老妈的各种病情。

说好九点出门。邛崃专业摄影师张超云老师一大早就赶来跟拍。他到时我还在喂老爸吃饭，打过招呼，他就忙活他的咔嚓咔嚓，我和三哥也不敢分心，洗碗，装包，带水，拿药，做各种出门准备。等到我们上车时，我看跑前跑后拍摄的张老师已经是满头大汗，真辛苦啊！但他说喜欢，乐在其中。张老师一直跟我们进了城，看我们停车进了诊所才离开。走时还惦记什么时候再来拍。可是他刚走，大事就发生了。老父亲有点拉肚子。三哥把他推到车子旁边，刚打开裤子就屎尿漏得到处都是。这又将是个护理大工程。

三哥让我找剪刀。用剪刀将纸尿裤剪开取下，顺带剪下腰围一带干净的部分当清洁纸用，为了节约用纸，他有许多这些小心思。老爸穿了两条秋裤、一条棉裤，里边一条秋裤弄上大便了，得换掉。垃圾桶、服装日用品包、药包、水瓶等各种备用工具全在街边摆开了。清洗和换裤子就是个大工程。换了一只腿发现忘记套纸尿裤,但三哥有办法,三两下直接套上了。最后才擦洗屁股、穿提裤子、收拾战场,折腾了将近一个小时。

我现在知道,车上塞满的我们眼里所谓的"垃圾",诸如塑料袋、干湿纸巾、矿泉水瓶子以及一些不明物料,都是三哥各种意外之行用得着的工具。带着两个老人出门,后排座上堆满了小被子、小枕头、大小书包、碗筷、雨伞、水壶,前边还有尿壶,垃圾桶……所以,不要轻易指责他的车脏乱差,因为那是必然。

我担心老爸光腿会冻着,但显然他俩都是久经沙场,一个安静配合,一个不慌不忙。三哥也不让我帮忙,有条不紊,终于忙活完,也到中午了。作为旁观者,我必须随时叮嘱我自己,不要多愁善感瞎想,生活就是这样不断出现意外和解决意外的过程。如果是我遇到这样的事情,一定会惊慌失措很崩溃。但显然三哥已经在这样频繁的意外中越来越淡定了……人的坚韧和忍耐,就是这样练出来的吧!如果是我,没有人可以救援时就必须自己面对,想必也会慢慢沉着起来。就像小时候在田野上迷路,大哭叫爸爸妈妈,四下无人,最后还得自己判断方向,爬起来继续走。

吃过饭,老爸闹,为安抚他,三哥在火盆旁抑扬顿挫地背诵老爸当年的代表作《老马行》:

> 我是马,
> 我是一匹强壮的老马。
> 我神圣的使命,
> 是走、跑、拉。

阿爸，咱们去看萤火虫

哪怕前程雄关漫道，
哪怕山路崎岖难爬，
跨出第一步，看着第二步，
整个生命集中在四蹄下。

眼前扑来北风黄沙，
随着嚼子一齐吞下，
脑后响来一声鞭鸣，
绷紧肌块承受抽打。
不愿千里途程缩短，
有了它，才有我的身份；
不愿千斤重负减轻，
有了它，才窥见生活的光华。

浮云甩在身后，
青山踏在脚下，
消尽肚内甜甜的草汁，
化成蹄下匆匆的"嗒嗒"。

啊，马——老马！
我是一匹强壮的老马。
山野间急切的蹄声，
宣告我思想的腾达；
山道上杂乱的蹄迹，
刻画着我激情的浪花……

柒 进城看病，拉在裤子里了

也许有一天，
疲惫地摔下山崖，
便心安地将半腔枯血喷洒。
把生的欲望写上杜鹃绿丛，
让后来的马驹儿，
幻想一个美丽的童话。
…………

唉，老爸呀！哪里有美丽的童话，生的欲望写满了你的脸颊！而那些小马驹儿，也长成了和你当年一样的老马，"脑后响来一声鞭鸣，绷紧肌块承受抽打"！

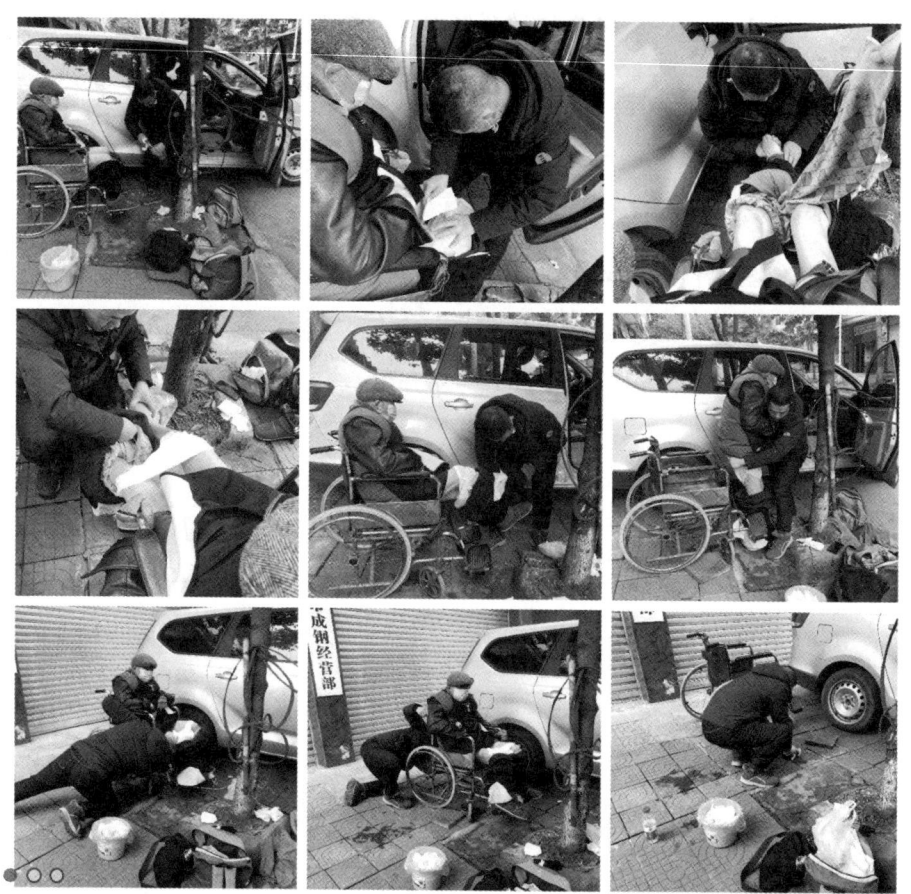

每次外出，既是一次游玩，也是一场应对突发事件的战役。好在三哥把各种物品准备齐当，也就应对有方。

捌　生气

三哥也会生气。

今天早上,老爸起床后不知何故又发脾气了。测血糖、测血压都还好好的,给喝水时他突然冒火,吧唧一下把杯子打翻,水洒一地,三哥的火"噌"就起来了,"啪"就给他手上拍了一下。嚯哟!老爸更厉害,那只好手有劲得很,一阵乱舞,把桌子拍得砰砰砰的。

"不球管你了!等哈儿我们出去,把你一个人留在家头!"三哥一边吼他,一边拿拖把擦地上的水。可是接下来还要吃药、吃饭呢。给水不喝,给药不吃,看来老爸很生气。我端了碗煮的面条,想先试试他吃不吃,不吃,差点把碗给我打掉。三哥更生气了,一把抱起老爸,转身把他从餐桌旁甩到沙发上,一百多斤呢!火有点大,但动不得的爸一点儿不示弱,咿咿呜呜低吼……父子俩僵持不下。我来喂饭打圆场,吃了两口也不吃了。三哥厨房走一圈气平了,又回来哐哄:你要乖嘛,好好吃药,好好吃饭,好带你出去耍嘛!好不好?老爸终于妥协,把水喝了,把药吃了。

我妈也会生气。今天太阳很好,我们打算开车拉他们出去,兜风,晒太阳。牵着妈妈来到车门前,她抬脚上车试了几次,都没成功,突然来一句川西骂:我日它先人哦,咋就连车都上不去了。哈哈,我偷笑!好熟悉

阿爸，咱们去看萤火虫

的骂声。我妈这个典型的川西女子，当年一个人干八个人的活计，何其泼辣能干，除了她自己，谁敢嘲笑她！被我爸封为我们家的生产队长，指挥我们一家时，那是指点江山、挥斥方遒、意气风发的。当年嘲笑我外婆，现在轮到自己了。如今被衰老折磨得没脾气，也就着急时来几句川西骂了。

她生气的事很多。因为太能干，谁做的事都不容易让她满意，一着急就生气。近在眼前的三哥，已经习惯像个聋子一样，对付她的唠叨和生气了。我就不爱生气了。我只是惆怅。昨晚，一夜雨声滴答，听说天台山上积了厚厚的雪，我躺在温暖的床上，突然思念丛生，睡不着。翻出儿子发给我的视频，他自创的第一首吉他弹唱民谣《瓶子》，惊得我哇哇哇！有模有样的呢，我的吉他少年！他在北方校园，在我们远方的家里，正逢多事之秋：和老师不对付，业余爱好多，学业不精进，跟老师和爸爸顶牛了，说没有人理解他，孤立无援！

我们沟通交流，彼此想念！我在雅安名山的美丽的百丈湖边，听他用吉他给我弹唱《成都》，有点想落泪！成长的烦恼总是有的，谁的青春期没和父母老师对着干过呢？把他丢在远方的家，也有许多无奈。上有老下有小，这就是顾此失彼的中年。

阿为哥，我们不要希求别人的理解，我们只做好自己该做的事，努力向着自己认为的好去努力，好不好？好！他说，妈妈我爱你！那一瞬间，我的眼泪打湿了冬天的太阳！

收起电话。在川西白花花的阳光下，我们带着爸妈，在百丈湖看风景，在百丈街上的小饭馆，吃着风味独特的川西小菜。我知道，此时此刻，就是最好的时光。不忧过去，不惧未来。川西的黄色腊梅花，在阳光下绽放，散发沁人心脾的馨香。我在远方思念故乡，我在故乡挂念远方，这一生，有太多情感无处安放，顾此失彼！但，有情总比无情好！感谢岁月，让我们彼此陪伴！无论何时何地，无论高兴还是生气，都是我们一起走过的日子。

玖　有个田螺姑娘就好了

　　最近几天都是大响晴，阳光好得很，今天也是。每天晚上我们都睡得很晚。三哥习惯等到老爸睡醒第一觉，伺候他尿了才去睡。昨天是星期日，三哥又把爸妈一周每天三顿要吃的药配好，装盒备用。早餐后，我收拾厨房，三哥抱衣服到楼顶上晒。我搬出电脑，处理一会儿工作上的事，三楼的陈老师就来串门儿了。陈老师是我中学政治老师，今年也八十岁了。他在老伴儿去世后，再婚娶了个孃孃，两人一起生活十多年，感情一直都挺好。不久前，陈老师突发冠心病差点出脱了，孃孃着急也犯病，两家儿女只好把他们分开，各自照顾。他俩想在一起，却也做不了主了。陈老师说得轻松，他心态很好，觉得既然如此，那就这样吧。但孃孃惦记他呀！说春暖花开，天气好了再相见，也不知能否相见。

　　陈老师说，现在家里由小女儿辞职，全职在家照顾他，他的退休工资六千多元，一千多元给她买社保，一千多元作为生活开销，剩余的让女儿存点，以后各种备用。女儿把他照顾得很好，他也很配合。他感叹，这个当年最顽劣不听话的女儿，现在这么好！小镇及周边有很多这样的老人，有退休工资，条件算是相对较好的，最后基本都是靠儿女养老。孤寡老人才会进养老院，有国家全管生老病死。

阿爸，咱们去看萤火虫

陈老师病好得不错。说中午女儿给他蒸了鱼，回去吃午饭了。老妈前日做了推拿，身体有所恢复，就开始闲不住手脚做些事。午饭我就着她整理出来的莴笋、土豆，做了简单的三人餐。老父亲吃的菜、肉类都要剁碎，免得他嚼不动。三哥每顿都会耐心剁碎。今天老爸表现很不错，自己动手吃完一碗菜和饭。三哥说，要避免他吃饭呛着，吃饭时，要在后背垫个垫子，保持前倾，防止他后仰。老爸从年轻时就喜欢吃蒜。大蒜对他身体也有益，每年我妈都会做几十斤糖蒜囤着，每顿给他吃点儿。

在三哥这里，无处不是保护老头的充满爱的细节。这些，几乎都传承自老妈几十年如一日对老爸的照顾。老妈虽然脾气不好，但是她照顾人的贴心体恤和周到无人能及。三哥在旁自然是耳濡目染了。

老妈睡醒了，差不多三点才起来吃午饭，我收拾好已是下午。父子俩在院子里晒太阳。阳光很好，我们决定推他俩出去镇上逛逛，但老妈不想去，我们就推了老爸出门去。沿上河郡绕到白沫江边，草青水绿的，老父除了习惯性哼哼，表现都很好。我们在阳光下拍照，一路上，还买了一杯烧仙草奶茶分喝了，又偷嘴吃了蛋糕。这样的时光，平静美好，如果不是北有牵挂，或许，往后余生就这样过了也好吧！

回到家，老爸还是各种哼唧，要拉手、要抱抱、要亲亲，每人轮流给他来一遍才安静了。在他的各种哼哼后面，都有一种需求，只有爱他的亲人，才能细心去体味他的需求——满足后换得他的安静。他的闹，是口水滴在鞋上要你擦，是手冷了要烤火，是门开着吹了风要关门，是要拉、要吐、要吃喝……对于他的所谓不讲道理的乱闹腾、打滚，三哥的理解是，那是他生命力旺盛的一种挣扎，每次都要闹到累了、趴地上动不了了，再扶起来就好了。所以，隔段时间就把垫子铺上，让他闹一回。

晚餐他依然很乖地自己动手，吃了一大碗菜和饭。饭后哼唧，跟着

玖　有个田螺姑娘就好了

他的手势猜了半天，才猜到想洗假牙，于是三哥伺候他洗牙刷牙，搞完安静了一会儿。三哥说，为了让我早点更新日记，今天他洗碗收拾。于是脱了外套穿上围裙，活脱脱一副四川居家好男人的样子。三哥再能，这个家，确实还是需要一个女人啊！我走了怎么办？希望他的"田螺姑娘"早日到来！希望善良的三哥后半生老有所依！更希望所有人老来不孤单，有依有靠，安度晚年！

拾　妈妈的红烧鱼

　　过日子，就是在一起吃饭。吃了很多很多的饭，就会滋生出许多的情感。陪伴爸妈的日子，就是陪他们吃饭，做饭给他们吃。为了让他们吃得下饭，就要想方设法调理他们的身体。这些过程，就是日子。所以，和生命中许多难忘的、重要的人在一起的日子，留下的记忆大多与吃饭有关。

　　下午，我在餐桌上用电脑处理工作，老妈在一旁一边烤火，一边给我们烤馍馍。烤好了，我一只手举着烤馍，一只手工作，老妈跑去阳台，喊院子里洗轮椅的三哥带老爸回来吃馍馍。

　　这场景让我非常熟悉。就像小时候，夏天酷热，全家在家午睡，妈妈不睡，一个人炒凉粉、做凉糕，凝成白白的一大盆，放到屋后的泉水井里冰上，又熬红糖水，等我们醒了，一人一碗红糖凉糕，那种感觉，是家和妈妈的感觉。记忆中最温柔的妈妈，就是给我们做好吃的那个妈妈！就像毛不易的歌《一荤一素》里唱的——

　　　　日出又日落，深处再深处
　　　　一张小方桌，有一荤一素

拾　妈妈的红烧鱼

> 一个身影从容地忙忙碌碌
> 一双手让这时光有了温度
> 太年轻的人，他总是不满足
> 固执地不愿停下远行的脚步
> 望着高高的天，走了长长的路
> 忘了回头看，她有没有哭
> …………

我从遥远的北方回来，因为妈妈不能做饭了。她时常在家哭！从前都是妈妈做我们爱吃的，现在我也想做点他们想吃的。可是，他们喜欢吃什么呢？

妈妈说，中午吃鱼不？不知是她想吃，还是揣摩我想吃，我说好，我去买鱼。我很想用轮椅推着很久不能去菜市场的妈妈出去，逛逛她热爱的菜市场，可是她显然怕添麻烦，坚决不去。我只好一个人溜达着去了菜市场。买了少刺的梭边鱼、豆腐，打了肉臊子，回到家，妈妈已经在厨房搭着凳子，开始做饭了。但凡身体舒服一点点，她都是闲不住的。但是只要她一进厨房，地盘就是她的，都得听她的，我马上变成辅助者。帮她把泡椒剁碎，大蒜切片，鱼洗干净，豆腐打块，看她佝着背炒料。放那么多辣椒老爸怎么吃嘛！我一看她那架势，就是想做一锅麻辣鱼给我吃，貌似我这次回来还没吃过她做的菜。

红烧麻辣豆腐鱼做好了，老妈出手，自然味道差不了，可是三哥抱怨太辣，不能给老爸吃！在老妈心里，我就是远嫁的女儿，回来就是客人。可是，她依然盼归，盼星星盼月亮的，才把我盼回来。不能做饭了，就琢磨去哪个饭馆，吃我喜欢的饭食。还惦记我喜欢吃的酸辣粉、黄姜豆腐等小吃呢！可是，我的妈妈已经心有余而力不足了。这怎不叫她心急如焚？

　　老妈从年轻时就有头痛病，常年吃头痛粉，吃上瘾。后来骨质增生，受折磨很多年，术后又复发，变成浑身痛，还有老年冠心病……现在就靠推拿、吃药维持。急也没有用，都在叫她调整心态，可是很难。还是急！她不能跑菜市场了，家里冰箱终于不用堆得满满的了！空空的冰箱就像她的心一样吧！不能驰骋厨房的日子，空落落的吧！

　　这些天，她的胃口不是很好。每顿勉强吃一小碗饭。说她的饮食习惯不够健康，让她吃点蛋白粉、牛奶这些，她比较抗拒，说吃不下，吃了胃不舒服！她还是喜欢吃有滋有味的东西，看她活得那么不容易，就想将就她，想吃什么就吃什么吧！身体怎么舒服就怎么来吧！

　　老爸不太挑食，但也有喜欢和不喜欢的。老妈最了解！两个人，或者一家人在一起的好日子，就是想着为对方做他喜欢吃的饭，吃着吃着吃惯了，也就不能分开了。老妈这一辈子，很少考虑自己喜欢吃什么，但把我们每个人喜欢吃的都记得清清楚楚。我儿子只要回来，她一定会给他包抄手，做青椒肉丝和番茄炒蛋！这几天，我做的香芹豆腐干、白菜芋头汤、豆浆粥，好像她还都接受。明天，又给他们做点儿什么吃呢？

拾壹　大寒+腊八节

今天是腊八,也是大寒,双节快乐呀!

傍晚时分,老姑打来电话,让去她家端腊八粥,亲戚朋友住一堆就这点好嘛,你家裹来我家裹,裹来裹去里就是亲情。平时我家做了好吃的,就打电话叫姑姑和姑父过来一起吃。我们两家住得最近,就在斜对门。

下午,父亲闹腾得很,我们就开车拉他出去逛逛,去哪呢?老妈说,去下坝妹妹婆家看冉叔叔、李孃孃他们。李孃孃平时也不跟妹妹、妹夫住,老两口在下坝乡下,李孃孃种菜,冉叔叔替人家翻瓦房,过得自在。李孃孃时不时就会背一背篼蔬菜送到我家里来,鸡鸭鹅肉的也是经常送,就在这送来送去里,送出些情意来了。

今天一大早,收到信佛的鸿姐姐发来的为我爸妈燃灯供佛的照片。她说,今天腊八节,也是纪念佛陀成道日。纪念他成就了慈悲、智慧及无畏的力量,超越了世间种种痛苦,并将离苦的办法传予世人。愿爸妈和我们每一个人,终可离苦得乐,超越生老病死的痛苦!

爸妈都老了,他们得的是老病,是年轻时种下的疾患。所以,我们趁年轻要保护好自己啊!我也慢慢习惯,进入和三哥一起照顾两老的常

阿爸，咱们去看萤火虫

态化日子——早上起床伺候他俩洗脸、喝水、吃药。我做早饭，洗衣、扫地、收拾家里。爸妈的各种中西药都归三哥负责，包括催促老妈吃钙片、蛋白粉、西洋参粉，老妈时常会像孩子一样生气，嫌中药苦不喝，嫌药多不吃，像个撒娇的小女孩生气：吃吃吃，你吃嘛，苦来苦不得，你想整死我嗦……在吃药问题上，老爸就是好样的，除非脑子糊涂了，基本上都很配合。三哥说，这是他本能的求生意志在起作用！很悲壮！

饭后，给老妈做皮肤护理，脸、手、脚。她还是浑身莫名痛，今天让三哥用药酒擦了擦。但她明显在好转，开始在厨房——这个她一生的"阵地"上出没，今天又把她做的豆腐乳新的旧的整理出几个瓶瓶罐罐。她若在厨房，我做饭就手忙脚乱，她一会儿喊锅烧开了，一会儿喊该下油了，一会儿又喊翻菜了……不能自如行动的她，操碎了心啊！这几天没有出远门，老爸的过场就有点多，在家不停闹，要出门！许多时候我们都置之不理，各忙各的，屋子里都是他的哼唧呻吟声。这些，都是一种常态，我们已经习惯，在老爸的哼唧声里、老妈的发火声里，过这流水一样的日子！好像和过去也没有什么区别。

有他们在，就有我的家和归处，有如许的关爱和温情，就有我与这个世界的无声牵绊，我珍惜这样的日子！让我们相互陪伴，走过一个又一个节气，走向春天。

拾贰　崩溃时刻：老爸闹老妈哭

又是崩溃的一夜。

看看三哥的护理日志：

昨晚饭前服药常规，饭后服中药，睡前未服药。

2021.1.19

0：55，血糖11.7，血压153—82—57。

9：00，早餐前常规服药，吃豆奶煮麦片＋盐蛋1+馒头包子各一坨，后未注射胰岛素。

11：30，血压67—66—66，小闹，想出去，冷，没出去。

峰值血糖18.0。

18：00，饭前血糖14.2。

血压180—77—68。

常规服药。

2021.1.20

9：00，早餐前血糖10.4。

常规服药，饭后未注射胰岛素，服中药。

11：30，大便，干块十余，中午未服药。

19：00，晚饭前常规服药。腊八粥三口+米饭，正常。

20：00，大便，成型，较细，量少。服麻仁丸一袋。

2021.1.21

0：50，血糖11.6，血压177—77—66（过高），服药波依定1/4+富马酸1。

1：30，血压172—77—60（熟睡中）。

3：00，开始折腾——不断打铺盖、拉假尿、爬起五次、拉纸尿裤，扯护垫、床单、叫唤、不听招呼、屙尿床上……

4：00，固定左手脚，垫好护垫，任闹。

5：00，老妈过来心痛了，哐！表示听话了，睡了，解了手上绳子，老妈前脚走，一会儿又开始折腾……被子、枕头、尿湿的护垫，拉得到处是，多处湿尿，还不断折腾到天亮，想让他多睡会儿，不干，按着睡下又爬起来，反复数次并且不断"哭闹"（无泪型干哭）。崩溃得很！

早上八点过，家里静悄悄的，闹腾一晚后，他们都还在睡，老爸听到我的动静就又开始闹。九点都起床来，我做早饭，吃了就十点了。

三哥很崩溃，情绪低落。老妈语有埋怨，她的埋怨里，是清醒的她对于不清醒的爸的惺惺相惜。三哥夜里绑了老爸的右手脚，她不忍，爬起来解开，手拉住老爸哄了一个多小时，以为老爸睡熟了她就去睡了。没想到，老爸接着就把被子、裤子、衣服、纸尿裤、尿垫扯得到处都是，尿撒得到处都是……三哥忍耐，不作声。

后来三哥说，昨夜没给老爸吃安眠药，估计是这个原因闹腾。对于吃药安眠，之前医生对许多人都建议过，但三哥试了一次后很久都不愿意用。他说，老爸对安眠药非常敏感，吃了一片第二天就憨呆了许多。很久之后，实在闹腾得三哥崩溃，才又尝试吃四分之一片，最后控制到吃半片，就可以让他安眠几小时，第二天人的精神也不错，就这么形成

拾贰　崩溃时刻：老爸闹老妈哭

了惯例。

今日阳光很好，我们商议午后带他们出去逛逛。三哥说有朋友介绍了一个养老院，去看看。我也没多想，就一起出门了。翻过牛屎坡，经石头到临济，有个中颐集团的九九红养老院，我和三哥进去转了一圈，里边都是七八十岁的老人，正在院子里晒太阳、吃水果。见到何院长，聊了一会儿，感觉非常好。老妈在车上不时打电话来催，三哥出去看了三次，最后跟院长道别。

一上车，好家伙，老妈在车上哭麻了。我们一上车她就泣不成声哭诉，说我们想偷偷把他们送养老院，一把鼻涕一把眼泪的，说小时候一把屎一把尿把我们姊妹几个拉扯大，到现在，过的是什么日子……我顿时就蒙了！三哥也没作声。车在茶园开着，阳光很好，仿若春天，然而我们的心，都很沉重。什么心情都没有！

我们都深知老妈的脾气，这个时候再说什么都是错。打小家里她就是"太后"，即便她错了，最后也是我们道歉了结。家里一切都以她的意志为主。否则，她有的是绝招惩罚我们，每一种方式都像刀子一样直戳心窝，让你恨得牙痒但毫无办法。

她老了，但我们依然怕她。仅仅是了解一下养老院，她的反应就这么大，看来，这条路是走不通的。我跟她解释说，我们去了解一下，对我们将来养老也是一种预期，又没有谁要强行送你去养老院。我不吱声还好，我一说，她就更委屈了，又哭，又控诉我们！我除了同情三哥还是同情三哥！他在家，承受老爸的病体折磨，恐怕更难的，是来自老妈的各种情绪折磨。

夜里，我们又陪三哥到单位值夜班。我们在车里坐，只要老爸一有动静，老妈就立马要给三哥打电话，我不让她打，因为三哥来了老爸也还是闹。能让三哥清净几分钟就清净几分钟吧。

这些天，我是见识过的。老妈打电话，三哥来晚一会儿，她就是劈头盖脸一顿骂，我心里真是愤愤不平。老妈这辈子骂老爸，老爸从不介怀，总是逗着她笑，老爸病了这些年，她这个超级护理员没的说，但也从未停止骂老爸。好多次我们听不下去抗议，她就耍横，闹得我们没脾气，再不敢说她……

好强的她老了，我们也不忍心责备她，但是对于她的脾气和情绪，真的是心有余悸。这是自己的妈呀！尽管她时常这样发脾气，每当这时彼此都很崩溃，但我们还是会依恋，还是会想家，还是会想妈的好。我在家这些天，也多次跟她探讨恰当的养老照顾方式，希望她能在许多方面认清现实，作些安排和妥协，为自己和儿女的长远打算。但当我说后，最后等来的都是沉默。父母有老的无奈绝望和艰难，儿女有儿女的无助和痛苦，彼此相伴和纠缠，有情有怨，有不忍，有忍耐，谁也离不开谁，谁也救不了谁，这是一个沉重的现实！

我们在黑夜的车里静坐，老爸依然不停闹腾，掀掉安全带，揭开棉衣扣，扔了帽子，想要打开车门。我和老妈不停安抚他，他静一会儿，闹一会儿。

车窗外夜色深沉，黑暗中的天台山，你是知晓人间的大神吗？说什么离苦得乐，我们要熬炼的是这个过程。其中，有苦有乐，越往人生的尽头，越是极苦的味道，当苦到极致，人生也就到头，或许就得乐了吧！许多问题，可能就是不能得到答案，而在寻找和渴望答案中，时间就过去了，问题也许就不再是问题，而是生活本身。

但愿明天老妈不再哭诉，老爸不要闹腾，再过一天平静的日子。

拾叁　换新家具

今天三哥上白班。早上七点半,我还在睡梦中,三哥叫我,要起来赶在八点前出小镇,不然就锁路了。收拾好,匆忙出门,准备先把车开出去再说。刚把车停在禹王街口子上,锁路的警察就来了。我们依然在禹王街的陈涛小吃店吃奶汤面。三哥在车上给老爸测血压、测血糖、喂药。我们吃完了,在车上喂老爸,刚吃完,大哥大嫂从成都赶回来了。

商议后,老妈还是决定,带着老爸随三哥去上班,我留下和哥嫂收拾家里,准备迎接新家具。

爸妈这个家,维持了整整三十年。老爸刚搬进来就生病了,那时除大哥、二哥大学毕业外,我们三个小的都在上高中,老妈没工作且要照顾老爸,家里很困难。大哥、二哥工作后,就供后边的弟妹上学,七帮八带地往前奔。

家,很简陋。但也是我们在天涯海角惦记的窝。这么些年,经历过换地板、刷墙、换家具,但都没有彻底装修捯饬过,实在是家里一直有病人,兄弟姊妹也都是工薪族,过得并不宽裕。如今门窗都已朽坏,老爸卧室里的家具,还是大哥1989年结婚时做的组合家具淘汰下来的。几次要换,老父不肯,才用到如今。如今老父痴呆,说了不算了,老妈手

阿爸，咱们去看萤火虫

脚不利索，旧家具里不知堆积了多少东西。这次大嫂做主，换家具。

我和大嫂经过大半天的清理，把空间先腾出来。夏天时，小镇经历过百年不遇的洪水，家里都被浸泡过，搬出旧家具后，地上还有洪水积土，拿刀子铲刮干净……等到傍晚六点过，小镇开锁，新家具才拉进来。

换家具，也是这个家向前奔的一点新气象。其实，门窗该换，墙壁也该刷，无奈大家精力都有限，我远嫁他乡，大哥二哥上班忙，三哥一心照顾爸妈，根本没心思，也没精力搞这些。爸妈自身难保更不用说了……可是，就是这么一个破破烂烂的家，过年过节，兄弟姊妹还是拖家带口往回赶。家里住不下，分散到姑姑家里去住，或者宁愿睡沙发、打地铺都要挤一堆。

三十年来，老妈拖着生病的老父，累得筋疲力尽，依然像个老母鸡似的，呵护着散落天涯的儿女，一到过年过节，就会忙活好吃的，忙活拆洗被褥，等着我们回家！如今，老母亲动不得了，可想她心中有多么哀怨、不甘和着急！让她跟着三哥去上班，不在家盯着看，也是免得她着急。对这个家，她应该有很多期待和设想，无奈她身体日渐衰退，心有余而力不足，只能得过且过！

这个一楼的家，光线不好，面积小，接了一块偏角，拓宽了厨房和储物间，光线就更不好了；阴暗潮湿，冰箱、洗衣机都潮坏，许多东西也很容易生霉……曾经无数次试想，回老家买个大房子，让爸妈过几天宽敞明亮的好日子。可是回乡的路啊，不是太长，就是太多羁绊，混迹半生终究是能力有限，不知爸妈能否等到我归来。

家家有本难念的经，这个家，真的太不容易了！

一生视金钱如粪土的父亲，对清苦的生活有一种病态的喜好。于他而言，不吃苦不足以语人生，不艰苦不配言精神财富，从小教导我们就是要吃苦，艰苦朴素！

父亲，他给了我们无垠的精神世界，让我们和这个家，拥有一种与众不同的气质。他若知道我们会为物质、金钱所惑，必会摇头叹气吧！记得他当年带领我们办家庭小报《小荷尖尖角》时，曾设计过一个小版块，叫《蜗迹土》。他总说，人活在这个世界上，像蜗牛一样，总得留下点自己的痕迹！他的痕迹就是为这世界、为我们，留下他创作的文字、他的思想。他病了后，我们才慢慢长大去走世界，我们在创建自己的世界时，关注的是越来越大的房子，而不是身后的蜗迹，这与他的初心，早就相去甚远。他看着我们进进出出、搬来搬去，着急地挥着手，咿咿哇哇叫着。他无力地看着这个离他越来越远的世界，无助而茫然地表达着他不知所云的心事……而我们，究竟是比他清醒，还是比他茫然呢？

拾肆　萤火虫叔叔，带着爸妈去上班

今天中午，又跑到甘溪沟李碥去蹭了姐姐的午餐。川西人家，总是做一桌子菜，还说，木（没）得菜木（没）得菜！最近，老爸都是自己吃饭，末了怕吃凉了，才喂他几口。刚吃完饭他就要走，三哥牵着他左一步右一步地挪，三哥突然脑洞一开，说：你看，像不像在和老爸跳探戈！哈哈，我一看，果然像！赶紧拍下来。三哥补充说：酒醉的探戈！笑得我不行。看嘛，这就是被大家深深同情和担心的三哥，其实他内心比我们都强大乐观，还幽默得很。

早上六点过，天还未亮，除了父亲房里的灯光透出一丝光亮，一切都静悄悄的。我起来开门一看，三哥提着尿壶在静静给老爸接尿。就这样的动作和姿势，他一个晚上不知要重复多少次。冬天冷，根本不敢脱衣服睡觉，真正是衣不解带地照顾。我也悄悄去厨房烧水洗漱，因为今天还是三哥值班，我们又要跟着他一起去上班，要赶在八点锁路前出门。

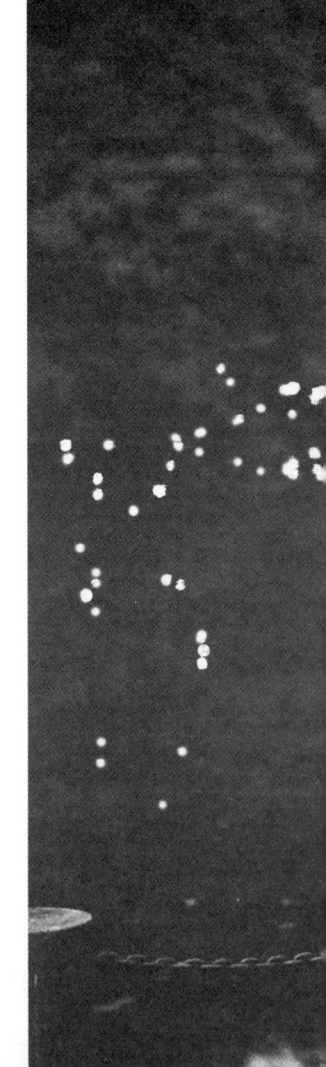

拾肆　萤火虫叔叔，带着爸妈去上班

今天，我们决定去夹关镇吃早餐。我无数次写过的夹关，它是我心中的川西边城，是我小时候赶集最向往的地方，留下过无数的回忆。

恰逢夹关赶集，为了停车方便，我们就在白沫江下游的大桥头大桥面馆吃面。一下车，我就迫不及待冲上大桥去看江面，就是梦中的模样，冬日的白沫江，晨雾缭绕，上桥和中桥是最古老的石桥，背背篼和娃娃的人在桥上来来往往，形成一派独特的白沫江风景。两岸的吊脚楼大部分翻新过了，冬日枯水期，河床很浅，梦幻般的水雾在江面缭绕……可

三哥去林间观察萤火虫时，爸妈就在路旁水边安静地等他，虽辛苦，但看上去也特别浪漫。

阿爸，咱们去看萤火虫

我不敢逗留，要赶紧吃过饭跟三哥去上班。

三哥在邛崃天台山景区工作近三十年了，最近十来年，潜心致力于景区萤火虫的研究培育，全凭一腔热爱。再加上景区支持，以及天台山良好的自然环境。如今，天台山萤火虫名声在外，为亚洲最大萤火虫基地、全球十大萤火虫观赏地之一……三哥是一位超级地道的"萤火虫叔叔"，如果他有空，还会给孩子们开设萤火虫课堂。他对数十种萤火虫的介绍如数家珍，对其特征习性了如指掌，无数媒体采访过他。因为研究萤火虫，时常在深夜出没，有时整夜在野外，所以后来，单位就默认了他的工作时间，夜晚为主，白天可休，这也给他照顾父母提供了便利。他经常带着爸妈去工作，他去林间观察萤火虫，爸妈就在路旁水边安静地等他。想起来真浪漫，其实很辛苦。

冬天是萤火虫蛰伏期，没多少事。疫情期间的天台山也很冷清，三哥这个白班值的是志愿者岗位，他也很认真地在寒风里坐够八小时。每当爸妈陪三哥上班，他们就得在车里一坐一整天，老爸乖，不闹，三哥会很心酸，不乖，他也不忍责怪，所以，上完一天班，想必他心情都不会太好。大概是那种可怜父母想哭的心情吧！

老爸今天在车上的几次闹，都有原因，嫌我们说话吵到他了，想尿了，饿了……中午去甘溪沟吃过饭，回来继续蹲车，到下午我也是浑身不舒服，就去周围转了一圈。下班时，三哥带着老爸在停车场走了几步，他暂时安静了下来。

一辆车，就是三哥的肩膀和怀抱，背着、抱着爸妈，整日奔波在故乡的土地上。我跟着，看着车窗外的寂静山水，川西，是那么美！生，是多么美好。生命，它的蓬勃让我们留恋，它的衰退和式微又是多么令人无奈，看到父母的衰老和脆弱，你怕了吗？

无惧未来，你做得到吗？

拾伍　川西"边城"夹关镇

陪三哥去上班，或者回河口上妈妈的乡下老家，回我爸的碓溪沟老家，都要经过这个地方——夹关镇。

我爸当年，从村里小学走出来的第一站，就是调到镇上的夹关中学教书，后来转正后再调往平乐镇的高中，我们全家就跟着去了平乐镇。在此之前，我们的活动范围，基本都在夹关镇。在四川，有无数这样的小镇，有山有水，有石桥，有古老的黄桷树、吊脚楼和耸立的牌坊，古老且宁静。而地处川西邛崃山脉之间的白沫江之上的小镇夹关，是生在农村的我走出大山、了解外面世界的第一扇窗。

两山夹一关，谓之夹门关。夹门关自古就是重要的战争要口，一夫当关，万夫莫开。夹关镇周围的川西坝子，美丽如画，我爸曾有古诗描绘——

> 千里夹门一望收，菜花如锦麦如油。
> 眼前豆蕊迷花蝶，天际云峰卧水牛。
> 两峡虹桥飞雾带，一园春雨动莺喉。

🐞 阿爸，咱们去看萤火虫

关于夹关镇，我有许多感性的记忆。小时候，它意味着万紫千红的大千世界，我总盼望妈妈能带我去镇上赶集，即便什么也不买，只是上街下街地走一趟，看看那些卖衣服、布匹的，做各种吃食的，照相馆橱窗里的美人照，电影院前的人山人海，供销社里的琳琅满目……开眼嘞！

我在寂寞的山村里慢慢长大，开始以书为伴时，就在爸的书柜里读到《边城》，我仿佛看到那一切故事，那吊脚楼和赛龙舟，那翠翠的故事，就是发生在夹关街上、白沫江沿岸。

所以，夹关，是我心中的"边城"。它有淳朴的民风，有流传的故事，有痴情的女子，有仗义的汉子，有多才的文人，有多艺的凡人，它有一江两岸人家水，有长桥卧波，有千里横云锁夹门……我住沫江头，

拾伍 川西"边城"夹关镇

君住沫江尾,日日思君不见君,共饮沫江水。

每逢三六九,我们就像其他农人一样,背起背篼,去夹关赶集。帮大人背些玉米、小麦和稻米杂粮去集上卖了,买些化肥、农具、菜秧子,或者家用盐巴、酱油、醋等回家。当然,我不关心这些,我只想去看、去玩。我趁着赶集,在夹关的小镇上,租看过两分钱一本的连环画小人书,看过两角钱一场的电影,在不知哪家的书摊上购买过《少女》《少年文艺》《抒情歌曲》……还在衣服摊上买过流行的喇叭牛仔裤、夹克衫,在裁缝店里做过镶白边的蓝色连衣裙。我从供销社的营业员身上,找到了自己最初的职业梦想——当个营业员,守着琳琅的物品,收钱,把物品递给顾客。

至今仍在的国药店,当初因为叔爹坐诊,我们逢场必去。在那里,

●○○ 新夹关,我心中的川西边城。

阿爸，咱们去看萤火虫

见到别处的亲戚，七大姑八大姨的，互相交换彼此近况，传递红白喜事的讯息。北街上飘香的卤鸭子，南街上热气腾腾的面馆子，石灰桥头的血旺汤，中桥巷里的炸油糕儿……历历在目。

白沫江上三桥横卧，两座平桥，一座拱桥，连接着南北两岸，赶集时人来人往，川流不息。岸上居民在水边桥头淘菜、洗衣，从不停歇。古老的石板桥，窄窄的，但从未砌过栏杆。老人、孩子、牛、羊、猫、狗、车子来来去去，从未听说有掉下去的。

江边自然生长多年的高大麻柳树和黄桷树，天然为江而生，桥、江、吊脚楼和大树，好一派川西水乡的韵味。一年四季，江上要么明月清风，要么云雾缭绕，宛若仙境，是摄影师的天堂，怎么都拍不够。

桥头上古老的牌坊耸立，出太阳的日子，老人就在牌坊下晒太阳、摆龙门阵，甚至打麻将，安详宁静。赶集的日子，边边角角都是摆摊的人，卖五谷杂粮、鸡蛋、水果、蔬菜的，卖叶子烟的，卖草鞋、背篼、扁担、锄头的，都是自己选个空地方随便一摆，等有需要的人来问。至今依然。多少年来，无论外面的世界如何变幻，夹关，云淡风轻，几十年如一日，还是那样子。

这些年一窝蜂似的小镇热，无可避免地刮到了夹关小镇。夹关有了"水寨茶乡"的新定位。新夹关的打造就奔着"水寨茶乡"而去，玉米地、小麦田都变成了茶田，在白沫江上游修起了象征寨子的哨楼和巍峨廊桥。而在我心里，夹关它依然是一个场、一个小镇，一个充满故事的边城。

以大姓命名的地名遍及夹关镇四围，熊营、杨湾、李碥、朱场、翟沟……以阿字打头的各种称呼，阿哥、阿姐、阿兄、阿妹，日渐消逝的包布头巾、阴丹蓝衫，不离身的大小背篼，背娃娃的单被子……这些川西水寨的人情风物，都是构成夹关乡土文化的鲜明意象，是夹关文化的根基。

曾经，以我阿爸为首的一批乡儒，以文字、话剧、相声、小品、歌舞等形式，活跃在夹关的文化舞台。阿爸曾创作过新川剧《山乡巨变》《九湾风雨》等。在碓溪沟里，游过以阿爸为首的"四条白水鱼""四条沙沟鱼"……如今，作为非物质文化遗产的马马灯、踩高跷依然活跃，每年农历三月二十八的"按红鸭"水上活动，水面上嘹亮的山歌子，古老和新生的夹关镇，仿若遗落在茶马古道上的明珠。川西第一关，给人以更加丰富、立体、鲜明的印象呢！

白沫江水不停息，天台山上的云彩总印在它的波心。它带着夹金山上的雪水，也带着藏地高原的气息。夹关，就是一个随时在汇聚和演变的边城，没有多少人注意到它，在漫长的岁月中，它经年不变，却见证和记录着人间巨变。

边城的边，是要区别于大城的主流和大的——边远的地方，边缘的文化，边上的人性。在大众文化娱乐至死，没有一点正经的今天，我们多么渴望，在遥远的山地边城，出走大城的名利场，享受边地小农的淳朴真挚情意、边城自然绮丽的田园风光。我想，大约沈从文当初写《边城》，就是基于这样的向往吧。

就像我们时常带着爸妈去夹关镇上的一家小菜饭馆吃饭，每次吃饭，都很便宜美味，我妈总愿意多给点钱，她觉得吃得太少不好意思。饭馆的嬢嬢推辞不下，每次就要送些刚从地里摘回来的青菜、白菜、萝卜的，一来二去，相见欢，沉淀出细微而美好的人情。这，大约就是边城的蚀骨之美吧。

无论时代和历史怎么变，追求真善美的自然边城，总是许多城市人的理想。日日身在其中，并不觉得有何不同。然而，每次站在异乡的视角看它，夹关，就是我美丽的梦中故乡。

拾陆　唱首歌吧

　　我知道，有许多站在我的文字对面的你，也曾有过这样陪伴父母的日子，其中滋味和甘苦，自知。

　　我们都知道，这样的陪伴，辛苦大过幸福，许多时候是迫不得已、别无选择的坚持。辛苦的情绪需要被看见、被鼓励，才会有出口。辛苦的三哥通过我的文字被许多人看见，许多像三哥一样的人，看见三哥就像看见自己，许多可以预见的未来想必也是如此。这世界，有许多艰辛，但我们必须向前。

　　今天是周日，又是老妈推拿的日子。昨夜老父又是闹不停，半夜加了半片安眠药，起来就差不多九点了。收拾好大包小包出门，三哥情绪不错，在车里哼着歌儿打着口哨，哼了一阵问我，这首歌曲是不是叫《大约在冬季》，我肯定地说不是，叫《春光美》！那《大约在冬季》是哪首？

　　"轻轻地我将离开你，请将眼角的泪拭去，漫漫长夜里，未来日子里，亲爱的，你别为我哭泣……"我张嘴就唱了出来。那些年我们唱过的歌，烙印很深，无须回忆就能脱口而出。

　　我们兄妹俩一唱一和，妈妈在旁边，重重地长叹了一口气！她对我

拾陆　唱首歌吧

们这样轻松的情绪有些不适应。她不能自如行动后，更添如缕哀愁，说话总是带着很重的情绪，总是用反问句来回答你，她不是与谁敌对，而是对无法抗拒的岁月有情绪，对自己的无能为力有情绪！她习惯用骂的方式跟最亲近的人说话，诸如———

刚出门时，三哥在前边推着老爸走了，她发现他忘带手机了，就自言自语：这个二流子，东西乱放不装起来，忙到去投胎吗咋个哦……这是典型的川骂，恶毒的语气里其实是有疼惜的。仿佛骂人，成为她最方便、合适的情绪出口！就像小时候忙累后骂我们淘气一样！川西长大的娃娃，大概都被这样骂过。我们已经习惯。

她这两天身体感觉好些了，眼见她转身腾挪也利索些了。只是走路不过百米，还是腰胀无力，必须站住歇口气。胃口也好起来了，偶尔还可以加餐饭。脸上的浮肿在减轻。她的推拿医生杨大夫和我的中医朋友，都建议她长期坚持吃三七粉和西洋参粉，之前三哥已为她准备好，和匀用小瓶装好，叫她每天吃，但她觉得要吃的东西太多，就三天打鱼、两天晒网的。这次把道理给她讲清楚，她认同，于是早晚认真开吃，我又在网上买了三七和西洋参，继续打粉给她吃。希望春暖花开时节，她能舒展眉头，在春日艳阳下微笑。

天气阴冷。从杨医生处出来，老爸又把大便拉在裤子里了。于是一阵清理、换裤子。这已是常态了！午后，三哥开着车奔跑在318国道上，大家都犯困，三哥把车子停在路边想打个盹儿。可是老父一点儿都不放过他，要撒尿，撒完尿就要走，不准停下来，三哥睡着，也得一只手拽着老爸手，在老爸的哼唧假哭里迷瞪一会儿，就起来继续奔跑。

傍晚时分，师傅来家里装家具，我在厨房忙晚餐，心里的情绪有些低落和起伏，如果可以，我能大声歌唱吗？唱一首歌给自己听，告诉自己：亲爱的，你要加油啊！人生的许多孤独时刻，我们都可以跟自己待

阿爸，咱们去看萤火虫

在一起，周围没有人最好，自己唱首歌给自己，把堆积的情绪化解掉，让日子，如常继续！

三哥却根本没有自己的时刻。晚饭后要去城里一趟，他也必须把老爸扛着出门。但他依然会歌唱，管老爸老妈听不听、懂不懂！年轻的心灵和苍老的灵魂一样，都能在歌声里，了悟人生的悲苦与孤独吧。无法阻止突然而来的情绪，亦无法放声歌唱。还好，可以通过文字，连接你和我自己！

愿我们每一天，像鸿姐姐燃在佛前的长明灯一样吉祥！

阿弥陀佛！

拾柒　老爸的柔情

今天早上，老爸睡到快十点才起来。刚吃过饭，邛崃市委宣传部派来拍摄视频和照片的队伍就到了。从2017年老爸失能、三哥贴身照护以来，我多次写过三哥的用心和不易，感动过不少人。到今年，邛崃市评选"温暖邛崃"十大人物，他成功入围，2月将去市里参加颁奖。今日，配合宣传拍摄。

原以为是拍摄真实情况，可是拍摄团队赶时间，为了快速完成，设定了一些洗头、洗脚、剪指甲的俗套情节，让三哥配合。三哥是没问题的，有问题的是老爸。从一开始拍摄，老爸就哭闹不停，即便是平时，给他洗头、洗澡、理发、洗脚等都很困难，他不喜欢，更不配合。

老爸是个奇怪的人，到现在虽然病糊涂了，但凡有点意识，脱下的衣服、裤子都要叠整齐放好，穿衣服一定要周正，扣子扣好，但就不喜欢搞个人卫生，每次都要费尽口舌，甚至强办。今天自然也是。摄影师多么希望他能笑一笑，呈现出父慈子孝的模样啊。可是不，他哭，他闹，他打人，好歹拍完。人一走，他立马好了，不哭也不闹了！

老妈一早起来就说浑身痛，吃过药就在客厅里各种姿势昏坐。昨夜装家具的师傅忙到快子夜才走，今天我和三哥就开始整理物品归类。三哥负责字画整理，我整理了一间屋子的细碎物品，丢了很多没用但不舍得丢的东西。老爸的一柜子书，还在那里，那可都是他的宝啊，一排一排的《世界文学》、"五角丛书"什么的，可如今，谁管它们？翻出老爸的作品集，三本，《嘶鸣集》《白沫江长歌》《神祇与树林》，都是大哥给整理的。

父亲五十二岁就病倒了，正是人生积淀最醇厚、创作力最旺盛的时候，他当年用力过猛，把身体过度透支，患上脑溢血了。一病三十年，多少梦想都耽误了！翻看他的作品，他的诗歌文采洋溢，既有陶潜的田园之风，也有王维的山水禅意，他的《夹门赋》有苏子洒逸，他的《白沫江放歌》则有李白的洒脱豪情……唉，他曾梦想创立的文学夹门派，或是诗书画艺白沫江流派，魂断夹门白沫江！

每次，总还是忍不住去翻看他写给我们姊妹五个的几首诗，为父情怀最动人，再看一次，情动一次。我们兄妹五个名字按"伯仲叔季少"排序。父亲姓高，但这个当年敢为天下先的不羁父亲，愣是冒天下之大不韪，把我们姊妹几个的姓氏都抹去了，以古时的伯仲叔季兄弟排行来给我们取名，分别为伯先、仲先、叔先、季先，多生了一个，即兴取为少先。先，是高氏到我们这一辈的排行。按正常取名应为"高先伯、高先仲……"，或者"高伯先、高仲先……"，他非但没有这样，还在我们名字后边加了"亚甫"二字。我理解为，他的名字叫"高登甫"，他的第二代该叫"亚甫"，最后形成"伯先亚甫、仲先亚甫、叔先亚甫、季先亚甫、少先亚甫"的四个字名字。在二十世纪六七十年代，你说，这个老爹的举动是不是很开天辟地？

但，因为四字名拗口，大家就都叫了最简单的"伯先、仲先、叔先、季先、少先"。

《望月溪边念伯先》
　　月光浮影碎溪流，
　　两岸虫鸣夜不休。
　　我寄相思山谷水，
　　几时能到锦江头。

《送仲先上名山后怅然》
　　心湖刻刻涌蒙山，
　　碌碌事闲心未闲。
　　有儿有女常烦恼，
　　无子无孙岂意安。
　　一路风尘歌老马，
　　半生坎坷乐流泉。
　　穷途起跌为志大，
　　聊把霜鬓作少年。

《午归得叔子》（写给我三哥叔先）
　　午归负仲望悬弧，
　　拂面春风报喜书。
　　阵阵莺啼传户外，
　　临窗问女抑男乎。

《深夜怀季先》
　　老夫一女掌上珠，
　　今夜酣声响何如？

常作颦眉偏头痛,
非无睁目失眠乎?
贫家有女父慈少,
茅舍栽花母泪多。
雏凤几时翔九阁,
愿尔此生少蹉跎。

《1976年端午节》(写给我小弟少先)
无花无酒过端阳,
箧尽囊空正愁忙。
隔院孩童争角黍,
捉襟少子泪汪汪。

还有一首写给我妈的——

《临邛寄妻》
日久离家欠念多,
感君劳作苦奔磨。
蔗林霜降须拔叶,
蒜圃秋分早做窝。
仲子饥寒常着意,
伯儿耕读防蹉跎。
中秋月朗思团聚,
百里相思看银河。

这些文字里，都是父亲半生威严如虎背后的柔情。但现在，他在沙发上不停闹，像个婴孩儿一样见人就抓，要出去、要出去。我把他的作品读给他听，他眼神恍惚，不听。读到《白沫江放歌》时，安静了一刹那，还点了点头，转瞬就来夺我的书，要我放下书带他出去。

我学着三哥，用脚抵住他的脚尖，拉着他的双手，想用力拉起他来，试图牵着他走几步，老妈和三哥都警告我小心和他倒一地，话音未落，他倒，我拉不住这一百多斤，眼看要一起倒，三哥眼疾手快接了过去，但老爸已经在地上了……最终，三哥放下手里的活，推他出门去了。

就这样，又过去一天！

拾捌　老父亲的眼泪

老父亲的眼泪是在七十八岁那年突然多了起来的。多年来，他给我们的印象，都是威严、理性。有客人在时，他是幽默风趣、能言善辩的。病倒后，口不能言、手不能写时，也是执着、顽强的。从没见他哭过。我们也不觉得他会哭。可是，有一天他哭了。一天中突然就哭了好几回。大家一时都很错愕，取笑他，他倒并不介意。

起因是，我妈因为腰椎间盘突出，去外地住院十多天，其间，把他一人放家里，白天他自己在家，早晚我三哥回家照看他吃喝。当时去外地住院时，我们是一起去的。他一路跟随，我们兄弟姊妹间商量老妈的病情和治疗方案，都忽略了跟他详细汇报说明。因为他也是个需要照顾的人，我们考虑更多的是，老妈住院期间如何安置他。安置好老妈之后，他就跟随我们一起回家。之后，我们走的走，散的散，上班的上班，家里就他一个人了。

早、晚饭有三哥在家，不用愁。午饭是给他温在电饭锅里的，他只需要打开电饭锅取出来吃。结果，第一天他就没能从电饭锅里取出饭来。好在，我们还有个大侄女在旁，中午要过去看看他，这才吃上饭。总之，没有老妈在家照顾他，他一个人待在冰冷的家里，不知道他胡思乱想了多少。

终于熬到周末。三哥知道他喜欢出去逛，打算借车带着他去走个亲戚。星期六一大早，天没亮他就起来了。还翻出一本二十多年前的交通地图册，三哥说不能用了，不带。中午在亲戚家吃饭，他毛焦火辣地坐立不安，问他不舒服吗，他说没有，就是要走。于是就准备出发，带他回家。结果坐上车后，他急了，比手画脚，越急越说不清楚，最后好不容易蹦出我妈的名字。哦，大家才恍然大悟，他要去看我妈。三哥以为他临时起意，开车对路线又不熟，建议他不去了，直接回家。

结果，我们的老父亲，眼泪就下来了，直接哭了！不知道他是用眼泪来表达他一定要去看我妈的决心和勇气呢，还是因为着急说不清楚。或者是心里想念我妈，我们却不能理解。他这第一哭，是史无前例的现象，立时让我三哥傻眼了，马上打电话叫大哥大嫂救援。于是，大哥大嫂来，拉了他就往医院去。

到了医院，老妈在治疗室还没回来，要等四十分钟。我的老阿爸就又不行了，又是一阵呜里哇啦地哭。天神诶，我的老父亲，你这是一次哭个够啊？他是不是以为我们骗他，以为老妈已经不行了？或者，这几天来他一个人偷偷地煎熬，胡思乱想了太多，想到这个陪伴了他几十年、无微不至照顾他的老太太，要是不在了，他将情何以堪？

他口不能言，但是他用他残废的手，在家里翻出了一本老旧的交通图册，是不是想用它去找人找车，带他去医院？他还知道路途遥远不熟悉，知道想办法，也许还想过许多种其他可能。他琢磨了多久啊？死活要去看我妈！费尽周折，没能一时三刻看到，便心急如焚。

我们的老父亲，就那么旁若无人痛痛快快地哭开了。哭得三哥看不下去，出门抹眼泪去了。是不是因为衰老，身体的变化已经击垮了他强大的理性。他终于不再需要理性，终于可以像个小孩子似的，痛痛快快

阿爸，咱们去看萤火虫

地哭一场了……沿着他的眼泪，我的眼泪在远方飞扬。

在他眼泪的背后，我看到他那些天的备受煎熬。因为他是个病人，我们无意间剥夺了他的知情权，忽略了我们商量安排的人，是他的至亲，是跟他生命和生活最息息相关的那一位。我们应该告诉他详情。"半百儿女不相见，一干夫妻常熬煎。"这是他1988年写的一首诗中的两句。人生走到最后，年轻时的骄傲也好，卑微也好，曾经的吵闹、磕碰甚至互相伤害其实都不重要了。唯有几十年如一日的陪伴，才是真实可触碰的，老夫妻就是彼此的拐杖和依靠。更何况，我妈从农村进城后，唯一的工作就是兢兢业业照顾老爸。我妈几乎是我爸肚子里的蛔虫，知道他想要什么、想吃什么，知道他哪里痛、需要吃什么药，这些都不需要交流，全凭我妈的聪明智慧。久病成医，每一次医生开的药方，治疗哪个毛病，我妈都记下来，一旦这方面的毛病犯了，老妈就会准确地找出药方，药到病除。我爸偏瘫二十五年，很多人都以为他不在了，事实上，在我妈的精心护理下，他现在虽是手脚不便、口不能言，但是身体素质反倒比我妈还强。

七十八岁的老父亲，第一次流泪，是为了他的老太婆，我们的妈。我们还不曾衰老，怎么能体会他的情感和心情？一直以来，我爸和我妈的婚姻，我们都觉得是一种简单实用的搭配——我妈勤劳没文化，我爸是知识分子，骄傲不屑家务，当年因为成分不好，彼此不嫌弃，结合在一起，生儿育女，啥也没耽误。但我爸这个当年的文艺青年，是精神上有追求的人，他低姿态地在苦难的生活中活着，仿佛是一条卧龙，早晚要飞腾起来的心气儿，连我们都看得出来。所以，他们的婚姻，有一种特别理性的和谐——我妈任劳任怨管好家和孩子，让我爸心无旁骛地工作、写作、做梦——也算各安本分。

在这个组合里，我爸把我妈当个普通家庭妇女，所以对她的坏脾气都很包容。我妈忙不过来骂人时,我爸从不顶嘴惹她生气,相反,还总是逗她笑,化解她的怒气。这种高姿态,其实是不跟她一般见识。我爸有他的一套理论,诸如对女人需要哄,不能讲道理,婚姻中没有真理之类的。他需要一个和平安稳的后方,所以,对于我妈在家务琐事上的安排,一般也是言听计从,极尽配合。比如,从学校下班回家,换了衣服就下地干活,早上上山干完活才去学校上课,等等。

我妈就是我爸和我们家的"后勤部长",还是"常有理"。这都是我爸封给我妈的。那时艰辛的生活中,我妈很辛苦,我爸很乐观、很坚强,他们俩带领我们,一个塑造身体,一个塑造灵魂,勤恳敬业地养育了我们姊妹五个。而我妈,一个普通的家庭妇女,就是用她无微不至的关怀照料,赢得了我们每个人的依恋。即便她脾气很坏,我们走多远也还会想念她。我爸就更依赖她了。拿我妈的话说:你饭做不来一顿吃,袜子洗不来一只穿,离了我,你汤汤和饺子,就乱套。

我爸年轻时,即便穷,也是呼朋唤友,啸聚寒舍,谈笑风生,精力充沛,从不把苦难当作苦,总是那么乐观。即便带着我们在玉米地里拔草干活,在田里打谷子、晒太阳,他几乎都是一边干活,一边给我们讲故事。从小就告诉我们——人,是理智的动物。可是,在生病、衰老的漫长岁月中,我们看不见,在不知不觉中,他的所有的理智,都变成了一个单纯执着的信念,那就是活下去,一切皆有可能。而我妈,就是他活下去的支架。这二十多年虽能蹒跚行走,但口不能言的日子,不知道他是咋熬过来的。他心中有多少的话和情感都无法表达了,我们就简单地理解为,支撑他活下去的唯一信念是,他要把他所写的所有文字,变成铅字、变成书。于是,大哥辛苦很多年,给他整理出版了三本书。之后,他还是执着地要继续做这件事。面对他那些没有太多价值的东西,我们就都在应付他了。

他在人生壮年倒下时，心里一度是多么绝望，但后来很快就振作起来。那时，他头脑还很清楚，用左手学画画、学写字，歪歪扭扭地，写了几十万字的自传——《白沫江沉浮》。也许，对于饱受《钢铁是怎样炼成的》这类文学作品滋养的他，自己就是拿自己当保尔·柯察金的。那些在艰苦岁月里磨炼出来的意志，那些在病困中煎熬出来的执着，全靠他强大的理性和意志。而如今，他的眼泪告诉我们，这些都不重要了，都不如一个老太太重要。他真的很老了，老得像个孩子一样。

人生暮年，丢盔弃甲，所有在岁月中穿起来的一件件坚强有力的铠甲，都没有用了。他用眼泪告诉我们，他投降了。他的哭，有多么无助、凄凉，多么绝望和害怕。看到他的脆弱，更觉生命荒芜的凄惶。人生走到最后，再孝顺的儿女都是枉然，少年夫妻老来伴，真心真意、忠实陪伴的，唯有枕边人啊。

回想起来，除了哭，老父亲的变化还在于，这两年明显没有了以前的高姿态。开始跟我妈作对，不迁就我妈，我妈说他，他会还嘴，有时还很凶。我妈对此很不适应，两人经常吵架，甚至还会打起来。好几次，我妈扔下他跑亲戚家玩去了。有了这个插曲，或许，我妈回去后，他就会收敛些吧。唉，像个老小孩一样。

后来，见到了我妈，把我妈的病情详细告诉了他，说还有两天就出院，他马上释然、安静了，痛痛快快地回了家，在家静等我妈出院。

我妈已经出院回家了。从这一刻起，我知道，世界早就变了：遥远的家里，有两个老小孩，他们随时需要守候和照料！

拾玖　妈妈的心

这几天，在家仔细阅读老爸的自传《白沫江浮沉录》，写到当年他读书时，家里穷得饭都吃不上，奶奶为了供他上学，光着脚（不舍得穿鞋，走路费鞋）背木炭，走近百里路到雅安城去卖，路上在金鸡关遇到大雨，被淋得无法走，宿店却没钱……而最后，才华横溢的爸还是因为成分不好，断了读书路，在他颠沛流离、落魄回乡的无数个深夜里，时常想起就泪湿衣襟。

而我妈呢，当年在农村，为了供我们姊妹五个上学念书，承受生活压力和舆论压力无数，遭受数不尽的嘲讽和冷眼，她都咬牙忍受，对我们说："砸锅卖铁都会供你们读书，抽房子卖都要供你们读书，只要你们读，我就供得起！"她是拼着多大的勇气和心劲儿啊！

我哥在县里上高中，月假回来拿米和生活费，没有啊。我妈东家借一升，西家借一石，勉强凑够把儿送走。每送走一个娃，我们的妈妈，她都在无人的夜里，抹过不知多少辛酸的眼泪。

在我哥给我的资料里，居然翻到我妈在1978年9月19日写给在名山上高中的大哥的一封信，信中言——

阿爸，咱们去看萤火虫

伯儿，你放心吧，好好地安心学习，如果有什么必要的可请假回家一趟……幺儿，为娘是多么想念呀。高英孃（小姑）也很（心）痛你，这次给爷祝寿，她又给你扯了一件衣服……

妈妈出身书香之家，因时代和命运的原因，没读多少书，但至今仍能熟练背诵《前赤壁赋》《论说精华》等诸多篇章。信中寥寥数语，笔迹娟秀，俨然可见她的款款深情和感恩之心，还有从未在我们面前表露过的温柔。我妈都八十多岁了。如今谈起艰难岁月，云淡风轻，像讲别人的故事一样。唯一让她惦记的，是当年借过米、帮过她的那些亲朋好友、邻居们。

往些年，总是在春暖花开、天气舒适时，接他们到我的大本营济南小住半年。待到北方霜降，他们不适应暖气的熏蒸，就又送回南方小镇。每次到济南，妈妈总是大包小包的，决不让其他儿女帮她收拾包裹。因为，她要带着许多她想带的东西，这些物品，大家是肯定不会让她带的，她若坚持带，大家就会嘟囔埋怨说她很久。当然，主要是担心她路上带着不方便。

她带的东西，有我们四川地道的辣椒面、花椒油、豆腐乳、冻豆豉，甚至还带着她自己用惯了的老菜刀、毛刷子等洗衣做饭工具，还有给我爸准备的老药酒、裹脚布、各种药和药方子……我的妈妈虽然越来越老了，但是，她还是想着，不远万里，要去给女儿、孙儿做好吃的。不许她做都是不行的。那些，都是她为人母、为人外婆的角色里不可或缺的道具啊，没有那些，她做不到让我们念念不忘。她要在她闺女这里也快速进入角色呢！然而，此时，妈妈真的老了，一身病痛，颈腰椎痛虽几经辗转治疗，也只是能短时间站立，不能让她长时间做家务。

每回爸妈到济南，我们都很开心。开心在于，爸爸妈妈还能走出来，

拾玖　妈妈的心

还能和我们在一起，连年幼稚子都懂得珍惜，像只淘气的小狗，又是说笑话，又是蹦跶，抢着洗碗，给爷爷刮胡子，给婆婆热牛奶，变着法子让他们住得开心。而我的妈妈依然觉得，她这个妈妈驾临，必须要让我们感受到妈妈的气息。她总是变戏法似的从包里掏出许多令我们惊讶的东西，诸如一包粽子叶。为了给我们包我们喜欢吃的豌豆肉粽，她居然连粽子叶都带着，我问她，还带了什么，她神秘地说："不告诉你！"某回，她偷偷去楼下买回来一个新的盆子，我问她干啥，她说，我要给你们炒凉糕！她居然还带着凉糕粉！她来的日子里，要不了几天，家里就会堆满了粽子、馄饨各种好吃的。

鉴于她腿痛，便叮嘱她不要长时间站立和坐着，要多躺，她漫不经心说："你以为我是傻的嗦，不舒服我不晓得休息啊。"叫她不要做饭，她就偷偷地一会儿进厨房逛一圈，这次进去把饭蒸上，下次进去把菜洗了，再下次进去，菜就进锅了，不能随时跟着她，她就跟你捉迷藏。看着孙儿吃得啊呜啊呜香，她才觉得她还是有用的，觉得自己不是吃闲饭的，觉得自己不是来添麻烦的，觉得老了还有价值。老家的孩儿们都大了，散了，她没有地方变这些关于吃食的戏法了。天遥地远到济南，给我们再耍一场爱的小游戏，我们，唯有好好配合，一点不剩地吃完。

我曾经告诉稚子，我们要抢着洗碗，不能让外婆洗碗了，一是因为外婆不能长时间站立，二是因为外婆做过白内障手术，其实视力已经很不好，走路看不清容易摔倒，洗碗也看不太清楚。我在厨房，无数次擦掉碗上的污渍，还有眼中的泪。那个极爱干净的妈妈，她不知道，她已经把碗洗不干净了。

妈妈的心啊，为儿为女，跳动不息，除非生命停止，绝不肯停歇。

贰拾　大哥和三哥获奖了

昨夜，老父睡到十点多，要起来。于是穿好衣服起来坐、烤火。他突然表现得特别清醒，跟他说什么都明白。三哥给他哼歌，他跟着打起了拍子。跟他说上午媒体来拍摄时他哭闹，他就摇头叹气。我跟他说，你的两个孩子，老大和老三，都入围"温暖邛崃"十大人物，要去城里参加颁奖典礼。他把眼睛瞪得大大的，十分惊讶的样子。我说，你看你的两个娃娃，一个照顾你为小家尽孝，一个照顾大家的娃娃为国家尽忠，可谓忠孝两全之家啦，你多厉害呀！他脸上浮现有点害羞又有点励志的表情。只是，这样的清醒时光越来越少。

邛崃市委宣传部的拍摄团队，继昨天来家拍了三哥后，今天又要去夹关老爸的老家，熊营村石板庙"果筐学堂"拍大哥。我们决定去现场凑热闹。而且，那条回家的路，老父是最熟悉、最喜欢走的。

大哥早先为农村留守儿童创办的"果筐学堂"，已经十多年了。起因是大嫂从城里到村里租地，种猕猴桃，建了个临时牛棚，养牛沤肥。结果他们就在牛棚里召集了村里的留守孩子们开始上课学习，因为没有课桌，就把装猕猴桃的果筐搭上木板当桌子，被叫成"果筐学堂"沿用至今。这些故事，我在《大哥的心事》一文里详细描述过。这篇文章更名为《升起在故土上的梦》,发表在《成都日报》锦水副刊上,曾荣获四川省副刊作品评比一等奖。

"果筐学堂"最早在雅安名山区的红草村,前年,因了各种机缘迁至邛崃夹关熊营村石板庙,这也算是情归故里。因为,这里是我们的父亲出生成长的地方。父亲的一生,从幼年在碉楼苦读,到青年时在石板庙搬石头当凳子创立学校(简直是从"石头学堂"到"果筐学堂",这爷俩两代人干的就是开天辟地的同一件事啊),再到组建文化宣传队,持续创作,他为这个地方文化根基的夯筑立下过汗马功劳,以至于,现在的熊营村的乡民中,还有许多热衷文艺表演和文学艺术创作的。2020年,还借此成立了全国第一个村级文联,"碓(duì)溪耕读"微信公众号和创作交流群异常活跃。

大哥的初心是想创办"家学堂",把高氏家族从父亲生病后倒下的旗帜树起来,阴差阳错,有了"果筐学堂"。变小家为大家,狭隘的家族小农思维豁然开朗,"大家学堂"将更有生命力,也更有使命感和责任感……

"果筐学堂"设在老爸创学、人生起步的地方,受到各个方面的关注和支持,迅速扎根,迅速生长。大哥对它的期望甚多,结合他的大学教学课题,搞乡土文化态型流变研究、城乡互助、乡村教育志愿者服务基地……

2019年,央视敬一丹重访夹关留守儿童,也来到"果筐学堂",跟大哥和孩子们进行了交流。这个成果,也是大哥始料不及的。许多事情,当你简单地开始后,因为无欲无求的爱心,反倒受到大家的关注喜爱和推动,于是走向它该去的地方。

老父这一生,没教会我们在艰难世间如何生存,却把我们都教化成精神的"巨人",以精神之爱横行人间。虽然许多时候显得简单幼稚,与

● ○ ○

上图为1972年,阿爸和他的学生们在老石板庙学校前;下图为2021年,大哥在新石板庙的"果筐学堂"给孩子们上课。子承父业,也承继梦想。

人情世故格格不入，但也因这份单纯的执着收获诸多惊喜。这些荣耀，不在大哥三哥的期盼中，他们仅仅是以爱之信仰，在做他们想做的事情而已。只是，当事件发生，从传统儒士的视角去看，就像我跟老父说的那样，竟然是家门荣耀。

午饭后，我们驱车去夹关镇熊营村石板庙，村委会已全体出动，把孩子们召集起来配合拍摄，一派忙碌。我们也都当了回演员。石板庙是旧时的一座庙，庙宇现在依然在。早些年，自我父在此创立学校，一个人教全科，包括语文、数学、俄语、美术、音乐、历史、地理等，到后来演变成真正的熊营中学，可谓桃李满天下，在此读书的学生都老了。再后来，娃娃迅速减少，学校萎缩、取缔、合并、消失，唯有门前的碓溪水见证着这一切。

碓溪沟，两岸青山，田野里，菜青花黄，竹笼碧翠，是能令老父心神安详的地方。老家多年前修筑用以防匪的古碉楼，依然伫立在上游不远处，经奔走呼吁，已被列为国家保护文物。祖父辈太多的故事还不及打捞，时间已静静流逝。

此时，坐在车里的老父已经全然无知，安静一会儿就闹着要走。他已不识人，不辨东西南北。于是我们走。车一动他就安静了，一会儿就开始打盹儿。但是只要一停车，他就惊醒哼哼。车子像他的摇篮，许多时候，三哥就这样开着车，摇着他。

带着他去了夹关镇添了二孙子的幺爸家看看，我趁机在白沫江边走走、拍拍。这梦里水乡，百看不厌。他还是不在幺爸家待，我们继续走。车开得很慢，漫无目的，快到平乐镇了，三哥把方向盘一打，说，走，去芦沟竹海逛一圈！于是去了川西竹海芦沟。十里芦沟，竹海画廊，夏天时的芦沟竹海才是最美、最阴凉的地方。我们一直开到沟底，看路旁建了许多漂亮的民宿，腊梅花飘香一路。

就这样，我们带着爸妈游荡在山水之间。芦沟的水安静，碓溪沟的水涓涓，白沫江的水悠长，糊涂的老爸，只有奔波在这些山水之间，才安静如处子。壮年倒下，多少不甘的梦想在催促、呼喊他，快走快走，不要倒下，不要停下！似乎永远有个声音在催促他，不要停，不能停，走，走，走……

贰壹　风中的纸屑

川西的冬天，一下雨，阴冷至极。一般都会备毛皮鞋、毛棉鞋，甚至毛鞋垫、毛袜子，全副武装。一出太阳，就又像小阳春一样，有种暖洋洋的舒服。只是，对年迈多病、失去行动自由的父母，哪一种天气都意味着蛰伏。要么在家呆坐，要么出门待在车里。所以，老妈应该是盼望有人陪伴她的。我这次回来，每天忙忙碌碌，一有空时，不是写东西，就是工作，并未有多少时间陪她聊天、拉家常。

她就总打电话给二姨孃和小姨孃。她们姊妹仨时常在一起混，经常连发型、衣服都差不多风格，清一色烫头、花棉衣、深色裤子、小皮鞋，很整齐，步调一致的样子，简直像老年三胞胎。她们在一起有话说，虽然她们也会像小女孩似的斗嘴生气，但气不了多久就会过去，还凑一起。两个妹妹都迁就我妈这个老大，都知道她能干，脾气大，都会让着她。她一旦动不了，坚决不找保姆，就紧紧拽着两个也是七老八十的妹妹。可是两个姨妈都与时俱进，喜欢和其他老年人一起打拳、跳舞、打牌、玩耍，我妈是怎么劝都不接触这些，就一心一意照顾我爸，跳锅边舞。她的所有情绪悲欢都在这个家的方寸之间。

厨房，一直就是老妈的阵地，我这个入侵者，起初一直小心翼翼，到慢慢发现主人确实有心无力顾不过来，我可以完全做主了。每次问老妈想吃什么，想怎么做，把她问烦了，说，谁做饭谁做主！我就算得了令，可以在这个阵地上做主人了。按照我的营养原则，在他们习惯吃面的惯例里，加了一枚荷包蛋。有时也熬鸡汤配料，做鸡丝清汤面。偶尔尝试吃点别的早餐，诸如喝粥，吃包子、馒头。中午和晚上尽量掐着量，做一顿吃一顿，不吃剩菜。老妈就时常在剩菜问题上跟我呛，我不说不顶嘴，但最终还是按我的来。

那日在菜市场专门打听了都卖些什么鱼，想着换着花样做给他们吃。他们怕刺，今天做的清蒸葱油鲈鱼。我妈一听清蒸，翘嘴嘟嚷，清蒸没滋味，有啥子好吃的嘛。不过她已经说过谁做饭谁做主，我也就按我的想法做了。清蒸鲈鱼泼了葱油，滋味清甜细嫩，我看她吃得很不错。居然不知有鲈鱼，更没这么做过。吃得干干净净，三哥还让把鱼汤给他留着下顿泡饭吃。

老爸不能安静，如果坐着，得有人握着他的手，才会安静一点。他饭量不错，吃得多拉得多，腿上貌似长了劲，总想站起来走。下午，三哥就带他在院子里挪步，又借来姑父的电动轮椅训练他。但他的控制力已不靠谱，真的像带学步的孩子！

有时晚上太闹太折腾，还是要绑手脚，老妈就特别不忍。我在想，什么是虐待老人？如果不明就里的人乍一看，一定会判断为虐待老人。可是老父如此境况，我的一个中医朋友说，这种失智其实已经是精神分裂症，为了他的安全，是要采取一定的措施的。所以，以后在外遇到所谓"虐待"老人，我们可能要判断一下，至少搞清楚原委。

每晚，等老父睡下，三哥才有点自己的时间。这些天，他深夜泡在父亲的故纸堆里，翻看整理老父留存的各种资料。里面有我们中学、大学时期的作业、作文。我大学时期的《现代文学》作业本，他在封面写着"好文章",我翻看,果然觉得当年的一些论文还是写得不错的呢。我的各个时期发表的作品,都被他收藏得很好,而我,辗转迁徙,好多都弄丢了。我想拿走,三哥还舍不得,不信任我,担心我会再丢了。我这马大哈的性格,确实没有保留旧东西的自信……

  我看书柜里,好些书纸都被老鼠咬得纸屑纷纷,不禁惆怅。人间岁月长,可人生光阴短啊,我们继承了老爸的这些东西,转眼几十年后,孩子们还会这样翻整留存吗?不会的,最终,也不过是风中的纸屑罢了……

  我们陪伴人生暮年的爸妈,记录这些日子,都有太多对于岁月亲情的不舍和留恋。知道一切终将交付时间,又何须去惆怅和悲观,珍惜眼前人、眼前事、眼前的悲欢,好好活这一程吧!

贰贰　路遇杀年猪

川西有晴天，在外浪一天。

前天，三哥躬身给老父擦屁股，姿势太过瑜伽，结果把肩膀给扭到了，贴了膏药、扎了针也没见轻，于是今天陪他去杨医生那里捏拿一下。

一早就出太阳，这样的天气，爸妈都比较雀跃，不想待在家，那就开车出门去吧。晒好衣服收拾完，准备出发，我初中同学上门送耙耙柑，大家的关心呵护，这么地想着我这个家，千言万语没法说，都在我心里了！

川西丘陵，由山间大小的平坝、两山之间的狭窄山沟和高处辽阔的坪上组成。今天，我们出坝、上坪、下沟，绕个大圈，一路都是阳光和风景。出古镇平乐坝，翻过牛屎坡，乘着川西温柔的阳光，上坪，经过石头、临济、廖场、韩坪、一颗印、海棠湾等地，坪上的阳光温情脉脉，晒得村落、松林都安详。

做完理疗，我们从坪上下甘溪沟，沿这条我和三哥当年读书上学的老路，经河口、夹关回家。中午时分，阳光当头，沟里的巴掌天明媚得很，阳光也妩媚，这条甘溪沟啊，是我们出生成长的沟，流水潺潺的甘溪河还是我妈当年修过的河。很多人家都把房屋从山脚搬到大路旁，沿着甘溪河修建，出行售卖茶叶更方便啦。

贰贰　路遇杀年猪

巧得很，遇到路边一家杀年猪的，不由停车观看一阵，触摸一下儿时的记忆。乡亲很热情，还给讲解。之前光吃杀猪饭图热闹，却不知，原来杀猪匠干的也是非常专业的活。俗话说"死猪不怕开水烫"，其实是错的，烧开的水要调"三把水"，就是要凭经验用手试三次，加两次冷水就差不多了。如果水温过高会烫垮皮，过低则烫不下毛来。死猪下水滚几滚，三五分钟就烫得皮毛一抹就下来了。刮毛，猪头上不好刮的地方，要用疙疙瘩瘩的鹅卵石舂砸，一会儿工夫就刮干净了。下猪头，猪头砍开，还要掏掉眼珠、耳心，砍掉臭骨……开膛破肚，分切块肉……一头二百多斤的大猪，一会儿工夫就杀好宰好了。杀猪匠杀一头猪至少能挣两百元呢。大哥家今年杀两头猪，真是阔绰呀！乡亲们的日子过得好着呢！

车过河口桥，坝子里阳光很好，我们停车逗留一会儿。下田坎一看，不远处就是甘溪河转弯的地方洞青沱，我和三哥决定去看看。河流转弯必有沱，也就是遇阻的水流冲出来的一个深潭，洞青沱深处有二三米深。从前夏天，尤其暑假，劳动一天的哥哥们，就会相约来这里洗澡玩水。洞青沱水深沉默，见证过淘气的孩子，也接纳过日子艰难，过不下去来寻死的男女……

回到路边，发现一棵高大的皂角树，落了一地的皂角，老妈兴奋，要我们捡些饱满的回家砸来洗头。捡完皂角，抬头一看，路边电线杆上贴着一张止小儿夜哭帖，多少年了，这样的帖子依然在贴，不外乎"请君多读，小儿不哭"之类，总有见效的。沧海桑田的河口上，古老的风俗还在呢。

太阳很好，开车困了的三哥，把车停在路边小睡。我们就都在路边的车里睡着了。老爸的哼哼叫醒我们，太阳快落山了，我们又穿山穿水回家。

只要在外面，老父亲就安静得多。一回到家里，落座沙发上，我们开始忙碌，收衣服、叠衣服、备晚餐，他就开始哭闹。就是没有眼泪的假哭，要抓住一个人一只手才会好些。对这种很难忽视的哭闹，很需要点耐性。老妈有时烦了就说：你闹的啥子嘛，一天到晚鬼哭鬼叫的，人都被你哭霉了！我劝她，就当他唱歌好了。老娘气哄哄地说：鬼东哥（歌）哦！鬼东哥是川西一种鸟，类似猫头鹰，又叫春哥子、鸮（xiāo）鸟等等，不同的季节发出不同的叫声。三哥一学，还真有点像老爸的哭闹声。哈哈，老妈还有一种天然的幽默感呢！

家有这样病人，真是考验人的神经啊。一个哭闹，一个两个被闹毛了再吼，家里就真没什么好气氛了。我这样劝老妈，咱就别再加重这种氛围了。拉着他的手安抚他吧！老妈安抚老爸，三哥和我一起做晚饭。

我回到老家二十天了。这二十天，完全打破了我固有的生活节奏。远离了小资文艺，就是每天扎实的琐碎生活，也没空多愁善感，父母靠前我退后。我知道，这就是真实平凡的生活，没有哲学，没有灵魂，没有形而上。

二哥推荐我读梁遇春的散文集《泪与笑》，我找出电子书翻了翻，以我现在的状态和心情读来，《泪与笑》这一篇，就是文人式的无病呻吟。文章都对，都深刻，都没有问题，关于生命中我们为何哭为何笑，分析得非常入骨有理。但在真实的生活面前，就是一蔬菜一饭食地活着，当生活有琐碎的一地鸡毛需要去面对和处理，你就无暇去思考了，你就觉得，那千转百回的文人式思虑是多么的虚无、不切实际。

不过最后，我还是引用梁遇春的一段话吧，他说："我每回看到人们的流泪，不管是失恋的刺痛，或者丧亲的悲哀，我总觉人世真是值得一活的。眼泪真是人生的甘露。"是的，今天推拿时，痛得我大哭不止，眼泪哗哗的，但最后，我还是带着眼泪笑着说，谢谢杨医生！痛与委屈，都要藏在心里呀！生活以痛吻我，我却报之以歌。谁不是这样呢？老爸的哭，也是他的歌吧！

贰叁　三哥的深情

陪伴爸妈的主角是我三哥，无数个不眠之夜，无数个奔忙的白天，爸妈都像两个不能离身的包袱，挂在他身上。老爸会不配合，老妈对他每天几乎都是责备，动不动就耍脾气，他的不容易，他的忍耐，他的兢兢业业，究竟是因为什么？如果是爱，那是怎样的一种爱？

下面这篇《我和我的阿爸阿大》一文，是三哥自己写的，通过他的文字，不仅能看到爸妈的过去和病史，也看到他艰难的养老、护老的心路历程。我每读一次，到最后都会双眼泪长流！

《我和我的阿爸阿大》
——叔先

我的父母都已83岁高龄，体弱病重，真真切切地考验着我做儿子的责任和耐心。

在我川西的农村老家，父亲和母亲有多种叫法。我们那个年代，父亲的称谓有阿爹、阿伯、阿爸、爸爸，母亲的称谓有阿妈、阿大、妈妈，直接称爸爸妈妈的还是少数。我们家管父亲叫阿爸，母亲叫阿大，直到现在。阿爸、阿大就是我们弟兄姊妹五个的天！

阿爸，咱们去看萤火虫

从有记忆开始，阿爸、阿大都是最忙碌、最辛苦、无比爱我们的人，而爱的方式却与众不同。那些年，阿爸除了教书，还要写诗歌、小说、剧本等很多作品，读书，带着一帮人排练和表演节目，吹拉弹唱说他都会。经常天不亮就起床看书写作，天一亮就和阿大一起出门打早工，干一阵农活再回家，吃了早饭换一件整洁的衣服，翻两座山去学校教书。下午放学回家，经常还没吃午饭，匆忙吃一点冷饭又出门干农活。晚上回家忙完家务事，有时候会把我们叫到一起，讲古今中外的龙门阵，我懵懵懂懂地听。我们睡了，阿爸就开始看书、写作，或批改作业到深夜。他睡觉时间很少，一刻不闲，直到他得病瘫痪，瘫痪几次的空隙，只要他能动，他也一刻不闲。父亲爱我们的方式就是让我们也要一刻不闲，常说，人活着不止为了吃饭。

阿大一辈子的心血，都浇筑给了我们一家子，也是一刻不闲。为我们一家的吃、喝、拉、撒、睡、学习而忙碌，还要干农活，有时也为别人缝衣、做鞋、割草。我们五姊妹的衣服从来都是最差的，但是最整洁的！家也是最整洁、井井有条而温暖的。物资匮乏的年代，我们经常吃不上饭，但只要有阿爸的朋友来，家里就像变了魔法，总有吃的，嘴馋的我们只有想象的份儿，我们家最穷但总是客人最多。忍嘴待客是她的原则，直到今天不缺吃的了，有客人来，她也是不做很多菜不罢休。家，就是她的阵地，她既是"总指挥"，也是冲锋陷阵的"战士"，事无巨细她都想奋力做到最好，她为家战斗一生！阿爸早年就叫她"生产队长"。

生活的辛劳无情地吞噬着阿爸、阿大的身体，或许病根早就埋下。我们五姊妹，除了我一个其他都考了大学，到了城里工作，我留在了父母身边，或许这就是上天的安排。

1990年底，阿爸突发脑溢血超过五十七毫升而右半身瘫痪，昏迷两天两夜才醒过来，半年后才终于恢复到勉强可以站立，但失去了正常的语言表达能力。又经过了几年艰难、复杂、系统的医疗康复训练，阿爸恢复到可以勉强走路、看书、写字。

高中毕业后，1992年3月，我到了天台山景区管理处上班，至今已是第三十个年头，同时兼顾照看瘫痪阿爸。

1998年、2008年，阿爸两度脑溢血复发。2008年4月那次很复杂，损伤了神经，几乎不停呕吐，吃啥吐啥，到吞唾液都要吐的地步，吐出物全是黑色液体，玄痰不止，整整一个多月。找了好多中医西医都没效果，全靠输液维持生命，一个一百三十多斤的人，体重降到六七十斤！最终在成都找到一老中医，把脉半小时，开了一服中药足有五斤，花了一千多元，中午止了吐，慢慢能吃下药和粮食。时值"5·12地震"，医护的难度简直无法诉说！

这次生病彻底报废了他的右手，原本得到很大恢复的主要功能，又出现了更为严重的障碍。此后是漫长的以年为单位非常烦琐的医疗、康复、生活护理过程：八方问药，中医、西医很多医生介入，中药、针灸、推拿、穴位注射，各种各样偏方、病情用药康复记录，重新学说话，用左手练习吃饭、穿衣、写字、画画等等。几年后，逐步恢复到勉强可以散步走路、可以用左手简单地写作、画画、吃饭，可以说三四个字的关键词语。

2007年，天台山开始了萤火虫旅游研究开发，我被调整到萤火虫项目组工作，开始了昼伏夜出的工作模式——到野外观察，调查资源状况，研究萤火虫习性，开展人工饲养复育研究。经过十余年的实践，天台山萤火虫种群数量得到了很大的发展，形成了颇具特色的旅游项目。在这个过程中，父亲的病情逐渐复杂化、加重，离不开人的照看，所以我经常性地外出也得把父母载着同行。我工作时，父母就在车里等我。每当我回来给他们讲述萤火虫的趣事，给他们看各种各样的萤火虫，他们总是笑得很开心。

2016年，阿爸出现老年痴呆症表现——大小便失禁，出去忘记了回家的路，语言表达更吃力，难以说出完整词句，行动更迟缓了。

2018年4月，阿爸又突发脑梗塞，此后瘫痪和脑萎缩日益加重，行动、情绪都更不易受控制，黑白颠倒，包括吐口痰等简单的日常行为也完全无法自理，吃喝拉撒睡行等等，几乎每一个环节都得他人帮助，甚至控制才行。他还患有高血压、肺气肿、冠心病、糖尿病、胆结石、阵发性电解质紊乱心衰、血糖时高时低危险异常、肺功能骤降等多种重症。此时的医疗护理更不能有半点疏忽，凡记录、测量、检查必须做到位，才能最大限度保证万无一失。我不得不去学习一些必要的治疗、护理常识，才能勉强维持父亲正常状态。

2018年8月，母亲又因冠心病住进了医院，且不能安支架，伴随重度骨质疏松，一身痛，行走艰难。照顾父母的大部分任务就落到我身上，至今。

有时候会听见邻里说，你们那么几弟兄，咋个几乎只看到你一个人照顾老人哦？应该喊他们也照顾一段时间啊。我只想说，一个家庭有家庭的义务，也有社会的义务，我照顾好父母尽小家的义务，他们去尽社会大家的义务不也很好吗？事实上，他们有时间都回来照看了父母。

2017年冬，带着父母去审公交卡，办公室在二楼，当时阿爸还可以挂着拐杖走路，下楼时特别艰难，我心里升起一股无名的悲伤，产生一种深深的危机感，我不知道父母还能伴我们多久，就开始留意在日常生活中尽量拍一些照片，在"美篇"上记录下来。想到一个名字《最后的日子》，觉得不对，改作《天地情》，父母就是我们的天和地！想写一些文字，坚持了一段时间，有时少不了悲情的细节，想着就悲从中来，最后就没再写了，只是用一些照片简单记录，每一篇可以用一百张照片，现在已是第三十五篇了。

  看着父母老来这么遭罪，常常背地里泪如泉涌，有时候直想号啕。时常想把每天的照顾经历写出来，这段时间老是问自己：泪为何流？答：为爱而流。不敢再多想细想，只让时光在忙碌中过去。这种情感的蓄积无法诉说，就只有以诗的形式写了几段文字：《阿爸，牵着我的手》，写一路，泪流一路，写完了读给阿爸听，几度哽咽。以后每一次读这首诗就忍不住泪流。收录在下：

《阿爸，牵着我的手》
牵着我的手
无数次禁不住泪水奔流
打湿衣裳
是感动、感恩
是父爱如山
是一脉相承的血脉情缘
阿爸
牵着我的手
儿时偎依在你身旁
是支撑着我的天
是支柱
是呵护
守护一片蓝天
安宁，和祥
是坚定
是鼓励

是永不止息的爱
陪伴我生命的每一天
阿爸
牵着我的手
悬崖边上不放手
手握戒条
高举轻放
一条永远牵着风筝的线
无论我在咫尺天涯
八十多个春秋
弹指一挥间
阿爸曾经牵我的那只手
不再动弹
有形的戒条不再
唯有不灭的温暖如阳光
阿爸
牵着我的手
三十个春秋在病床
和永不停息行进的路上
言语不再
抛弃忧伤
你的眼神始终凝望远方
执着，坚毅，毫不迷茫
你紊乱的脉搏
吟唱着永恒生命的华章

阿爸
牵着我的手
拉近枯干的胸膛
和憔悴衰老的脸庞
不再羞涩和彷徨
久违的相拥、亲吻，伴你日常
爱你，如你爱我们
依旧说不出口
柔和慈祥
坚毅的目光
融化千年的冰霜
阿爸
牵着我的手
诉说无言的父爱
如山，如海，如阳
你哺育我成长
我要陪你到天堂

爱是一首诗，永不止息！写给天下的父母！

第二章 守望

贰肆　阿大，我的妈妈

我的妈妈，其实，我从没有叫过她一声妈！我们依着川西古老的传统，从小叫她——阿大！

我的妈妈跟她的妈妈，也就是我的外婆，脾气不太相投，小时候总听到她们吵架，大多数时候是我妈妈嗓门更大。那时候，我们家成分不好，孩子又多，家里很穷，妈妈一门心思让我们姊妹五个读书，跳出农门！家里所有农活、家活她都担着，忙得一塌糊涂还是吃不饱饭，所以难免火大脾气暴。但那个时候，少年的我很难理解，就是觉得这个老是骂人的妈，不是我想要的！

她虽然知书达理，但一个女人家要在粗野乡村苟活，也练就了村妇的泼辣，特别能骂人。川西农村妇人特别擅长用最恶毒的话骂人，不高兴了骂是真骂，高兴了也骂是嗔骂。她真骂我时，我是很恨她的，日记本里都不敢说，用钢笔把日记本画得稀烂，发泄自己的愤怒。我作为一个女孩子，当我成长为一个有性别的女性，初潮来临这种可怕而巨大的事，我都不曾与她说过。我以为，我作为一个女人的成长，跟她没关系，也不想跟她分享。我也跟她脾气不投，像两条道上的人，话不投机半句多，话一说多两句就觉得别扭，总是不欢而散。

小时候,她打我,理由总是很多,怕我学坏,怕我上当受骗……每次打完我,她就抹眼泪。我从不觉得她的眼泪值得我同情,心里都是厌恶,觉得她假惺惺。在我印象里,她嗓门大,眼泪多,特别爱哭。跟孩子们怄气也从来不服输,每次最后都是我们端茶送水去道歉,请她吃饭,给她台阶下。她听不得一句反面意见,只要我们说她不是,她绝对翻脸……她是个要强的妈妈,强悍的妈妈,不温柔的妈妈。可是,在外人眼里,她是远近闻名的贤妻良母,烧得一手好饭,把我们一家人照顾得体体面面,各路远亲近邻无不夸她贤淑能干。可我从未觉得我跟她是很亲密的母女。我确认我惦记和思念她的唯一标准就是——梦到她!

这一切,直到我做了母亲,她信了主,我们都各自有所调整,我成长起来,她平和起来,我们终于可以像寻常母女那样,手挽手,说话,走路。自从离家上学、上班、结婚、成家,我一直在外漂泊不定。我在外漂,她在家担心抹眼泪。等我安定好,有了孩子,她才长长舒口气。每年,和我爸大老远地来看我。

我曾经幼稚地以为,我作为一个女人,我的成长跟她没关系。而其实,后来我才慢慢明白,作为妈妈,那种影响深入骨髓,并不是由我和她能不能好好说话、能不能牵手拥抱的形式来决定。

家里男人多,从小,我的身边,女人就两个,她和外婆。外婆总是默默,冬天早起烧火,烤暖和了衣服叫我们起床,闲时给我捣凤仙花染红指甲,给我缝沙包,甚至给我做捉蜻蜓神器……她的温暖,是我一生的心疼。妈妈总是天不亮就去干活,干不完的活,在外边受了气,总是回家发火。她无暇像个妈妈一样爱我。

印象中的温暖情事,就是某个下雨的日子,她不再外出,停下来,拿出簸箩,给我们缝补衣服。或者,是某个炎夏的午后,我们在午睡,她一个人细细地搓冰粉,烧水,搅糊糊,给我们做冰粉儿或者凉糕。也或者，是个家里来客人的日子，没有菜，她泡了黄豆，叫我帮她推磨，叽叽咕咕磨出豆泡，帮她烧火，熬出豆浆，再用纱布包起来，用扁担，一人按一头，压成豆腐。还有，是杀过年猪的日子，期待吃到她炒的芹菜肉丝和大葱炒猪肝……跟她的温暖记忆，似乎都跟吃有关。也所以，她的温暖的吃食和外婆温暖的关怀，早就深深烙进我的血液里。在我的潜意识里，觉得那样真好，在为人母后的日子里，总是不自觉地向那种温暖的样子靠近和模仿。

我不得不承认，那个我曾经认为和我一点都不像的、没有关系的妈妈，其实，我和她一样，脾气暴躁，但是内心温柔善良。当我一个人在广汉独立生活做饭时，我有限的人生经验就是在回忆中搜索妈妈怎么做的；当我在深圳初为人妻下厨房时，我想要做的第一个菜，就是芹菜炒肉丝；当我在济南初为人母遇到麻烦，头一个想到的就是给她打电话……她，其实一直是我心中的方向，一直是我脆弱时坚强的后方，是我孤立无援、走投无路时的依靠。

如今，她老了，万事休矣。我却正在路上，生活和身体都在承受和她当年一样的考验和磨炼。我给她打电话，说老毛病犯了，咽炎发作，嗓子疼。她耐心教我，将阿莫西林胶囊打开，倒出药粉，地塞米松一粒、维生素B_2一粒碾碎，和在一起直接撒嗓子发炎部位，效果最直接明显。果然，这次不用打吊瓶吃药，三天全好了。我的久病成医的妈妈，有许多小智慧，觉得还能帮到我们，活得才有价值。

妈妈的故事其实很长，一个女孩是无法读懂的，经历过生活的女人，才会懂。我遗憾，为我的幼稚和轻浮，为我的不懂事，为我的轻飘飘的人生，向我的妈妈致歉！妈妈已老，她用她一生的智慧，来应付她也从未经历过的老年，虽然无奈、抱怨，但她也是知足的。我万般学不会的人情世故，在她的耳提面命之下，终于在人到中年吃尽苦头之后，有了

阿爸，咱们去看萤火虫

些许感悟，但我知道，我永远也学不会妈妈的人间智慧。

  我的妈妈，我的阿大，一生经历坎坷堪比小说、电视剧。她也是一本书，在不同的岁月里，任由我反复翻阅和品读，但我也不得不说，我并未完全读懂。

● ○ ○
阿大的一生,足够我阅读一生。

贰伍　我的阿爸

我们生于川西,受康巴金沙江文化一衣带水的影响,在称呼上多以"阿"字打头,阿哥、阿姐、阿爸、阿妈、阿爷、阿奶……所以,爸爸,我们叫他阿爸。只是在写作中,为了方便,多数时候用爸爸。

阿爸的一生,浮沉悲欢,史诗一般。

阿爸生于1938年,中华人民共和国成立前十多年正是内乱的年月,军阀割据,土匪横行。阿爸的家在川藏线上的山清水秀的邛崃县夹关镇熊营村,两山之间夹着碓溪沟。碓溪沟上竹林掩映之下,祖上修的土碉楼巍然屹立,碉楼本为防匪患,却是阿爸小时候念书写字的好地方。三层之上有窗有围栏,临窗而立,碓溪沟有两岸青山相对出,脚下田野上,春有菜花黄,冬有麦苗绿,夏有秧苗青,近旁的瓦屋顶上炊烟袅袅,农人叔伯肩挑背驮来去忙碌,小小孩在此情此景下诵读"人之初,性本善",耕读和谐,自此成为阿爸的人生两大非此即彼的选择。

耕读传家,要么好好念书,走出去,要么回来好好耕地种田,"达则兼济天下,穷则独善其身",从小,阿爸就这么对我们讲。炎炎夏日里,他带领我们在玉米地里拔草、种地瓜,呼啦啦的玉米叶子在我们的皮肤上拉出红红的血印子,炙热的阳光烤得我们口干舌燥,阿爸一边拔草一边给我们讲孔孟之道:"天将降大任于斯人也,必先苦其心志,劳其筋骨,饿其体肤,空乏其身……"那时候,我们小,不知理想为何物,这些,都是阿爸的人生哲理,与其说是教育我们,不如说是在激励他自己。因为,他是个有梦想的落魄人。

阿爸少时聪慧,琴棋书画,样样能。他说,少年时,他已有自知,人若要出成就,不能眉毛胡子一把抓,要懂得取舍,鉴于他自己对文学的热爱,他决定放弃其他爱好,专注于文学。一个乡村少年,有此等认知,不能不说聪慧。

阿爸一路念书到高中,成绩优异,仅因成分不好断了大学之路,落魄回乡,几度失魂游荡。乡里不忍,扔给他一座破庙,带乡里娃娃认字读书。绝望之中,年轻的阿爸相信,这也许就是"天将降大任于斯人也",所以,自己必须要经受住生活的打击和考验。他召集娃娃,没有凳子就用石头代替,没有桌子就用膝盖代替,点点滴滴改造,将个石板庙改成了一座小学校。他的教师生涯由此开启。

一边帮家里劳动,一边读书,一边教学,人生往前。阿爸二十多岁该结婚了,经人介绍,和同样成分不好的我妈认识,于1963年结婚。婚后,我们姊妹五个次第出世,日子难过天天过。阿爸那时候一直教书,业余在宣传队做编剧、导演,回家还要干活,夜夜读书、写作到凌晨,多么忙碌艰苦的生活,他都没有放弃过他的梦想。

我们慢慢长大,个中艰辛自不待言。阿爸已是乡里受人尊重的人,充满了思想和智慧。因为旁人的不懂,他的学识让他在另一个层面上获得了自由——精神的自由。他在自己的世界里学习探索、自我成长,建立自己的价值观和世界观。

他一边推崇孔孟之学耕读传家,一边又能惊世骇俗敢为天下先,将我们姊妹五个的名字活生生去了姓,只保留排行"先"字,用古时兄弟

阿爸，咱们去看萤火虫

排行伯、仲、叔、季来给我们取名、排大小……在那个年代，他的这些玩法，是多么特立独行。谁没有年轻过啊？

孩子们长大，教育问题浮上来，他用他的知识体系建立起一套属于他的教育理论。对男孩子，他推崇斯巴达式教育，棍棒伺候。这条理论，只在我那幼时调皮多动的三哥和小弟身上实践得多，而妈妈后来告诉过我，他每次打了三哥，会把自己关在屋里，在自己身上试重，一旦觉得打重了，心里就悔。

老大、老二不惹事儿，自幼说教较多，多是各种励志故事。后来，老大、老二上大学，父子开始书信博弈，两代人在不同的时代背景下，接受不同的信息，形成各自的观念。但是，阿爸的种种影响来自身后的土地、千年传统和家族血缘，不是简单的理念，诸多思想，待我们成年时，已固化在我们血液里。

对于我，姊妹中唯一的女孩，阿爸最怀慈心。自幼见他严厉，追打三哥惊天动地，对我来说，已是不怒自威。而事实上，他一辈子没对我说过一句重话，没有动过一根手指头。我刚进入青春期，在外上中学，阿爸给我写信，告诉我，为了把家里的孩子教育好，他给自己戴上了一个"纸老虎"的面具，让大家害怕他，有威严，孩子才好管理。而对于长大的我，他希望揭去"纸老虎"的面具，像朋友一样跟我相处，希望我把遇到的烦恼告诉他，让他帮助我。

阿爸，他一直在摸索如何教育孩子，在家里，在学校里，他讲过的许多话，成了他的名言，在我们和他的学生中间流传，诸如"人是理智的动物""夹着尾巴做人"……

阿爸和孩子们一起成长。1984年，大哥大学毕业考上研究生，他老人家也以四十六岁高龄毕业于四川师范大学中文系。我们在乡村的老屋里摆酒，七里八乡的都来庆贺。在那些缺失信仰的年代，阿爸，就是我们和许多人的精神领袖。

1990年，五十二岁，正值人生壮年的阿爸，犯了脑溢血。昏迷三天三夜，好不容易醒过来，却是鼻歪口斜，右手不能动。他还有多少故事和文字在心间没有写出来啊？他用左手托起他已失去知觉的右手，嘴不能言，唯有双泪流，他是珍惜那只写字的右手啊！

苦难打不死的我阿爸，当年他怀抱诗样情怀西出阳关，却被当作流窜犯抓进监狱，逃跑出来，用夹在胯下的钱买了书，风餐露宿走几百里路回家。那时，他在夜晚星空下的稻草垛里写诗，如今，鼻歪口斜又怎样？庆幸命还在！他自诩为一匹不死的老马，忍受皮鞭，咬牙往前拉。

1991年的春天，老屋碉楼下，菜花金黄，阿爸病体恢复中，时常在田野上口齿不清地吟哦"木欣欣以向荣"，感万物之得时。在老妈和姑姑叔叔们的精心料理下，阿爸捡回一条命。面对残体，他选择用左手重新开始，练字、画画。没有什么能打败他！他用左手完成了几十万字的自传——《白沫江浮沉》。

1994年，我在大学里收到他用左手给我写的信，字迹歪歪扭扭，我哭得稀里哗啦。

1995年，我回到他的学校，在高中实习讲课，不熟悉"周公吐哺"，他结结巴巴还能给我当字典，给我讲了"周公吐哺，天下归心"的典故——阿爸，我的阿爸，那曾经年轻、风趣幽默、能言善辩的阿爸，如若不然，待我们长大，该有怎样的交流啊？

2002年，他的第一部诗集《嘶鸣集》问世。他老泪纵横，不顾众人反对，在老屋碉楼下，借六十五岁生日之机，举行了隆重的发布会。生日对他不重要，重要的是作品，是书！这是他蜗牛般的人生在这个世界留下过的痕迹，他最看重这点。

阿爸的病，几经反复，几次差点丧命，都顽强活过来，许是心中仍

阿爸，咱们去看萤火虫

有太多不甘心吧，命运之神还不放他走。所以，后来许多年，阿爸活着的唯一心念，就是马不停蹄出书。累积起来，总共出书三本：诗集《嘶鸣集》，长诗集《白沫江长歌》，小说集《神祇与树林》。

他生病三十余年了，一个原本谈笑风生、幽默风趣的人，一直忍受着口不能言的孤独和寂寞。读万卷书，行万里路，阿爸早不能读书了，但是在五年前，他基本还能走路，有车当脚。我在济南安家后，稍有能力，每年接他来，带他出去走走看看，每次去一些地方，这些年，他拖着不便的腿脚，居然也去爬了泰山、登了长城，东去青岛、日照、威海，北去秦皇岛、北戴河，南去连云港、微山湖……山东附近，他体力能支的范围，我们都去了。每次回家，把他走过的地方做成一本影集和画册带回去，寂寞时翻看。

我不知道我还能做什么。我时常搜索记忆，那些年，阿爸还年轻，我们半大小，他带我们办家庭刊物，督促我们读书写日记；过山村年，他给我们策划家庭春晚，在煤油灯下表演节目，苦中作乐；我们在酷热的山里劳动，用茅秆当筷子、水瓢当碗吃饭……那些岁月，生活已经把他压得不能再低，最贫困的底层生活，儿女成群，是什么支撑他那么乐观、坚强？

如今，我也走到他当年最困苦的那一截人生，时常想，他是如何挺过来、走下去的。他已经很多年不能言，只能吱吱呜呜，然后摇头叹气。他依然在他寂寞的日子里寂寞着。如今，更是只剩一个"生"字，在残存的生命里熬着。每次看到他呆滞的照片，我都想落泪。

阿爸，是因为人生有梦想，坚强活过他的一生，而我们呢？

●○○
阿爸，曾经也是风华正茂、心怀梦想。

贰陆　我家这些年

这两天带着爸妈陪三哥在景区上班，在车里坐了两天。中间无事时和老妈聊天，回忆往事。命运多舛会让人开始信起宿命来。好像，自打我们家离开农村、搬进平乐镇，三十年来，一件接一件的事，从未消停过。我们姊妹五个在磕磕绊绊、拉拉扯扯中成长起来。

1990年深秋，外婆在老家去世，那时老爸因为参加学校运动会崴了脚，瘸着腿办了外婆的丧事。带大我们、深爱我们的外婆走了，我们姊妹都第一次经历了人间刻骨之痛。1990年底，我爸就脑溢血，昏睡三天三夜，死里逃生。同年，大哥的女儿出生。为了能够照看父亲和女儿，大哥申请到我爸所在学校小镇中学支教，我妈既要照顾偏瘫需要康复的我爸，又要带孙女儿，一家人七帮八帮拉扯着过。

那时，家里所有经济重担都压在大哥、二哥肩上。我们小的仨都在上中学。两年后，老妈骨质增生到成都川医治疗和手术。哥只能借钱治病。接着我和弟弟考上大学，大哥、二哥就分了任务，大哥供我，二哥供小弟。三哥直接就业。后来小弟生病、看病，直到去世，历尽无限伤痛，几乎把大哥拖垮。我爸脑溢血反复发作了四次，一次不如一次。牵动的几乎是整个家族的心。叔叔和姑姑都是中医，在挽救我爸这条命上

阿爸，咱们去看萤火虫

呕心沥血，如果不是这样，也许我爸早就没了。

一个家，大大小小的事情，根本不止这些，在这样艰难的日子里，我们姊妹几个工作、结婚、生娃……每一件都是大事。我们家的媳妇都深明大义，不仅没提要求，还协助哥哥们照顾这个家。这个家，是大哥、二哥的榜样在前！三哥成长起来后，好像是自然而然、毫无怨言地接上了照顾爸妈的担子。

我妈虽然哀叹衰老后的身不由己，但也万分庆幸自己的娃和家人都给力。她时常惦记的，就是怕自己死了还没还够欠下的这些人情，一遍遍说，是要我们记住，懂得感恩报恩，做人要有良心！所以，在她长年累月的耳提面命之下，我们哪个不都活得兢兢业业、谦虚谨慎的呢！大哥、二哥在体制内上班不自由，但在大小事情上，他俩还是像老母鸡一样，呵护着这个千疮百孔的家。每个家庭都有不足为外人道的苦楚和心酸，家家有本难念的经。

我们在车里坐了两天。昨天老爸表现还好，今天就一点都不好了。一直哭闹，推出去走也不行，空旷的游客中心，四周都能听到他的哭闹声。唯有举起手机说，来，拍照了，笑一笑，他竟然立马条件反射似的咧开嘴作笑状。多年来，他就喜欢拍照，这也是记录生活的一种方式。只要说拍照，他立马摆姿势做表情。一开车，他就好了，也不哭，也不闹，也不睡，百试不爽。就安静地坐着，定定地看着车窗外移动的风景。

上半夜睡得不深，闹。他的闹，许多时候并不确指有什么要求，有时呜呜哭出声，有时哎哟哎哟呻吟，令人心神不宁，闹得人心烦。有时候就不管他，让他闹，但也不行，三哥就要担心，就要看血压心跳、测血糖，如果没什么大问题，剩下的就是哄了。昨夜不睡，三哥就打开手机音乐，翻出《莫斯科郊外的晚上》，这首老父最熟悉的歌曲，放给他听，唱给他听，一句一句，像给孩子唱摇篮曲。

如果二十一天是一个适应和习惯的周期,那我回来整整二十一天了,渐渐适应了川西的气候,皮肤也不像在济南那么干燥了。毕竟是故乡,我的身体对它有深沉的记忆,会很快与之亲近起来。今天因为工作的事,翻看蒋勋的《品味四讲》一书,里边谈生活美学。他认为,落实到"衣食住行"上的美,才是真正的生活美学,并不是泡画展艺术馆、听剧才是。谈到建筑中的生活美学时,他说,生活的美学是对过去旧有延续下来的秩序有一种尊重。现代建筑中的各种防盗设计提醒我们:美应该是一种生命的从容,美应该是生命中的一种悠闲,美应该是生命的一种豁达。如果处在焦虑、不安全的状况,美大概很难存在。

这个理念我觉得是通的。所以,我就想,我们普罗大众的家庭和生活,在衣食住行里滋生出来的悲欢离合,那些记忆和现在,都浸泡着一种深厚的情感之美。就像从小父亲就告诉我们的一样,苦难是一笔财富,

●○○
阿爸和我们五姊妹。

阿爸,咱们去看萤火虫

要感谢生活!

我家磕磕绊绊这些年,老母亲的勤劳、节俭、重情,老父亲的乐观、智慧、坚韧,一个在生活上养育我们,另一个在精神上滋养我们,年龄再大,我们也要继续"啃老"呢!

贰柒 小院三十年

　　爸妈居住的这个小院，三十年了，四围建筑都已斑驳。三十年前，小院由教室和教师家属楼合围而成，我高中时的教室一度在这里。后来全改建成教师宿舍院。院南边一栋两单元四层楼的建筑，是平乐中学当年兴建的第一栋现代格局住宅楼。我们家是第一批住民，后来房改，花了几千元就拿到了房产证。但当时的几千元也是一笔巨款，东拼西凑才借齐。

　　这住宅楼一楼一号就是我们家。1990年，分到这个三室一厅的住宅，我们家正式告别了川西常见的木质吊脚楼，搬进了这个钢筋水泥的新家。那时，大哥二哥已经到省城工作了，我作为家里唯一的女孩子，独拥一室，十分兴奋，自己扯了几尺鹅黄的确良布做了窗帘。三哥和弟弟住另一室，爸妈住带阳台的主卧室。这个小院曾有一口深井，就在我家阳台前，井水清澈，冬暖夏凉，大家都用一根带钩的竹竿在井里打水，洗衣淘菜，人声喧哗，井旁的青石板被冲洗得干净发亮。

　　可是刚住进新房不久，我们家就接连不断出事儿，夏天进住，十月外婆去世，阿爸扭脚，到年底，阿爸就偏瘫了。十多年里，阿妈生病去省城做手术几次，阿弟得抑郁症，也在这房子里离开了我们……有人说，院子里这口井煞气太重，直接冲着我们家了。

谁知道呢。后来，这口井被填了。被填是因为家里都有自来水，井在也不安全……水井时代结束，小院就被统一规划，种上了些花草树木。

这院里住过的，都是学校的老师和家属，都很熟。我们对门是教我们数学的杨老师家，杨老师和我爸是高中同学，他们家孩子叫我爸高伯伯，我们叫杨老师是杨叔叔。我和他们家老三还是同学，两家妈妈也很要好。杨家老大川师毕业后，回来又是我高一班主任……这个院里的年轻老师，我妈看着他们一个个结婚、生孩子、过日子，热心的她经常搭把手，所以，她是院子里有名的人见人爱的周嬢。有些长大离家的孩子还会回来看望他们。

再后来，平乐中学搬到平乐镇外围新校区，偌大的历史悠久的平乐中学校园成为冷清的老校区，最后，交给镇政府作为办公驻地。小院里的老师很多都先后搬走，断断续续地听说，有老师做生意去了，有的当官了，有的去世了，有的离异了，小院外的无数种人生各自展开去。

我们这栋楼许多住户都已几易其主。我们三楼上，是教我政治课的陈老师，陈师娘患癌症早已去世，陈老师再婚，房子留给小女儿了。四楼是教英语的韩老师，妻子早逝，留下两个孩子，他又是爹，又是妈，十分手巧，很是心疼孩子，亦是非常良善，再婚又离婚，就去城里给闺女带孩子去了。对门的杨叔叔一家搬到小镇上游的新房，三个女儿周末都回来团聚。另一个单元教化学的杜老师以心疼老婆闻名，从前经常看到他在水井旁边大盆大盆洗衣服……

这个小院，住过我的地理老师、体育老师、语文老师、数学老师、英语老师、历史老师……他们陆续搬走后，有些住房被卖给小镇及附近的人，人员就复杂起来。小院进入自由没落时代。花坛被住家户们开辟成了菜园。种青菜、芹菜、莴笋、花椰菜、葱、蒜，也种紫薇、栀子、夜来香、百日红。小院清净，因了菜园，大家经常交流分享，青菜吃不过来了，相互送！我们楼上新搬来的刘大哥在小镇还有田地，时常给我家送来各种时令蔬菜，大家相处得像亲戚一样。家里无人，老母遇到事情就会站在楼道里喊：刘大哥，刘大哥！总是有人应声来帮忙的。

小院北面正对着我家的那栋五层楼房，是当年的教师宿舍，早已闲置无人居住，大太阳的日子，我们会去那边楼顶晒衣服、晒被子，一天准晒干。

我家窗户下，是我阿妈专属的一块两个平方米左右的小花坛，被巧手的阿妈贴瓷砖、扎了篱笆，种花、种树、种蔬菜也是十分蓬勃，红山茶、白牡丹、彩绣球，还有三角梅、红豆杉、玉簪花，换季再种小香葱、青海椒、四季豆和黄瓜、茄子各几株，长势十分喜人，随摘随长生生不息。秋尽江南草木凋，妈妈的小菜园却四季常青有花。院里原来高高的棕榈树已经被砍，改种了小叶女贞和蔬菜，东头还有一棵枇杷树和香樟树，是多年留存的，枇杷树叶曾被我们做过药引子，如今长高够不着了。

三十年过去，都是老房子了，常住的也几乎都是老人。年轻人都奔出去了。小院沉寂，日渐斑驳，地上长满青苔。经历过无数次地震，老房固若金汤，没有一点裂痕。

阿爸早年的学生，曾结伴来看他，大家在小院石桌凳旁排坐，喝茶、聊天、回忆往事，还拍过大合影。我们家，也在这个小院各个时期拍过不少照片合影。人来人往，早已物是人非，许多少时儿童都已长大成人，有了又一代小儿童。

爸妈在这个经年小院深居简出，前些年和别的老人一样，时常去分散在外的儿女家住一段，一去就是几月半年。如今身体老残，息交绝游，无声无息，连菜市场都很难走去，许多老朋友都以为他们已不在人世，唯有我们一干儿女，过年过节，还是次第回来团聚。

三十年，小院，也是社会和人生的缩影，反映了人生的由盛而衰、家庭的聚散变迁以及社会的蓬勃发展。小院，承载了许多人的悲欢离合，在喧嚣的世界里，逐渐走向沉寂，安静地等待属于它自己的命运。

父母还在，小院还在，我的家，就还在这里。

贰捌 老妈的心事

最近,老妈逢人便讲一件事:你晓得不,杨碥有个退休老头,被活活饿死了!几千块钱的工资,被他儿拿到,老婆子不管他,跑到女儿家去了。他得了糖尿病,他儿说,只能吃玉米馍馍,其他都不能吃,就在他老汉儿床上丢一堆馍馍,就不管他了,活活饿死了哟……你说人活起有啥子意思哦……这个故事是老妈听妹妹讲的,她说是真事,因为是沾亲带故的关系,她还去看过,然后自己哭着回来的,就觉得太惨了!

毫无疑问,在农村,有许多这样的事!许多身体有恙的老年人,是不可能得到无微不至照顾的。乡下的姐姐妹妹们说,多得很的家庭,人老了,脾气也有些古怪,更不受儿女待见。一旦生活不能自理,就被弃之如敝履,有些甚至像拴猪狗一样被拴住,屎尿到处都是……

教化和文明越低,对生命的态度越平淡,甚至漠视。人老了,就像庄稼收割后的枯桩一样,枯萎就枯萎吧,不需要再施肥、浇水、维护了,也不因此感到内疚。我们许多人,受了教育,注重精神的愉悦,喜欢对和自己生命有关的人赋予许多深重的情感,在这些情感里纠缠,获得一种满足,乐此不疲。就像三哥,他把维护和挽留老爸的命当成最重要的目标,拿他的话说:老爸活着,就是最大的意义!这种意义自然是对我

阿爸，咱们去看萤火虫

们的意义！老父的存在，是一种精神的存在，只要有他在，我们的生命和生活仿佛才有精神支持，他和妈在，家就在！

即便他现在已经糊涂，每天只剩下无意义的哭闹，他自己完全没有生命的质量和尊严可言。只是我们尽量让他活得在外人看来有质量、有尊严。他已经不懂！我们对他生命的尊重，就是他最大的尊严！每天把他收拾得干干净净、体体面面，吃饱穿暖，就是他生存质量的体现。

为什么人到中老年，需要信仰的支撑？因为面临的确实是生命繁盛过后的荒凉，你如何面对和接受？宗教叫我们看淡所谓真相，坦然接受生老病死。活到八十三岁，一身病痛的爸妈，老爸已糊涂，老妈则还在痛苦地面对和调整中。

今天在家收拾各种破烂，断舍离，老妈也貌似想得开了，许多好好的衣帽，说扔就扔了。我背了几背篼垃圾去倒。说到这个住了三十年的破房子，她想换琉璃瓦，想打掉水泥灶台、重装橱柜，说了一堆，突然又泄气了，说，哎哟，我还活得了几天哦，你看老三又不揽事，除了照顾他爸，啥子都指望不上他……她时而对生活充满希望，一想到自己的身体，不是痛就是晕，腰腿无力动不得，就又灰心丧气。

看她这样，加上老爸在家闹得很，简直一刻不得安宁。于是，下午送走客人后，我和三哥就开车带他俩出门，陪我去寄快递，去银行办事，又带她去逛了趟超市，她就感叹，自己现在出门跟傻子一样，不会赶场，不会买东西了，许多东西都没见过。

儿子打来电话，我们在山野里和他视频，他归心似箭。老妈一颗慈母心，一想到我扔下娃儿回来照顾他们，就眼泪汪汪的！

我，早中晚三顿饭，中间买菜、洗衣、收拾，中午彻底清理了杂乱的阳台，出了汗脱了衣服，有点感冒的感觉。我知道我是不能生病的。我们这个年纪都是不能生病的，老的小的都需要我，多有价值感的年龄

贰捌　老妈的心事

啊！以我多愁善感的性格，此时应有万般感慨，但是，在这样的日子里，我真没有了，只有踏实认真对待生活的忙碌，无暇多想。那些人生暮年的悲怆，那些思情的烦恼，那些忧心忡忡的种种，反倒都放下了。回来陪伴爸妈虽完全打乱我的生活节奏，但唯有冥想一直坚持，半年来的坚持冥想，多少能让我在思虑过多时，立刻觉察并回到当下，放过过去、不惧未来地活在当下。

感谢老爸哭闹，他闹得不行了，我们就带他出门浪，是他的哭闹，让我们的日子反倒有一种度假的感觉。出门了他安静，自然风景里奔跑，我和三哥唱着歌儿，随时停下来拍拍照，饿了就近找小饭馆吃饭，是不是很嗨呢？

愿每一个生命都能找到自己的出口，妈妈，不要怕，亲爱的你我，不要怕！

贰玖　父母爱情

今天三哥要进城去参加"温暖邛崃"年度人物颁奖典礼彩排。雷打不动地，我们全体出动。彩排是下午，上午要先去医院做核酸检测。但老妈一有点事就着急，加上这两天能动一动了，一大早就爬起来做早饭了。吃饭时闲聊，老妈突然聊起了她和我爸的"父母爱情"。

妈说爸还是很有心的人，没结婚时，有一次她去百丈交公粮，步行去很远，怕她一个人不安全，我爸就去等她，然后带她去了他三姐家做客。结婚时我奶奶扯了一丈二尺布给我妈，我妈就给自己做了件衣服，给爸做了条裤子，一人半身新衣裤、半身打补丁的衣裤就结婚了。

当年在农村，她拉拔我姊妹五个可是艰难，我爸那时是民办教师，一个月十几块钱，很少见到他的钱。刚生了老大，妈想给小娃做个小披风，向爸要钱，爸给了三块钱，一块二一尺的布这点钱根本不够啊……但我们知道，爸抠门省下的钱也不会乱花，就都拿去买书了，嗜书如命。爸唯一一次给她大钱，是他西出阳关到广元被当作流窜犯抓了后，送去当伐木工人挣的二百块钱，除了买书，东躲西藏才带回家。我妈把这钱买了米和瓦，我家和奶奶家一人一份分了。

我记忆中，他俩吵架都吵不起来的，每次都是我妈生气骂老爸，川

贰玖　父母爱情

西俚语一串串的，老爸每次都听得哈哈大笑，乐得脸通红。我们娃娃在旁边觉得好奇怪、好尴尬，老爸就指着我妈对我们说：你们看，你妈就是"常有理"！这大约是哪篇小说里的创意？后来我才发现，我妈确实是个民间语言专家，好多民间俗语、歇后语，脱口就来。当年我爸那哈哈大笑里，大约觉得捡到了写作素材的宝了，他从年轻时就有意识在搜集民间素材。以至于老爸这一经典的男人态度，对我的婚姻观影响很大，我觉得男人在情绪上都应该这样兼容女人，一个家才会和谐。然而，生活哪有那么多我认为、我觉得，父亲母亲的爱情，只能是唯一属于他们的。

事实上，我爸是个单纯有趣的文化人，我妈是地道没文化的川西女人，爱说粗话，爱卷人（骂人），但很会过日子。她在生活上把我爸照顾得袜子都不会洗一只，我爸在情绪上把她纵容得一点委屈都受不得。后来我爸"出息"了，她就死心塌地照顾我爸，我爸把她夸成远近闻名的贤妻良母，也算夫唱妇随、相得益彰。

我妈说，他俩唯一一次闹矛盾，记不清原因了，当时我爸掉头就走，我妈傻眼了，等她反应过来，马上抓起当时最小的老三冲出去撵，撵上后把娃一把塞他怀里，说，要走把娃带走！我爸也傻了，他哪会弄娃呀，徘徊一阵乖乖回去了。从此我爸就学乖了，再没跟我妈急过。

老妈没文化，她不懂爸的世界，但她知道爸在外边朋友多，关键时刻有朋友出面，没人敢轻易欺负咱家。她懂配合，从不怠慢爸的朋友，只要爸有朋友来家里，我们这些穷痨饿瞎的娃都不允许上桌。"忍嘴待客"，是我们家的传统。我妈为了应付老爸那些经常出其不意来家的朋友，也是煞费苦心。能留的黄豆尽量留着，有人来可以推豆花、做豆腐，能留的鸡蛋都留着应急。那年头，能吃的真的太少。

反倒是老爸病入膏肓这些年，像个孩子似的，不再像过去那么呵护老妈了。于是，老了老了，还吵架打架，老妈好几次气得离家出走。现在就更不消说了，老孩儿爸每天都得哄。他俩都老了，老妈非常敏感，唯恐我们对老爸不好，更多是惺惺相惜之感吧！

有时候觉得，人生真是一场闹剧：前半生，老妈闹老爸哄；后半生，老爸闹老妈哄。他们就这样认真地上演了他们的人生"闹剧"，闹得也算真心真意、死心塌地，为儿为女，为个家的完整，也算同仇敌忾、相敬如宾。如果人生真是一场闹剧，我们难忘和珍惜的，也是那真心真意闹你的人吧。

闲话说完，我们收拾出发进城。发现今天平乐镇赶集，又拐去米市买了六斤糯米，只要有人要回来，老妈就要做粽子。可是，我和三哥今天还是犯错了！在车上，因为老妈说了一句非常有失公允的话责备三哥，我打抱不平，挑起了事端，把老妈气坏了，一天都不理我们，不吃饭，不下车，一直哭！三哥又是道歉，又是赔不是、赔笑脸，很久还没完全好。没办法，也不能耽误事儿啊，我们还是按计划，去邛崃中医院做了核酸检测，去磨药粉，中午去妹妹店里吃了煲仔饭，小姨劝了一个小时也没用。晚饭都不吃我做的饭了！吃的中午给她打包的妹妹的煲仔饭。

下午大哥从成都回来会合，大哥、三哥都入围本次"温暖邛崃"年度人物，一起参加彩排。老爸在现场大部分时间都很乖，好像气氛能让他感觉到些什么，拍照微笑自是不在话下。

好好做人做事，名誉这些东西，只是附带而来的光环而已。荣耀是一种做给别人看的虚荣罢了。热闹过后，还有更多具体的事要去面对和处理，一点不能松懈。爸妈一生，我们半生，都算活得认真和勤恳吧。用心生活的我们值得被善待。

在彩排现场，听到那首深情的歌曲《天之大》——

贰玖 父母爱情

妈妈,月光之下,
静静地,我想你啦
静静淌在血里的牵挂
妈妈 你的怀抱
我一生爱的襁褓
有你晒过的衣服味道
妈妈 月光之下
有了你 我才有家
离别虽半步即是天涯
思念 何必泪眼
爱长长 长过天年
幸福生于会痛的心田
天之大
唯有你的爱 是完美无瑕

听着,我就后悔了,后悔今天没有善待老妈。她老了,脾性早已入骨,有什么不能忍的呢?晚餐时,我递给她的汤她给爸喝了。她依然不理我。希望明天,一切重新来过,不因情绪乱讲话,关系为大,妈妈为大!

成都青羊宫花园留影63年7月

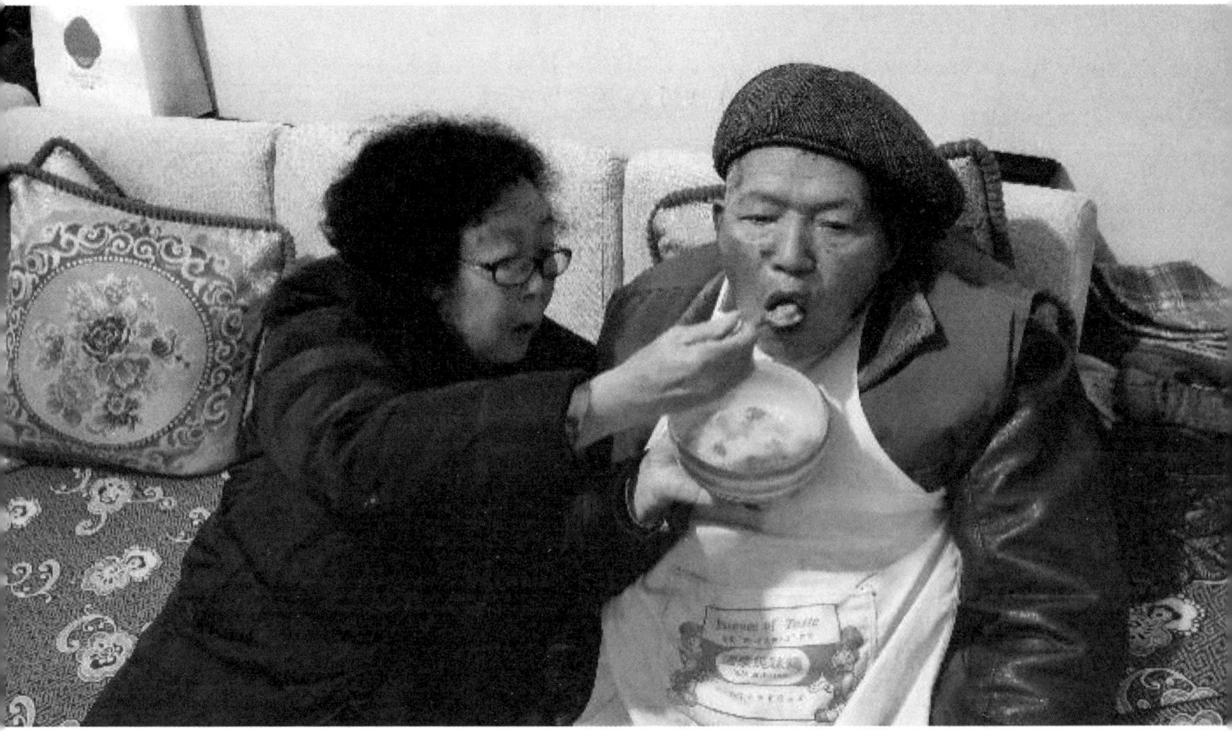

少来夫妻老来伴，阿爸阿妈相扶相伴地走过了风风雨雨的一生。

叁拾 "温暖邛崃"

马上就要过年了,今天在家洗涮收拾。换了一部分新家具后,许多物品还没有归位。三哥今天化身"高木匠",尺子、锯子、刀子都拿出来了,他要把甩出来的旧家具再规整一下,填补充实一下新家具余留的空间,也好把众多物品规整起来。我拆洗沙发套、洗衣服、做饭。

忙一段落,临近午时,三楼的陈老师见我们家有人,就进来了。彼时,清醒的老爸正在跟着三哥学数数,居然数到七、八、九,大家一阵欢乐笑,就像发现幼童又长了新本事。陈老师是我的高中政治老师,老平乐人,1940年出生,他记性甚好,给我们聊了许多老平乐往事!

平乐自古就是历代南方丝绸之路上的重要驿站,秦汉驿道,自秦汉就有啦。平乐坝号称"九里三坝",川西驿路上这个坝子,从上到下有九里路长,过去有上坝、中坝、下坝之分,如今地名只剩一个下坝了。一条白沫江浩浩荡荡。为了灌溉两岸农田,人们像都江堰一样修了"一江分三水"工程,江北岸一道黄金堰(灌溉黄坝、金河两村),江南岸一道兴乐堰(灌溉兴乐村),所以平乐一坝的良田十分肥沃,冬去春来,一坝金黄油菜花夹着麦苗绿,美不胜收。

陈老师说,平乐是陆路和水路交通都发达,从陆路来的商货运到码

阿爸，咱们去看萤火虫

头，由水路再运送出去就容易了。陆路和水路直接联通的路叫埂，一道埂通一道码头，二道埂通二道码头，现在还有地名叫高埂。彼时有码头帮管理河道，按时清挖河道、维护管理码头，有商会、帮会组织，民间自治，兴旺有序。

我们家所在的老平乐中学有雷音寺，现在的禹王街上，过去有湖广会馆，会馆里有禹王宫，江西街上有江西会馆。可见当时各地商贾荟萃于此，自然是生意好做、人脉兴盛啊。老平乐的烟火和繁盛，在陈老师的叙述里栩栩如生。他说，那时的街比现在少，但好要得很嘛，没得电视、手机，娃娃们一放学回家就撵出门疯耍，到处都是娃娃子。

平乐如今是邛崃旅游的一张名片，不是浪得虚名，是有着非常深厚的人文基础的。但是，陈老师说，现在开发旅游，搞些啥子私奔码头，非要把司马相如和卓文君的故事扯到这里来，明明是没得根据的。此事曾经在网络上吵吵闹闹，但私奔码头的牌子一直在。老平乐人都觉得很搞笑……

我们家搬来小镇居住三十余年，慢慢融入这一方水土和人情，爸妈哥嫂出门都一路熟人。但今天，我们家的大事是大哥和三哥要去邛崃领取"温暖邛崃"年度人物大奖。晚上七点才开始。我们吃过晚饭出发去邛崃，顺利进入会场。

非常难得的是，老爸今天一天都比较清醒，上午下午家里来客人，他都能很安静地打招呼。在颁奖现场，非常配合拍照，一直安静等着，坐了两个小时，但就盯着门口看，也不看舞台。

大哥获"年度人物奖"，三哥获"年度人物提名奖"，大哥是因"果筐学堂"之大爱，三哥是因照顾父母之孝爱。获奖者都是平民百姓，却真有一股温暖洋溢在心间。三哥感慨，这个社会真的需要一些大爱精神，无怨无悔，从小事做起，让这个社会充满希望。主持人现场采访大哥时，大哥说，希望自由、自然、淳朴之"果筐精神"常在。主持人说，你是一个有教育理想的人！其他的获奖者也都是身边人，都是用爱温暖别人、照亮世界的平凡人。世界需要爱，需要被爱激励，搞这样的活动，你温暖世界，世界温暖你，彼此温暖，爱满人间！世界需要点儿理想主义者！

在川西这片小小的土地上，从古至今，多少故事在流传，多少人文在积淀，这里是心安的故土，是心动的远方！我们川西人，就这样世世代代在这里，勤勤恳恳地生活繁衍，以血脉、以亲爱、以对这片土地的深情厚谊，善待彼此，珍爱这片山水！生活像白沫江水一样，淙淙向前，从不为谁停留。你经过时听到的歌，就是你对这片土地脉动的呼应！

父母会老，岁月会蹉跎，时光会流逝，有些东西，却会一直在！那就是我们心中的爱与深情！

叁壹　鱼和水

下午,和三哥一起推老爸出门转转。

乐善桥是平乐古镇的标志性建筑,有台阶,轮椅上不去,我独自去桥上站了一会儿。这是我回乡二十多天来第一次上桥,还不曾过江去过呢。乐善桥建于清代,也有一百多年历史,百米多长,七孔桥,十分坚固。我来到小镇那些年,这座石拱桥的两头是被填平了可以过车的,后来开发旅游业,才又挖出来恢复本来面目,是一座人行跨江七孔桥。造型十分古朴敦厚优美,和江边古老巨大的黄桷树相呼应,古镇的气质就妥妥的了。

我仔细看了看两桥头,除了两个卖凉面的,都没有卖炕洋芋的了,很是冷清。枯水期的白沫江,水位低了许多,几乎露出了河床。我在微信上对好友说:江瘦了!她问:有鱼吗?我说:必然有!怎会没有鱼呢?鱼一直都生活在江心里啊!想起村上春树在《挪威的森林》一书里精彩的对白:

鱼对水说:你看不见我的眼泪,因为我在水中。
水对鱼说:我能感觉到你的眼泪,因为你在我心中。

叁壹　鱼和水

鱼对水说：我永远不会离开你，因为离开你，我无法生存。

水对鱼说：我知道，可是如果你的心不在呢？

谁是鱼，谁是水？想到这里，我心里有泪了。因为我不敢承诺不离开，我的心，也不知该在哪里。一想到离开，心就疼了。我在"平沙落雁"的一棵大黄桷树下，听见心碎的声音。三哥推着老爸在不远处，孜孜不倦地教他使用电动轮椅。

我只能劝自己，老妈身体在变好了！这两天，她又抢着占位厨房了。昨天做了土豆烧鸭和青椒肉丝，今天还蒸了包子，估计下一步就要做叶儿粑和包粽子了。她做好吃的，自己很少吃，就是东家分一点，西家分一点，一条街的人都可能沾光吃到。大门口看门的，街上开眼镜店的，开小饭馆的，扫地的，楼上楼下的，院里院外的，都吃过她做的东西。那天二楼刘大哥的女儿来串门，老妈就送了她一瓶自己做的豆腐乳。

小镇上住着的，都是熟悉的邻里，只要家里有人，就都不爱关门。邻居们也是，只要有空或者路过，看你开门了，就会闪进来打个招呼，或是送点什么东西来，你来我往的，都是小镇人情。今天收了两次菜：一次是早上，二楼刘大哥家的郑大姐送来三颗自己地里种的青菜，另一次是院子里租住的孙大姐送来了红油菜薹。老爸老妈在小镇生活三十年，即便他们早已深居简出，还是不时有人想起要来看望他们！小镇人情味，这是与大城市最不一样的地方。

这几天，来了几拨看望他们的老师。同在一个院里住过、搬走的侯老师，是我高中的历史老师。他说，俩孩子从小到大没少来奶奶这里捣乱。还有年轻没经验的生孩子，她也热心帮过忙的……都记得她的好！我妈有农村人身上的那种热情和淳朴，也深信，不论在哪里，远亲不如近邻，要对邻居好。仿佛良好的关系里才有一种安全感。她的好，天长日久，就像水一样，养着自己和亲人朋友，平日里习惯了不觉得，离开了就会惦记，就像那条心不在焉的鱼，离不开水。

早上，住在同一条街的姑父打来电话，说要为两位获奖的侄子庆祝一下，要约饭，可是大哥有事要走，没能约起来。上午，大哥和三哥一起，又规整了一下储物柜，还有好多物品没有清理，也要考虑过年都回来了，要怎么住？怎么再安放两张床？

今日立春，天气开始暖和起来。三哥脱衣服脱得有些感冒症状，一整天都蔫蔫的，说是浑身痛，吃过安定后又无力。希望没事。老爸依然时好时坏，谈不上好坏，要么安静要么闹，就是这样的日常。我心里堆积太多的事，情绪有些低落，翻出端午节时写的一首诗来——

《端午》

父亲，你紊乱的脉搏

一笼碓溪上的蒿草还能治好吗

你终于老得像个孩子一样

像个黏皮糖一样黏在三哥身上

抱你、牵你，安静时握住你的手

一对剑拔弩张的父子终于和解了

三哥为父，你为子

他的爱像捆绑粽子的线一样

又细又长，天天时时把你缠绕

母亲，你疼痛的腰腿

一瓶端午的药酒能给你擦好吗

悠长的岁月把你卡住了

你再不能走去菜市场
你只能在厨房包粽子
一颗地塞米松就让你一坐一晚上
小山般的粽子像你的神色一样安详
你今年包的是鲜肉豌豆粽
老屋上滴答的雨声陪你到天亮

三哥，你的胰腺炎最近去复查了吗
凉粽子好吃但你不要吃啊
孩子气不待在家的父亲
又在哭闹着要出门去耍了吧
你抱他上下床进出车的动作
利索、果断，熟悉而流畅
一辆车开了许多年，像你的肩背怀抱
抱着父背着母奔波在上下班路上
从不抱怨，从不指望
一心颐养父母天年成了你的信仰

一个又一个端午蹉跎了流光
愿你心中的天父，爱你如你爱爹娘
亲人，永远是我们尘世的故乡

对于一个远离了故乡故土的人，最重的，就是心中这份牵挂。在眼前在天边，都一样！也许，故乡是水，而我，就是那条鱼！

叁贰　小镇时光，有一种栖居叫"平沙落雁"

如果不是陷入陪伴父母的忙乱，在小镇闲居，其实是十足安闲的好时光。

老父亲还能一瘸一拐走路时，他每天早晚都会出去走一圈，围着小镇，转大圈，一定会去江边。他时常站在江边黄桷树下，看江水东流，心里习惯性地构建诗句，回家用左手歪歪扭扭地写下来。几年前，他在小镇下游的江边摔倒，被游人救起，他还能明白表达家住在哪里，被人送回了家。后来慢慢找不到回家的路，再不能让他单独出去。就变成我们用轮椅推他出去了。

有太阳的日子，就出去转。推他出去，他安静，我们心里也安静些。推着他，默默走走，看看这个古老熟悉的平乐（平落）古镇。走老街区，看熟悉的吊脚楼和街坊铺面商店；走新街区，看时髦的酒吧、歌厅、饭店和咖啡吧、书店。平乐古镇，历史上有时叫平乐，有时叫平落，都有根据，新旅游时代来临，在小镇的定位上，一直在为用哪个字纠结。有些地方是平乐，有些地方是平落，两个字在川西方言里的发音都一样。在当地无数的小镇中，有着"一平二固三夹关"的说法，一平落镇，二固驿镇，三夹关镇，两个与我的经历相关。平落镇排第一，是由它发达的交通网络和商业地位决定的。茶马古道、秦汉驿道都有它。

若无闲事挂心头，静享小镇时光，慢而悠长，有一种妩媚动人。大大小小的青石板小巷里，一有太阳，就挂满了新洗的衣服床单，荡漾着新鲜的皂香。墙角偷偷开着的小花，像是小镇温柔的梦乡。王铁匠的铺子里，农闲人清淡，铁匠在铺子里打盹睡着了。冬天的温热太阳，把小镇照耀得安详。江边古老的黄桷树，盘根错节，年年固守。古老的乐善桥，青石板被磨得发亮。江边的吊脚楼，临街的窗户开着，有人声咿呀。有人在打麻将，有的在吊脚楼里，有的在户外晒着太阳，吹着江风，喝着花茶。

我们慢悠悠走过老街区，又转去新街区"平沙落雁"。沿着古老的江西街走到头，就是"平沙落雁"的大门口，小广场上伫立着好几棵高大的针楠树，仿佛是我老家村头的楠木树，让我很有亲切感。这些年，在乡村和城镇规划中有一个精神理念，叫"望得见山，看得见水，记得住乡愁"！多好的愿景和理念。在我故乡的小镇上，修旧如旧的街面房，更加统一的民居风格，统一的古风路灯、青石板街道，你说，哪一处不是乡愁的味道呢？许多失去故乡的人，在无数个别人的故乡浪迹。

承载乡愁的乡村、乡镇，受到新时期外来人群、外来文化的侵袭和冲击。我故乡的小镇，也在寻求休闲时代的独特定位。它保留了原住民的生存需求，基本不拆老街区。原生的老店铺和集市，诸如铁匠铺、竹器市场、木炭市场、鸡鸭狗鱼兔禽市、菜市等都有大量需求，根据旅游休闲路线的设计，它们被一次次迁移。有一些，因为独具地方文化特色，诸如铁匠铺、竹编工艺店、散酒铺等，被当作展示性店铺，依然在闹市街巷留存。有需求的乡民还会根据习惯寻去购买。所以，古老的街巷里，同时穿梭着衣着鲜亮的游人和朴实的蓝衫背篼乡民，呈现一种喧嚣和沉寂的融合与迷离。

同样是踯躅在街巷里的寻找，有人迷茫，有人笃定。那些浪迹至此的天涯人，他们今夜的归属是客栈；那些前方有目标的乡人，他们夜夜的归属都在江边，或者不远处的竹林深处人家。

小镇，平常安详。繁忙的日子，一是赶集日。十里八乡的乡人还是会聚集于此，交出自己所有，换取自己所需，不外乎粮食、瓜果、蔬菜、茶叶和自制食品。另一个繁忙日是节假日。小镇成为繁忙的都市人散心的后花园，热情敞开街道、小巷、河流、酒肆、茶铺和餐馆，接纳外来的游子。所谓旅游经济，唤醒了小镇的经济意识。当外来人群汹涌、无力承载时，涨价就成必然选择。于是，小镇的商业格局随之而变，物价水涨船高。一份面条价格翻番是平常。这对游人而言，倒也司空见惯，却苦了原住民的生活。邻里街坊低头不见抬头见的，只好游人一口价，街坊邻居依照老价。淡季一个价，旺季一个价。

渐渐地，外来商家多起来，新的需求也多起来。于是，更大的格局和改变升级、发生，商业地产降临。"平沙落雁"古意文艺商业街区就这样诞生。名字令人惊艳，把"平落"二字演绎得唯美浪漫。新的"平沙落雁"建成，招商，各种酒吧、特色小店、客栈、书店、饭店云集，它比老街坊更添了都市的舒适、时尚和惬意。露天的茶铺咖啡店，各种手工文创个性小店，街心花园，大舞台……一切重大的活动和事件都在这里呈现。住在老街坊的老街民，没事也都会走过去，坐在江边的木栈条凳上，晒太阳，看外来的形形色色的游人，猜想住在"平沙落雁"是什么感觉。

外来的游民，在"平沙落雁"，仿佛他乡遇故知。喜欢浪迹天涯、蛰居小城的他们，带来了"一米阳光"，带来了"平乐印象"，带来各种酒吧、客栈。他们在老街巷里猎奇，满足了味蕾视觉的需求后，还是喜欢在"平沙落雁"落脚。在"音乐往事"的酒吧里，听着流浪歌手的夜唱，在微信朋友圈发着煽情的帖子："如果你也在平落……"。"带把吉他去平落"成为这里年年不落幕的音乐节主题。外来的文化和喧嚣，要配上古镇的古老和安详，才会有一种碰撞和平衡。你在这里，可歌，可哭，可游荡，你可以慢下来，哪怕栖息片刻，仅仅在江边看鸭子打架，也是很好的放松。遇见"平沙落雁"，遇见熟悉的都市晚唱，也可沉醉在小镇的江水和夕阳中。他们在小镇的清晨醒来，在温暖的太阳下，在叫"上院"或者"云端"的客栈的露台上，喝茶，看书，打麻将，吹牛，打牌，晒太阳。

我每次回到小镇，在自己家的老房子里过着平淡如常的旧日子，踏实而沉静。一到"平沙落雁"，就像回到熟悉的城市，在现代商业的刺激下，灵魂就飘起来，充满了欲望和渴望。

我曾经很喜欢的，是那个叫"散花书院"的地方。散花书院，它不同于小镇的书报亭和教辅书店，它是一家承载精神寓意的人文书店。知识分子或知道分子，总能宾至如归，似突然找到了精神的寓所。你能在此看到小镇的精神向往。并且，可以深切感受到，在这片土地上，以及这片土地延伸的地方，四川，川西，川藏，成都，邛崃、平落，这些文化一衣带水的传承和影响。这片土地上的作家和作品，也有专架。沿着这些脉络，你就觉得小镇并不孤独，它有血缘传承。就像你离开了很久，回来见到的小镇和故人，大家都变了，但彼此在另一种层面和高度又有遇见和认同。可惜的是，许多人将书店当成打卡地，并不能形成真正的消费，书院几年后被撤掉，变成客栈了。在文旅项目的商业策划中，能够看到，即便是商业，在文化缺席的时代背景下，商业也在承担助力文化传承的责任。"平沙落雁"，就是商业交给古镇的一份文化答卷，是对古老平落的一次升华和新定位。开发商反复在广告上唱诵"中华弦歌地，平落夜未央"，他们意指城市商业文明，要把小镇加速引领到新城镇的发展道路上。

　　此时此刻,乡愁,变得那么暧昧和模糊。就像你小时候看到村口的大楠木树,今天,却在"平沙落雁"的大牌坊外看见。你会在突然之间有些迷茫:难道,把我村口的大树搬进城,就让我记得住乡愁了么?但或者,这至少是一个乡愁的意象,可以培养一种似曾相识感。不仅如此,社会巨大变迁,大量的农民进城,做起城里人,成批的城里人冲进乡村,做新农民。农民工进城,荒凉了故乡,更多了乡愁。新民工再回故乡,又带回许多新的东西,他们见识广了,修房盖屋,创业耕种,都有了许多自己的新见解和大胆尝试。新文明进乡村、入城镇,赋予乡愁和故乡更多新内涵。一来一去之间,让我们看到更多城市与乡村的交融与巨变。

　　任何一个时代的变迁,生活方式的改变,都将变成意识形态的嬗变。当时代的巨变震动了心灵,我们的哲学意识觉醒,怀着一种释放乡愁的冲动,四处寻找精神的家园。望得见山,看得见水,记得住乡愁,我们正在打造诗意的城镇和乡村,寻找我们心中的家园。但商业承载的文化,商业打造的乡愁,总有些不是滋味,或者也许根本不是我们心中的乡愁,而只是更深重的流浪情结。也许,这是经济时代必然要付出的代价。

　　而我,总是在每一次转身之际,对过去和现在充满了善意的理解,对未来充满了真挚的渴望。也许,会越来越好。我们在大地上劳作,渴望诗意地栖居。我们渴望回到故乡,回到诗意的小镇,安然栖息在心中的草原,草原的名字姑且叫作——"平沙落雁"!

　　如果老父有知,尚能善辩,我们必将有一场争论和探讨。可是不会有了。我推着他,穿过大针楠树的矩阵,把他放在巨大的篆书"平沙落雁"几个字下,迎着过年的红灯笼,给他拍照。他习惯性地展开了笑颜。

叁叁　两个轮椅去赶场

平乐镇逢一、四、七赶场（赶集）。今天四号，又是赶场天。我妈说，她今天要去赶场买菜，好久去不了菜市场，都不会赶场了。我说行，就用轮椅推你去吧。她不，她说她感觉能行，家门口这四五个台阶，她都能一步一阶爬上来了，往日可是一个台阶喘口气才行。难得她这么自信满满，那今天的重头戏就是去赶场了。

临出门，她还是觉得头晕，让三哥给她按摩一下，她觉得这样很管用。准备工作做完，勇气鼓起了，走！三哥先把老爸推出去，因为轮椅翻台阶不便，所以他爷俩走大门，过新兴街转禹王街去菜市场，我带老妈步行，穿小操场过大停车场，出去就是禹王街口，可与爷俩会合。老妈拄着拐杖凳，走得很慢，路上不时遇到有打招呼的，都要停下来说几句，久不出门，好多人都以为她又去远方儿女家玩了呢。她就很认真地停下来解释说，身体不行了，没出门，连场都赶不了了。

穿过大停车场，叫她休息一下，她说出了大门再坐。出停车场大门时，我看她已经佝偻得快撑不住了，于是，就在街口岗亭旁的木凳上坐下来。一坐差不多半小时起不来，看来还是太乐观了。我让她列单子，想买什么我去买，她就在这里等着。无奈的她只好同意。我跟她开玩笑说，你看，菜市场就是你的战场，你是将军，你指挥，我去打仗，你等着就好，多好呀！她笑了，要多无奈有多无奈。

我围着菜市场转了一圈，买了一背篼，记下2021年2月的菜价，这是烟火里的日常。我买齐转回来，三哥电话说，他去我姑家推了电动轮椅，推老妈去买菜了，老爸留在大树下等着，因为推不了俩。果然，老爸哭兮兮地在街边大树下，见人就挥手拉住不放，路人很尴尬。我到对面小面馆买了小笼包哄他。老妈是不能上菜市场的，她这一去就不得了，轮椅背后都挂满了。估计一周也吃不完。

这下，两个老人，两个轮椅，兄妹俩，浩浩荡荡，我们的队伍回家啦！老妈刚开始对电动轮椅有畏惧感，稍加熟悉就可以了，非常简单。三哥背菜，监控老妈轮椅，我推老爸，在禹王街上回头率还是蛮高的呢。低调羞涩的老妈不愿意俩轮椅出门，就是不愿意这样引人侧目……妈呀，这么近的集市，我们愣是花了差不多两个小时才回到家！但也很欣慰，老妈有新突破啊，重现菜市场，尝试了电动轮椅！

持续的理疗推拿，坚持服西洋参粉和三七粉，她的浑身水肿都在往下消，肿得硬邦邦的腿终于松弛出正常的褶皱来，脸和肚子都在消肿。浑身脱皮，连脸上的老年斑都脱痂了不少。也不知哪项手段在发挥作用，只要有用就全部继续！她也更有信心。于是，下午我们又开车去中峰，找杨先生理疗。我的脚后跟上那个永不愈合的伤口再一次收口，希望这次借杨先生回春的手能治愈。一切向好！

在遥远北方的我的娃，虽然期末考试数据不甚理想，但身体数据向好！看到那些数据，想想一年多来的内心煎熬，自己还是忍不住偷偷大哭了一场！

谁会活得容易呢？大家都在努力地活，也还有亲人朋友在身后支持和帮助，这就够了吧！对父母，对孩子，在病困之下，所有的要求都拉

叁叁 两个轮椅去赶场

低,只要他们好好活着,只要他们开心,就知足了!傍晚时分,川西又下雨了,滴答滴答的雨声,敲打着厨房的玻纤瓦,特别响,像敲打在心上!我系上围裙,戴上袖套,深吸一口气,放下所有的愁绪,做晚饭。

●○○
两个老人,两个轮椅,总是街上一道独特的风景线。

叁肆　老人一窝窝

今天的感叹是：我们家的老人真是老成一窝窝了！年龄都是八十岁以上。集体赴老——我爸姊妹七个，最大的大姑九十八岁了，大伯九十六岁了，二姑三姑都九十岁以上啦，最小的小姑也七十四岁了，妈家的小姨七十七岁，二姨八十岁……我爸妈今年八十三岁。其他老人身体都不错，就他俩身体最差、最遭罪。

今天，是每月一次进城到医院特殊门诊给爸妈采购药品的日子。三哥昨夜提前列好采购清单，网上挂好号。先去市人民医院买老爸的药，再去临邛社区卫生服务中心买老妈的。

昨晚，我妹妹在微信上惊呼："姐，不得不表扬我妈，她昨天背到我偷偷跑去住院了，要去做冠脉造影。还喊我不要去，要做核酸检测！昨晚都没回来，直接住到医院里了。"我那天刚做了核酸检测。于是上午到了人民医院，直奔住院部看小姨。小姨倒是潇洒，可是人家大夫说需要家属签字啊！住院部扑了空，小姨已经被推去手术室了。我又赶紧冲去手术室，小小的小姨坐在轮椅里，待在过渡室的角落里，我心里一酸，赶紧过去握住她。

妹妹夫妻俩在城里卖煲仔饭，一到饭点就忙得四脚朝天，生意很好。

我这个妹妹,一忙起来就是火暴脾气。小姨说怕她冒火,自己跑得、动得,不想耽误他们做生意,做冠脉造影是个极小的手术,没事儿!

我这个七十七岁的小姨,个子很小,五年前因冠心病做了搭桥手术,人小心大。我好多次写到她的乐观和泼辣,走到哪儿,朋友交到哪儿,所以,她觉得她自己一个人来住院做手术,一点问题都没有,谁还不能善待一个小老太太呢?

住进医院后,她很快就和医院护工黄孃孃混熟了,黄孃孃照顾病人很专业,答应搭把手帮她!乐呵呵的小姨笑起来眼睛眯成一条线,什么时候都那么开心的样子。她说,老油条了,整惯了的,不怕的!

小姨自己走进了手术室,我在外等。大约半小时就结束了。主治医生跟我交代了病情,建议保守治疗,我签了字,陪小姨回到病房。正是饭点,我去医院食堂给她买了份清淡的午餐。她说不饿,吃不下,黄孃孃说等她饿了给热了吃。叮嘱了黄孃孃,我才出来。

临回前,还是惦记小姨,又绕道去医院看了看她。不能去看望的妹妹也是心急如焚,平日和自己亲妈发脾气乒乒乓乓的,但老妈这么懂事,她又心疼得很。我劝她淡定,安心把生意做好。

家有老人,儿女该如何做才好?父母又当如何做才好?一家人,彼此体谅,管好自己、做好自己,不给彼此添乱,可能就是最大的和谐、平衡了吧。

父母不要委屈自己,但也不要委屈孩子。我小姨一个人去住院,虽说潇洒,也有不得已。但我不信她心里没有一丝落寞。我那天跟我妈生气,就是觉得她总是冤枉三哥,脾气急得很,一喊三哥,他就必须马上出现在眼前,否则就开骂。我曾开玩笑对她说,你咋从不表扬老三呢?她说该吼还得吼,几十岁了还不晓得咋个做人做事……

人的脾性很难改变,不敢指望我妈能怎么改变了。我三哥常年在跟前，似乎早就习惯了。换作我，可能做不到这么平和。这么多年了，小时候不敢怼我妈，但心里有很多不服气，成年后，在一起的时间并不太多，在一起时也必须彼此十分容忍，才能不吵架。仅有的几次冲突，都是因为看不惯她骂老爸、骂兄弟姊妹，最后把战火惹到我身上。

又好像，总有一些父母和孩子是不对付的，相爱相杀，合不来，在一起很痛苦，不在一起又会想。人到中年，陪伴父母，就仿佛看见自己的未来。警醒，思考，要对自己未来的老年阶段有一个准备，怎么做老人，要拿捏好分寸。恐惧和焦虑也没有什么用，修身养性，自然终老，不给谁添麻烦，就是我们最大的梦想了。

执着的三哥，总是一心一意奔忙着改善父母的身体状况。最近用了一种什么酶肽液，似乎对爸妈身体有一定改善，今天进城又专门去买了一箱，回来就忙活着给他们喷、敷、扎，老父的肚脐眼儿、手腕、头都弄上了。

老妈的脚指甲甲沟炎复发，指甲深挖进肉里。三哥教我怎么剪，要先把脚指甲中间剪个豁口，再往两边剪，这样才容易掏出陷进肉里的部分。这个办法好，要传授给我儿子，他也是甲沟炎。三哥在陪伴照顾爸妈的时日里，真是充分发挥了他从小聪明好动的特性，把许多事情都做到了极致。我回到家快一个月了，跟着三哥寸步不离一起照顾爸妈，一点自己的空间都没有了。所有想约见的人全都没有见，因为我不忍离开，觉得三哥太辛苦。

吃过晚饭，老爸坐一天累了，早早上床躺下了。每天这时候两个小时左右的时间，三哥可以稍微放松一点。我看他下载了"全民K歌"App，一个人自娱自乐在那唱《可可托海的牧羊人》，和我一样，"却让我一醉不起"一句老是唱不好。每次看到他的种种自娱自乐和自我调节，我就觉得松口气。

照顾年老父母是一场持久战，自我调整和自我建设很重要啊！

叁伍　姑父家团年

立春后的川西，一日暖过一日。夜里开着电热毯，被热醒了。仿佛公鸡打鸣也比往日殷勤了，清晨在床上，总是听到四周邻里鸡鸣阵阵。

晚睡或者早醒时，我坐在床上打坐冥想，向内时，被川西地气滋养得轻盈升腾，向外时，感应窗外油菜、香芹生长的生机，山茶兰花的私语，鸡在墙外打鸣，猫在屋顶轻脚走过，爸妈在隔壁轻微呼吸。这世界如此丰盈充沛，一切井然有序。不乱于心，不困于情，躬耕日子，勤恳用心，这多好啊！每一天都有每一天的事儿等着我们，不论好坏，且都怀着去经历、去迎接的勇敢之心和感激之情，就这样好了。

一大早，我们还在床上，我姑就来嘣嘣敲门了，熬了一大锅银耳送过来。并说今天团年，按老规矩，中午在平乐饭店吃饭。早饭后，我刚洗完衣服准备上楼顶晾晒，八十多岁白髯长须的老姑父又专门来告知，中午十二点，平乐古镇台子坝平乐饭店，吃团年饭！姑父是个极重视仪式感的人，做事情很认真，有板有眼，有条不紊，从不出差池。我们家和姑姑家，是这个镇上最亲的亲人。

我妈说我姑打小很聪明，尤其是爸妈相亲时她表现可好了，深怕她哥找不着媳妇儿。她那时也就十三四岁吧，做两种饭，把好的纯米饭给准嫂子吃，自己吃南瓜饭，把碗举得高高的，深怕被看见，还抢着给我妈盛饭，怕露馅儿啊。我妈这个机灵的小姑子好，姑嫂感情自然也就很好。

我爸和我姑这兄妹俩，一起在碓溪沟出生、长大，我姑虽然上学很少，但聪慧无比，跟着哥哥读书、写字，肚子里也装了不少墨水。长成大姑娘后，自有几分与旁人不同的追求和气质，以至于总没有看得上眼的对象，蹉跎成了老姑娘。

我姑父的一生则堪称传奇，少时因各种阴差阳错没上成中学，自学成才，在学校当民办教师，多才多艺，后来多年在小镇照相馆当照相师傅。那时的照相师傅都要下乡拍照，他走乡串户，顺带结交四海文朋诗友，因此认识了我爸。据说那时我爸也才刚结婚。姑父说，他俩大约相识于1963年，好几年才见一次，第二次见面已经有了我大哥。打我记事起，他来我家的称呼一变再变，最早我爸让我们叫他熊叔叔（以为他比我爸年纪小），后来变成熊伯伯（实际他比我爸大），最后变成熊姑父。交往十几年的时间，他们才想起来，身边这两个大龄男女挺般配。于是撮合他们，书来诗往、情投意合的，就成了一家人。我爸调到平乐中学教书，我们举家搬迁到小镇。兄妹姑嫂的，少不了相互帮衬看顾，姑姑对我们，就像我妈当年对她。这些来来往往的亲情，我爸和姑父的友情，全都在一起了。

小姑十分要强，从农村嫁到街上人家，农村户口，不愿意被人看不起，那些年没少跟熊家兄妹磕磕碰碰。最后，诊所口碑越来越好，挣了钱自己搬出来另立了门户，也算相当励志的女人了。

现在，我们就住在一条街上斜对门。你家做饭我家不做饭的，就经常一起吃饭。这些年，他们年纪也大了，团年就都在平乐古镇的经年老饭店——平乐饭店进行了。平乐饭店的团年饭很丰盛，坐了两桌，菜很对大家胃口，还简单，吃了一抹嘴就走，不用洗碗。没吃完的，就会打包带回家。

姑父是老平乐人，对小镇知根知底，也是小镇各时期政府部门经常请教的老文人。他对小镇历史文化的梳理有理有据，对小镇的打造也作过贡献，是他第一次提出，平乐古镇是南方丝绸之路上的第一镇。姑父和我爸能深交一辈子，主要归因于他们身上都有一种难能可贵的品质，就是坚守坚持！姑父比我爸更强，在于他更勇敢面对社会，敢放声、敢争取、敢抗争，并且绝不妥协！他年轻时的作品《望乡台》，是为民办教师待遇鸣不平的；去年他腿脚不便后买了轮椅，但门前台阶上不去，为争取修个坡道，也是跟镇政府一直争取斡旋，直到成功。

饭后下午，姑父又带我们去见识了一下他勇敢争取的另一成果：熊家祖坟茔。熊家祖上买的坟地，如今面临开发土地被占，要搬迁，搬迁方案交涉无果，他把官司打到了中院，甚至向公安局报了案。他坚守的不仅是熊家祖坟，而是对传统文化的执着。寻根、尊重历史和过去，祖坟的意义，不在于一点点赔偿，而是留住。最终，他守住了熊家祖坟，另寻一处宝地迁坟，把祖上亲人全都重新安置好，也给后人留下一个寻祖归宗的地方！

我姑父和我爸这一代人，都是难得的有见识、有格局，有成熟历史观、世界观的人，他们若有能力，办成的都是有社会意义的事情，在他们之后，还后继有人吗？我们年轻时傲娇自我，批判他们迂腐，就知道出人头地、光宗耀祖，年过半百才知道年轻时的轻浮和无知。他们真的老去了。姑父现在买菜都是开电动轮椅出行。我爸就不消说了，能活着就已阿弥陀佛。

陪伴爸妈的日子，总是借由各种人来人往，又翻出许多的陈年旧事。在这些短短长长的往事里，回望爸妈的一生，那些来来往往的人事里，是他们平淡而不凡的一生。

今天太阳很好,我们又强行把老妈按上姑父的电动轮椅,逼她适应这种出行方式。她开着来到大街上,就遇到了许多熟识的婆婆、妈妈、大娘,大家把她围成一圈,拉着手,嘘寒问暖、家长里短的,好不亲切!于是对她说,你看,能出门多好,你可以见到老熟人了,聊聊天,也不寂寞,想买什么都可以……

但愿她能接受轮椅、接受衰老,在衰老的境界里再获得一些自由和成长。不要总说:我老了,搞不懂了;我老了,不行了;我老了,不要强迫我了……八十多岁的老姑父现在都天天在网上购物了,谁说老了就得认命、停止不前呢?

如何面对自己的人生,在任何年龄,我们都需要成长和更新。

叁陆　傲娇的周孃和周老表的梅花

今天，我妈，全平乐镇鼎鼎有名的周孃，终于全面夺回厨房阵地，一个人扬眉吐气地做了齐整整一桌妈妈菜！我们全部靠边站，多问一句都不行！三哥问：煮不煮巴马香猪肉？她就气鼓鼓地说：你来煮嘛！你要吃好多嘛！我问：肉是不是太多了？她说：嫌多你嫑（biāo，不要）吃嘛！我们就都不敢开腔了。只能默默远远看着她在灶台上挪来挪去，累了就坐着！担心她累坏了。但此时的她已不可能停下来。她说，我这次回来还没吃上她做的饭，所以，她今天豁出去，做了这一桌饭菜，也是用尽洪荒之力了。结果，累得午饭后睡到下午四点才起来，还叫我帮忙贴膏药。我说，玩狠了吧！

天气很好，午饭后，我陪老爸在院子里晒太阳，他打盹儿，我处理工作。太阳走一截，我们就跟着太阳挪一截。

三哥得空摸出纸笔替人写春联，我回来快一个月了，才第一次见他写字。想起他少年时，一到这个时候，就用背篼背着笔墨纸砚，走乡串户去给人家写春联，一去好多天不回家，吃住在人家家里，也不知他当时究竟挣了多少钱、在外怎么过的。我也忘了爸妈当年对此是什么态度，大概觉得他不务正业吧。

那些贫穷的童年，哥哥们也想放鞭炮过年呢，没钱怎么办？就想办法咯，写春联也只有他能了。我记得他还和小伙伴砍竹子去卖，挣些毛毛钱，买几枚炮回来，"嘣啪"几下就完了，但他们已经觉得很开心很满足，放完自己的，又满村子跑，看别人放。那才叫过年呢！

小时候过年，还盼着大年三十晚上的仪式呢！我们家有最早的家庭春晚传统，这都是当时对生活充满激情的老爸策划的。

1981年，大哥和父亲同时考入大学，第二年除夕，在父亲的精心组织下，我家举办了第一届家庭春晚，成绩优异的奖励两毛钱，成绩差的也奖励打手心。在昏暗的灯光下，一家人围在燃烧着熊熊火焰的火塘边，火塘周围烤上发馍馍，母亲负责为我们准备吃的。父亲表演了新疆舞《亚克西》、俄语歌《莫斯科郊外的晚上》、拳头小品《一家子》，让我们大开眼界。那时的父亲真是年轻有活力，又有才华呀，新疆舞都能跳得那么好，拳头小品也是别出心裁，逗得我们哈哈大笑，每个手指头画个头像代表一家人，一个个请出来表演……兄弟们拉二胡、吹笛子、打拳，朗诵诗和吟唱儿歌等，三哥和小弟用个簸箕拱牛儿灯，好不热闹。这些充满欢乐而独特的记忆，是父亲为我们打开的生活的另一道大门。虽然我们那时不懂，被动跟随他的要求和步伐，但是，他在我们心中埋下的是热爱生活的种子。聪明多动的三哥其实是得了父亲真传，除了学习成绩不好，其他都很好，书法、篆刻、口琴、风琴、二胡、笛子等乐器都玩，一度把二胡名曲《赛马》拉得出神入化，尤其二胡模仿马叫声，绝！年轻时的父亲，曾经多么激情四溢啊！我们人到中年，才从他留给我们的点滴记忆里发现他是个宝藏父亲啊！跟他相比，我们差太远了。

又要过年了！我们的策划大师却老了！前两年，我们重拾父亲老传统，在高家的川西碉楼下组织过两次家庭春晚，盛况空前，不知现在的小的们，将来会否有不一样的记忆？因为疫情原因不能聚，家庭春晚无法继续，高家的子嗣们只有时常在家族群里唱和了。

昨天，我爸的老朋友周伯伯的儿子周老表，从石头乡下瑞林园捎来一大枝打着骨朵的绿萼梅，十分令人惊喜。我妈说，周老表每年都来送梅花！我感叹，这是多么风雅的礼物呀，也只有老爸风雅的朋友才做得出来。虽然我妈很不感冒，她不能理解送梅花的行为。我也不解释，高高兴兴找出积满尘土的玻璃瓶洗刷干净，盛水，照老表的指示，加糖和头痛粉，郑重地瓶养了这一大枝梅花，静待花开！

垂垂老矣的父亲，曾是对生活、对世界充满渴望和热情的才子，一生结交皆为特立独行之君子，诸多不为世人所赞许认同，但他们都有坚持和追求，都在自己的领域里，不违初心地按照自己的活法活着。瑞林园的周伯伯也是非常独特的人物，善根雕及苗木花草种植，瑞林园皆为复古园林，倾尽他毕生心血。他还研究易经八卦，曾对我的命运有过预见……

我想，人的一生，活的就是个过程。父亲虽有诸多遗憾，但他用力活了，只是用力过猛，中途倒下，徒增几多唏嘘。他有限的生命，留给我们如此多的记忆和精神滋养，就不算虚度了。

年，热闹过还是平淡过，是外在的形式。在我们心中，重要的是，持续保持对生活的热爱！再远的孩子，都要赶回来。再老的妈妈，也要做顿饭。再呆的爸啊，还是我们回家的动力。

叁柒　回故乡之路

　　立春一过,接连几个响晴天,川西的茶园就蠢蠢欲动了。姐姐发视频开喊:讨(摘)茶喽!

　　因为惦记着一个人住院的小姨,早上起来收拾好,爸妈、三哥和我,我们这个"连体家庭"就一起出发进城接小姨出院。我到时,个子小小的小姨在排队办理出院手续,刚好轮到她,她说你来得正好,我听不清里边说什么!办好手续出来,我自然就牵起她的手,她还不好意思呢,说:"我到处跑,活蹦乱跳的,你还牵到我的手哦……"

　　送完小姨,吃过妹妹的煲仔饭,我在邛崃的街头走了几步,明晃晃的春阳照得人浑身烘热,服装店都在吆喝冬装清仓,明丽春装都已登场。我有些恍惚,在小镇一个月深居简出,城居的时光似乎都走远了,我,似乎在小镇这样生活已经很久,好像本就是这样的!

　　正在考虑归期的我,回去?回来?归去?归来?究竟哪一种是正途?一回到故乡就是扎实地忙碌,一到城里就是焦虑和迷茫。

　　下午,听说我爸老家有事,我们驱车回到碓溪沟石板庙。这是他年轻时落魄后重启人生的地方。他在废弃的石板庙创建小学。破旧空房子,什么也没有,搬石头当桌子凳子,一至五年级都在一个班,我爸将他们按年龄分组，一二年级、三四年级、五年级，三个组分别背靠背坐，一二年级正面坐上课，上完背过身去，再让三四年级转过身来，不上课的背着做作业……有智慧吧？一点一点改善，十几年后，不仅有小学，还建了初中，变成熊营中学。老爸在熊营中学的学生，如今都已六七十岁了，后来都活跃在当地的乡土文化建设中。我们姊妹对老爸的学生个个都很熟悉，许多都像亲戚一样，他们就像我爸散落的儿女，他们也把我爸当再生父亲一般，感情非常好，农忙时都一拨拨来家帮忙干活，使我们家像个独特的大家庭。

我爸跟我妈结婚后，我妈这边空房大屋，所以就常住在我妈家这边。这边属于雅安名山，但他户籍工作都在成都邛崃这边。在熊营村出生，喝着碓溪沟的甜水长大，在碓溪沟边的石板庙重启人生，艰难起步，不屈不挠，这个地方，才是他魂牵梦萦的地方。

我爸当年教书育人之余，带领一支文艺队伍，自编自导自演各种川西乡土戏，活跃在白沫江一带。他创作过新川剧剧本《一袋玉麦种》《九湾风雨》等，他们创作表演金钱板、方言小品、对口词、莲花闹、朗诵、舞蹈等等，还有一些非常有特色的灯戏（耍马马灯时表演的戏，因为都在川西人家的坝子里演，又叫坝坝戏），每次看坝坝戏都把大家笑得前仰后合，最有趣的诸如《驼子回门》《张烂子孵豆子》《王大娘补缸》……台词极其诙谐幽默，十足方言味儿，大家非常熟悉。剧目不是讽刺懒惰，就是教育抠门的，寓教于乐，十分有趣。

我爸曾经把当年文艺队伍里十分活跃的四大男主角戏称"四条白水鱼"，自谦像整天忙碌在水面翻波浪的白水鱼；又把四个女主角戏称为"四条沙沟鱼"，沙沟鱼不在水面，更喜在水沟深处出没……以我爸为首的"四条白水鱼"，以我姑为首"四条沙沟鱼"，在碓溪沟翻起小小浪花，也是风华繁茂过的，如今都已到人生暮年。浮生若梦，芳华耀后生。

1972年，阿爸和他的宣传队。

  如今，同一个地方，石板庙，我大哥又在此树起了"果筐学堂"的旗帜。就像当年我爸创建熊营小学一样。"果筐学堂"一在熊营村落户，因故土、故人、亲情，便得到十分的呵护和助力。村支书高明红变成最大的志愿者，村里的长辈、兄弟们全都是志愿者，那些当年活跃的文艺分子，都来学堂当老师，教孩子们敲锣打鼓学传统、太极打拳学武术，给孩子们讲地方历史、方言故事……外来的志愿者们带来机器人智能世界，新知识、新理念、新传统，让这个小小村落生机勃勃。

  前些日子，大哥荣获"温暖邛崃"年度人物奖。今天，再聚于此，是镇里新来的镇长要来看望、了解"果筐学堂"情况。大家聚在一起，一聊一下午，既对乡村文化的复兴和建设充满危机感，又充满希望。文化传承和复兴，不仅急不得，还要寄希望于几代人去努力。对于现在农村大量青壮年外出打工、传统文化后继无人的窘状，大家都有些担心。

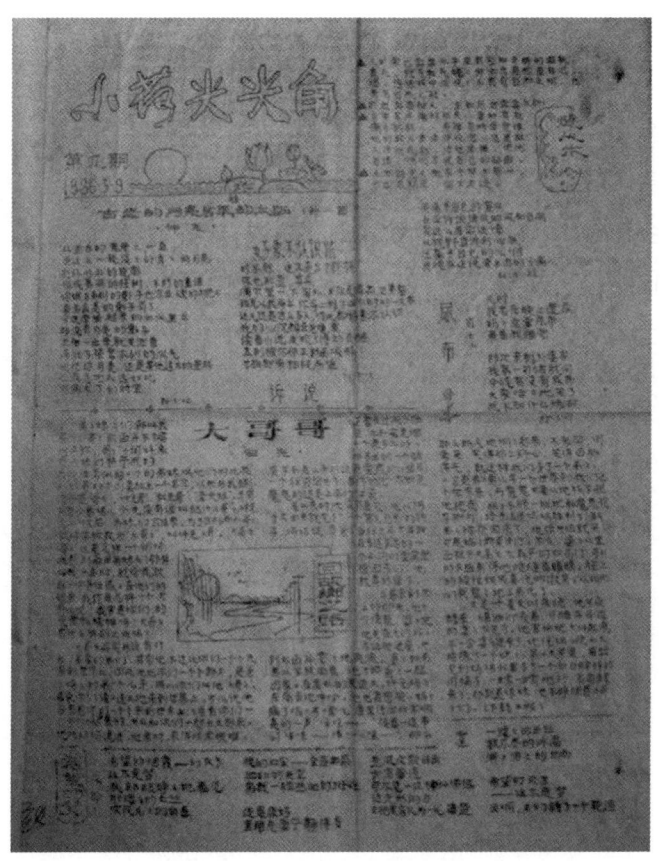

我家的家庭小报《小荷尖尖角》。

我倒是比较乐观,随着乡村经济的振兴,回乡创业成为潮流,再加上国家一系列向好政策的刺激和激励,城乡差别的缩小,新传统、新本土文化和品牌都将诞生!"望得见山,看得见水,记得住乡愁"的乡村规划建设理念亦是动人的。"绿水青山就是金山银山"的号召,这么些年已见成效,山青了,水绿了,植被茂盛了。新邛崃"心安的故土,心动的远方"的诗意理念,也让我们这些浪迹天涯的游子,对故乡有更多回望和向往。

自从离开故乡，我们就一步一回首，地理轨迹上越走越远，乡思情怀上越来越浓烈！当年我们年纪小，老父亲带领我们创办家庭小报《小荷尖尖角》时，已经离开故乡去城里读大学的大哥，就在报纸上开设过一个栏目，叫"回故乡之路"。他后来在博客、微信公众号的注册名还是叫"回故乡之路"。自打离开，就在想念！走了半生，还是要回来！

一旦踏上回故乡之路，不能言说的父亲就会喜笑颜开。一旦踏上回故乡之路，痴呆的老父就不会再哭闹！所以，今天，我们以这样的方式，归来！

叁捌　各是各的家

陪伴爸妈的日子，看见人生穷途末路的艰难，看见生命花开花落的真相，看见人性的脆弱，看见亲情的温暖，看见绝望，看见恐惧，看见呵护、感恩和知足……站在人生岸边的你，看见了什么？

今天是三哥的上班日，我们今天不用陪三哥去上班了，因为大哥在家。只要有个挪得动老爸的人在，对照顾细节稍加提示，不出大的意外，也没什么问题。老爸今天状态并不好，大部分时间在闹，上午下午大哥都推他出门，出门就没什么问题。他总是在院子里坐，不吃饭，大哥递给他一根香烟，他倒是很麻利地抽起来了，又像健康人一样。老爸大部分时间处于臆想状态，好像在跟谁对峙，说话吵架，要么就是哭闹。我们都尽力劝自己：他这是病态！不要往心里去！但我妈觉得很难，家里整天有个哭闹的，情绪似乎很难振作起来。

老妈每天在起床时都是兴致勃勃的，想干这样，想干那样，但是，往往吃过早饭就歇菜，人就晕得不行。我看她几乎每天吃头痛粉、晕车药，她说吃过后会好些，但那样子确实很难行动了。堆在各个房间的许多衣物，她说怕我搁放后她找不到，所以等她能动了，自己放。放了这么多天，她依然动不了，明天大家都回来了，不能再堆。我就遵照她的

阿爸，咱们去看萤火虫

简单指示，将所有衣服鞋袜重新整理入柜，告诉她夏天衣服、冬天衣物都各在什么位置，春夏秋冬的鞋也清理了一遍，扔掉了几大袋衣服鞋袜。总算是大致利索了。衣柜里竟然还有很多年前我的衣服，不让我扔。

这些日子以来，我渐渐明白，我急匆匆回来帮忙的这个家，是我的精神之家，本质上它还是三哥和爸妈的家，或者更准确说，是我妈的家。我不能喧宾夺主，不能替她做主，不能企图改变和指挥她，我只能听指挥和配合，否则就会矛盾重重。

刚回来时，女主人不能动，我兴冲冲按自己的方式做饭，后来发现清淡食物老妈不喜欢吃，她的口味比较重，总觉得食物少了油气就不好吃，不太注重营养科学。现在她能动了，一切又都按照她的方式来。我也不试图说服她了，因为她说，你以为我还能活几天哦，怎么舒服就怎么来……我竟无言以对！

但是，这个女主人因为行动能力殆尽，许多事情已然都心有余而力不足。这个家要怎么办呢？我走了，她能否站起来，翻看我整理的这些衣物？我收拾衣物，想到这些，一种无能为力的绝望和悲怆直冲脑门，忍不住趴在衣柜上偷偷大哭一场。

我妈就是一辈子太能干、太要强了，这个家都是她做主，她说了算，我们都是听命于她。可是她衰老了！这能怎么办？而我，必然会退回我的生活里去！这份离开前的心理建设，是多么难！我要怎么忍住这悲伤？我在手机里订票，好几次都没下去手！给自己一点理由，不走！我跟儿子商量，他倒懂事通达：妈妈你不用急着回！

听说大坪乡的梅花开了，川西海棠也在开，门前菜地里妈妈种的红山茶也要开了。妈妈说，等我能动了，我们把泥土再翻一翻，拔了草，再撒些小白菜种子，气温高些长得快，早上下面条配上，好吃！我也期待，和妈妈一起再种些小白菜。就像当年和外婆，在甘溪沟家门前的小菜园耕种一样。

"一庭春雨瓢儿菜，满架秋风扁豆花"，等不到秋风吹开扁豆花，但还可以等一场春雨淋湿瓢儿菜。那就再等等，选个好日子，和妈妈一起种下小白菜再走吧！

叁玖　大坪山的梅花

往年这个时候，是远方的我们忙着收拾归家的日子。而今年，我在等远方回来的人。昨夜，我儿阿为哥已经从济南飞到成都他二舅家，今天可以回到小镇了。他二舅说，大坪山梅花开了，他们一行去大坪山，我们这群老弱病残也开车去会合，趁机放松一下。三哥景区值班去了，大哥载我们前往。于是，今天的主题就是，看梅花。

大坪山上，万亩乌梅、绿萼梅、白梅齐开放，顿时放飞了心情。梅在山上，爸不能上山，妈也选择待在车里看。我们是自由人，可以在梅林花下搔首弄姿，与花齐放，跟花比美。我承认，那一刻，我忘记了不自由的爸妈，自己沉浸在花海的馨香之中。自然，才是真正的疗愈大师！连归姐的小狗泡泡，也高兴得在花树下、青草里狂打滚。

我们翻过山头，一直爬到大观顶，那漫山遍野的花啊，明明是那么铺天盖地热闹地开了，但你看时，却莫名觉得，花海是多么寂寞！无论你以什么角度去拍它，微距或是长镜，远景还是近景，它都是灿然热烈的样子，那热烈是花朵对世界的眷恋，是生命最激情的放歌。花开的样子，是爱情的样子！花儿渴望爱情，才会绽放。她开了，等风吹来你！这辽阔山野里燎原的花海，要等一阵多么痴情的风啊，吹动这粉色的淡云，把爱的梦境搅动，成全生命的悸动。

只有看到大自然这热烈的生命表达，你才会明白，爱情，也许是生命的最高潮，生命的本质，其实就是尽情绽放。高潮短暂，更多时候，生命的过程是积蓄力量等待绽放，是绽放后的沉寂和积淀，也是走向归途的沉默和坦然……对短暂又漫长的一生，他们说，生活原本沉闷，跑起来就有了风。所以重要的是，不要停止奔跑，不要停止爱，不要停止心中的渴望。即便身体衰老，灵魂依然可以如花绽放，这才是生命的本质吧！

> 有一个我们想要的吻，让我们渴望一生，
> 那是灵魂对身体的轻触。
> 海水恳求珍珠，张开它的蚌壳。
> 百合花，多么热切地想要一个疯狂的爱人！
> 在夜里，我打开窗，
> 邀请月亮光临，
> 并将它的脸与我的脸相贴。
> 把我吸进你的呼吸。
> 关闭语言之门，打开爱的窗户。
> 月光不会由门而入，
> 而只会跳进窗口。

这是我喜欢的灵性诗人鲁米的美好诗句，站在花海之上，对生命万般的热恋让人流连忘返，你愿意，一切就停留在此时此刻，忘记了过去，也不想未来。

老爸在花山上，潇洒地卸下"黄金万两"。对此刻的他来说，生命

阿爸,咱们去看萤火虫

就是吃喝拉撒。这不能自主的原始生命状态,或许就是另一种自由和从容吧。

不由得又想起今早读到诗人东荡子的一首诗——

《暮年》
唱完最后一首歌
我就可以走了
我跟我的马,点了点头
拍了拍它颤动的肩膀
黄昏朝它的眼里奔来
犹如我的青春驰入湖底
我想我就要走了
大海为什么还不平息

人生盛极之后的暮年,应该就这么从容。弗兰克尔在《生命的意义》一书中说:"苦难、厄运和死亡是生活不可剥离的组成部分。没有苦难和死亡,人的生命就不完整。"暮年到死亡,你所经历过的那些种种,幸与不幸,都是我们生命完整的表达。就像,大坪山上的梅花也会凋零。诗人说:只要想起一生中后悔的事,梅花便落满了南山。我希望,梅花落满南山,不是因为后悔,而是因为想起了你,想起你时,心中充满了爱和希冀!不管你多少岁,爸爸妈妈,我爱的人,想起你们时,花事不息!

肆拾　过除夕

今天除夕。过完今天，2020年农历年也过完了。

这样的日子，其实特别想安静下来，回顾总结一下自己这一年的大小事件，给自己这一年的日子过得怎样打个分。但这注定是一个热闹的日子，容不得你安静地想东想西。合家团聚，热热闹闹、吃吃喝喝是主题。

昨天，家里兄弟姊妹一家一家的都回来了。和往年一样，家里堆满了人。夜里睡觉要计划安排。转角沙发上睡了两个大汉，就这样，也不愿意去住宾馆酒店的，打地铺都要在一起，围着爸妈围着家。也像往年一样，人到齐了，第一天早上起床，一大家人就都浩浩荡荡出去吃碗小镇的奶汤面，然后沿小镇逛一圈，才算与小镇行完见面礼。我回家一个多月，也是今晨，才这样正式地像个远归的游子，去吃奶汤面。这种仪式感是别有意味的！

今年年饭回乡下老家去吃。河口上，甘溪沟乡下，是我们姊妹几个出生、成长的地方，我们离开后，把老屋和土地都留给堂姐、表哥。他们很能干，推旧建新，把老房子翻新建成了楼房，一到节假日，姐姐就打电话叫回去。今年也不例外，他们早早煮好了猪头、香肠、腊肉，就

阿爸，咱们去看萤火虫

等我们回去。姐姐能干好客，把家里收拾得干净整洁，这个桢楠树下的院子，是村里人集中吹牛、摆龙门阵、跳广场舞的地方。午餐自是十分丰盛，琳琅满目。推杯换盏之间，用美食诉说对流年的眷恋。

川西的阳光照得人暖洋洋，我们照例带了香烛纸钱，去枫香坪给外婆上坟。外婆的坟，在山腰上，遥望太和山上的外公，远山苍茫，山水连绵，外婆长眠于此，不知是否孤单寂寞？点烛，上香，烧纸钱，作揖，磕头，祝平安，鸣炮，让青烟捎去我们的问候和怀念！

总是想起电影《寻梦环游记》里，关于死亡和遗忘的表达：死亡不是生命的终点，遗忘才是；真正的死亡是这世界没有一个人记得你！爱的反义词不是不爱，而是遗忘；在爱的记忆消失前，请记住我……所以，我们年年会以这样的仪式来回忆我们的亲人，记起那些曾经的爱的记忆。

茶垄青青，我们开车带老父去茶园漫步。家乡茶园，总是有一种看不厌的美。最近迷上吉他的阿为哥，走到哪里吉他都不离身，他在茶垄间弹唱，仿佛是唱给青青茶园的情歌。一轮夕阳，在苍茫的山峦上逐渐隐没，这川西的群山之歌，大美无言。多么浩荡的山水，多么浩荡的时间，此时此刻，这承前启后的时间节点，你有什么要告白的吗？

我想起离开济南前，跟阿为哥去看了一部电影《送你一朵小红花》，感动于癌症患者与命运的抗争，我们都流泪了。疾病和死亡，谁都无法逃避，人生真的有诸多不如意，但我们遇到的爱，我们在人间勇敢地活，我们坚强面对的一切考验，都值得一朵小红花！

想想这一年，你有主动跟你爱的人告白吗？你有跟无意义抗争过吗？你对自己好吗？你为所爱之人做过什么吗？你在工作上有进步吗？你生活上有妥协吗……你值得一朵小红花吗？我相信，我值得！你值得！三哥值得！爸妈也值得！阿为哥值得！爱我的你值得！我爱的你值得——

● ○ ○

少年,你的歌声里是不是也有满满的乡愁?

送你一朵小红花

开在你昨天新长的枝桠

奖励你有勇气 主动来和我说话

不共戴天的冰水啊

义无反顾的烈酒啊

多么苦难的日子里

你都已战胜了它

送你一朵小红花

遮住你今天新添的伤疤

奖励你在下雨天 还愿意送我回家

科罗拉多的风雪啊

喜马拉雅的骤雨啊

只要你相信我 闭上眼就能到达
送你一朵小红花
开在那牛羊遍野的天涯
奖励你走到哪儿 都不会忘记我呀
洁白如雪的沙滩啊
风平浪静的湖水啊
那些真实的幻影啊
是我给你的牵挂
送你一朵小红花
开在你心底最深的泥沙
奖励你能感受 每个命运的挣扎
是谁挥霍的时光啊
是谁苦苦的奢望啊
这不是一个问题
也不需要你的回答
送你一朵小红花

以一朵小红花，告别2020年，迎接2021年！来吧，跟我念：2021，爱您爱你！

肆壹　新年第一天

新年第一天！有些如日，但也有新的开始。

早上五点过，川西还未天亮。我见厨房灯已亮，老妈已经起床开始搓汤圆了。她昨夜就炒好了汤圆馅儿，葱肉和花生红糖，一咸一甜两种口味，这是老传统。而我们，大多还是喜欢吃葱肉馅儿的。老妈包的汤圆，不用问，都知道，圆的是葱肉馅儿，长的是红糖馅儿，老规矩。

昨夜除夕送岁，大家都起得晚，只有三哥因景区工作繁忙，一大早吃过老妈的汤圆就去上班了。大家陆续起床，大哥、二哥伺候老爸洗漱吃喝。

老爸的哭闹唯有坐车在路上才会停歇。那就上路吧，一直在路上奔跑好了。大哥开车，爸妈和我们，直奔雅安，送阿为哥去看看年迈的奶奶。老人，都是看一次少一次。每年带他回老家，都给他心中种下了亲情的草苗。他知道奶奶喜欢吃玉米馍，可是大年初一买不到，买了发馍馍。阳光很好，雨城小院，大大小小的一起闲话玩耍，小的就依依不舍了。

午后从雅安返回，又去老爸老家团年。我和阿为哥提前下车，沿着两山之间的茶田小路，走进碓溪沟老家。阳光很好，溪水里鸭子欢快，溪边野花盛开，一副耳机，我们一人戴一边。听着音乐，说着闲话，享受这人间好时光。

我们拿了香烛纸钱,去给长眠在大草坪、永远29岁的小弟上坟。这座白色的坟,白色的大理石上,镌刻着大哥的绝唱挽联:命兮运兮命恒哉,生乎逝乎生永矣——华年永续!

生死,这是一个很难面对的事情。小弟离开已经十八年了,但那依然是一个非常疼痛、不能触碰的伤口。他坟头的桂花树早已成荫,不知有谁又种了一棵金弹子,归姐插了一枝馨香的凡草花。英年早逝总比自然终老更令人心痛,想起他的善良胆小、单纯如初,内心里长歌当哭的哀嚎总不能抑制。

大过年的，不能哭呀！等两支黄烛燃尽，我们转身离去，心里是擦不尽的泪滴。

一大家子又聚在堂哥家，享受了一顿非常美味的家常饭。川西亲人里的小媳妇们都成长起来了，做的饭美味可口，足足的家乡味道。往年此时，大家聚在一起，免不了说说唱唱。但老爸的吵闹压制了一切情绪，吃过饭就闹着要走，威武堂弟直接将他扛上车去。

我爸姊妹七人，兄弟三人，大伯九十六岁，身体尚好，独居老碉楼下。他老人家年轻时作为高家大少爷也是个人物，曾被大家推举做舵把子，他却不做，一辈子大智若愚，平静度余生，诗和字都写得不错。

管叔爹我们是叫阿爹的，仿若亲爹。叔爹饱读诗书，但从年轻时就

好动尚武，会些拳脚功夫，带出几个忠孝徒弟，在地方上亦是有些威望的。带着小姑自学成才，考取医师证，在夹关镇行医多年。我爸病倒后，大部分时间都是吃的叔爹开的药。叔爹和我爸，也算一武一文了。叔爹虽好武，但性情极温柔，从未见他发过火，又心疼娃娃。有年大冬天，见我二哥冻得吸吸呼呼，脱下自己的棉衣就给他穿了。作为我妈的小叔子，当年也是跟小姑一起被我妈疼爱过的。我妈说，奶奶专注干活赚钱，不太爱管孩子，当年她和我爸好时，年纪尚小的小叔子、小姑子连像样的鞋都没得穿，她就给他们做鞋穿。他俩都喜欢这个嫂子，虽然住得隔着两座山，只要我妈带信，他俩就像鸟儿似的一飞就来，帮我妈干这干那。

叔爹尤善摆龙门阵，天文地理、四书五经

阿爸，咱们去看萤火虫

信手拈来，像个说书人，总是能把我们的耳朵吹得张起来。那些年过年，好像就是一大家人聚在一起，围着火塘摆龙门阵，一摆摆到大天亮。如今他们都年事已高，年轻时多少风云际会的往事，皆掩隐在岁月的风尘之下，我还没有机会聆听。

每年过年，枝枝丫丫的大家小家聚在一起，就是四五桌。大家都说，不聚了不聚了，人多难得搅扰，分开过轻松些。但是往往一到这一天，就又不自觉地打电话邀邀约约，四面八方地赶来挤一堆，把闲话扯了，把酒喝了，把饭吃了，没有歌舞助兴都还觉得不过瘾。

新年第一天，见到老的更老了，小的都长大了，中间的我们，增了白发和病痛。岁月无情人有情，总还是该有所惦记，有些念想，不要把日子过得寡淡无味、淡漠疏离，还是要情深意重地活着。来这世间一趟，所有遇见皆是缘，更何况亲人。那种不由自主的相聚，那些千里万里的奔赴，那些千山万水的挂记，就是春节的前情缘由。

好好过年吧，因为，过了一年就少一年。

肆贰 过年的转转饭

过年,就是兄弟姊妹、亲戚朋友聚在一起,挨家挨户吃转转饭。我爸的老家还有两家人,大伯家和叔爹家,加上我家、姑姑家,所以每年的转转饭至少要吃四回。

我们家和姑姑家在小镇上,家里都不宽敞,姑姑每年都是到小镇的老饭店去请客。我们家在老妈行动不便后,也照此做,但在乡下老家,留守老宅的姐姐,每年也都号召回去团年,本质上,我们是一家,有时也就合并办了。

大伯家由条件好些的堂兄林哥家操办。大伯有七个子女,五女外嫁,俩男守家。堂兄林哥从小跟着我爸,让他念书,带在身边严格管他,就像我爸半个儿,他上学、工作、结婚,我爸都没少操心。林哥工作后,在我家日子艰难时照顾我们,亲哥一样的,是非常亲的关系。每到过年,他就招呼回家过年、上坟团年,有大哥风范。

叔爹是我爸亲弟弟,更没的说。他家五个娃和我家五个娃,就像一家养的十个娃。老爸严格要求和养育我们的同时,叔爹家的五个也是包括在内的。老爸办家庭刊物《小荷尖尖角》,主要就是给家族这帮娃一个精神引领,一并加以教育。我爸的威严,无人质疑。

叔爹家除了小堂妹守家，其他的姊妹也都在外成家立业了。叔爹后来在夹关镇开诊所，守家的堂妹和妹夫里外一把手，操办团年饭一套一套的。堂妹夫年纪轻轻，偏瘫后恢复中，堂弟媳妇都回家帮忙，眼看着新一代媳妇们也都成长起来当家作主了。

　　老爸姊妹中，经济条件最好的，是他们的妹妹，也就是我的姑姑。姑姑在小镇开了多年诊所，对我们这些大大小小的侄儿侄女简直不知操了多少心，付出不少。叔爹和姑姑都是医生，直接受益的就是我爸。我爸病了多年，若不是他们俩的精心诊断治疗，不能活这么多年。

　　一家人，就是这样打断骨头连着筋，血浓于水，父辈们的相互搀扶、互帮互助、抱成一团，显出家族的威望和力量。这给后辈做了最好的榜样。至少，我妈这些年就时刻像唐僧一样念叨，不要忘记你叔爹的好，不要忘记你姑的好，也不要忘记你林哥的好。其实，这些"好"里，也饱含他们自己真心真意的付出。

　　那么，吃转转饭就是必然的。就是麻烦，也必须吃。这成了过年的一个仪式，也几乎成了过年的代名词。亲情，过年，要的就是那样一种气氛，没有了，就不是那么回事了。我家是这样，其他家庭也大同小异。即便平常各家之间有些小龃龉，过年当头，大家还是要各做准备，彼此招呼起来，吃上几顿转转饭。在家吃，在饭店吃，形式不论。一大家子围着桌子一坐，叽叽喳喳，这儿吃一顿，那儿吃一顿，就在这转转饭里，亲情越裹越浓，孩子越裹越亲密，平日里的罅隙也忽略不计了。

　　父辈和我们，姊妹都多，而且父辈尚在，我们姊妹也多，才有这么热闹的转转饭吃。若是年高的父母们不在了，我们这些兄弟姊妹还能每年聚齐来吃转转饭吗？到我们的下一代，聚少离多，几乎都是独生子，好多都在天遥地远的各个城市，他们，又如何能聚起来吃转转饭？转转饭人少了，就转不起来了。一阵悲凉涌起来，父辈已老，而接班的族人

2018—2019年，我家碉楼下的家庭春晚。

阿爸，咱们去看萤火虫

是哪个？谁来号召和传承这沉淀和升华亲情的转转饭？

晚上，兄弟姊妹聊天，聊到祖坟、宗族传承、祠堂……在家人越来越分散、传统美德和家族文化越来越淡薄的今天，我们真的需要一座祠堂，供奉祖先牌位，让后人有祖有根可寻。我们还需要一些家法，立在祠堂，立在心中，教诲后人谨记，无论走多远，都要回到故乡寻根。

可是，后人还愿意来寻吗？若真的来到所预言的断亲时代，亲情被

●○○
转转饭，吃的是一种热闹，也是一种充满亲情的仪式。

168

服务替代，中华民族，家，还叫那个民族，还叫那个家吗？

我们家，算是好的了。疫情之前，每年还要聚到老碉楼下办场家庭春晚，家人都多多少少喜欢些文艺，吹拉弹唱跳的，过年过得也热闹。记得头一年搞家族春晚，布置了现场，搞了流程设计，让大学生辈的娃们当主持人。我姑父还准备了小黑板，给小孩子们讲春节、春联和对对子，还试了锣鼓和马马灯，唱了山歌。老一辈展示他们年轻时的才华，小一辈表现他们的才艺，令许多人羡慕，一度传为佳话。如今不能聚会，吃饭、打麻将、唱歌聊天还是有的。只是，我爸的彻底歇菜，不仅不能助兴还搞破坏（待不住，要走），叔爹的听力因受损而严重下降，仿佛就失了主心骨。以后的转转饭会怎样，要看我们中年这一代人了。

传统虽在淡，但要消失也不是件容易的事。那葬在故乡土地上的祖祖辈辈，需要我们回去上坟祭拜，至少，我们要把这一点，教给我们的后人吧。至于我们这代人，死后不能回乡埋葬，也许就成为断亲的一代了。

转转饭，成为一种不是仪式的仪式，让亲情和传统稍息在这顿饭里。除了转转饭，谁来或者怎么重塑我们的祠堂，重塑我们的传统？要怎么，在我们心中塑一座祠堂，让我们的心灵，有所敬畏，天涯海角，也要回来？

肆叁　父亲房里的灯光

夜夜不息的，是父亲房里的灯光。

又一夜，凌晨3：19，听到父亲大人哎哟哎哟呻唤，睡在他身旁的三哥立时起来，安抚了几句。我在隔壁听着，大约是起床尿了又重回床上。父亲仍是不停呻吟，要起床，扑腾着抓东西。雕花的古式大床架子上，有三哥为他准备的用以自己起床的吊皮带，已经抓掉一层皮。而此时的他，就是吊皮带也帮不了他了，光靠这个，他已经很难起床。如果没有人在身边，他会乱抓，抓掉枕头，扯掉衣裤和纸尿裤，把床搞得乱七八糟，甚至拉在床上。

昨天清晨五点多，听到动静，他打翻了夜壶爬起来，光腿坐在床边，腿和手脚都冻得冰凉……所以，三哥夜夜伺睡在侧，冬天冷，衣不解带，不时起来安抚不知如何是好、只知闹腾呻唤的老父。夜里从不敢熄灯，在床头绑了一只小射灯，方便随时看顾他。

凌晨3：40，老父仍有断断续续呻吟声，我起床看时，三哥躺在他脚头睡了。夜灯下，父亲那只能动的左手，被三哥套上了厚厚一层毛巾，用带子系住，拴在床架子上，这下，他不能乱动了，也不会冻着了……那个戴着毛巾手套的笨拙的大拳头，仿佛当年阿为哥还是婴儿时，我为了避免他的小手抓破自己而给他戴的手套。老父亲，彻底活成了一个同样不知轻重的懵懂小儿。三哥必须是全身心照看，稍不留心他就会惹祸。若找人帮忙照顾，何人能像三哥这般精心、耐烦、仔细？

夜晚，成为最难熬的一关。老人家不睡，就会不停闹腾。夜夜不息的灯光，是一个家庭的难言之隐，是许多老人的难题。人到中年，看多了老年的难，我们总是设想，我老了绝不这样活，让我死，可事实是，谁的老年都不一定做得了自己的主。

我三哥的状况是，他从身份、地理、感情上都摊上了！他的全力以赴里，付出的时间、精力、情感，足以让他焦虑万分。无人能与他分担，他也一点不敢指望谁，只能心无旁骛地，一心想着，一定要好好将父母养老送终。这仿佛成为他生活的唯一目标，无暇他顾，即便他的婚姻出现危机也仿佛无力顾及……

我们从外地回来，看到这一切，却深感无能为力。每个家庭在遇到这种状况时，仿佛都是死撑硬扛，全依靠近在身边的那个人。朋友的母亲癌症扩散、失明、瘫痪，她七十多岁的老父亲，将母亲带到海边去住。每天一个老人照顾一个老病人，搬来搬去，那么吃力……多少家庭都有这样的无奈和苦楚啊？

曾经看过一部美国电影《弗兰克与机器人》，讲述一个不愿意去养老院的老人，不得已接受机器人服务，并和机器人成为好朋友的心酸故事。故事最终，弗兰克还是接受了养老院，家人定期来看望，他被医院和机器人一起照顾。若真有那样能够自如买菜、做饭，与你谈心，照料你起居的机器人也是不错啊。可是一旦生病了呢？人若草木，会枯亡；人亦非草木，不能自生自灭，还有太多情感和孤独。

养老，是个世界性难题。饱含不忍和无奈，叹息着，我们回来，又离去。多么希望，我们能夜夜安睡在恬谧的夜色中，若不是不得已，谁愿意燃起那么一盏长明灯，熬枯了丰润的生命啊！

老父房里的灯光，亮了很多年了，如今夜里依然亮着！

肆肆　我们，终日游荡在故乡青山上

老父亲老成个老小孩儿，他在家，一坐就是半天。累了，他就唧唧呜呜，用手招呼我们，用手指大门，要起来，要出去。每日的必行功课就是出门、出门！

这日下午，他坐立不安，要站起来，换个凳子坐，不到两分钟，不坐了，去屋里躺下，没几分钟，又起来了，牵他在屋子里打了几个来回，还是不行。但，一出门就好了。我们只好带着他，去川西坝子周围的四面青山上游荡，山上无人，空气清新，他也不能下车，就坐在车里。满目青山，使他感觉安慰、踏实。有时，他坐累了，就眯过去了。醒来看到依然在路上，就觉得平静、安然，不闹。在外游荡的时光，他最安静、最老实、最乖、最好待。

三哥几乎每天开车拉着他，在故乡百里范围内，四处游荡。青山、大地，是我们灵魂和肉体的归宿，更是他的！在他清醒的那些岁月里，他从未离开过他的青山故园，每一次见青山，他都有诗情，一定会用诗歌表达。早些年，他有许多简明生动的田园诗，我们姊妹都是脱口而出——

《早春》
杨柳枝头吐新芽，纷纷蜂蝶逐飞花。
一年一度归来燕，飞循荒村觅旧家。

《早春即事》
莽莽麦绿映天涯，茅舍衣着桃李花。
菜花疏落馨香在，耕夫田里事如麻。

《田园即事》
晨起入西山，明月照我还。
儿女不怕远，相候在村前。
稚子憨逞能，为父荷锄箄。
老妻立门问，何故至霜天。

《耕作乐》
茅扉竹舍对田开，绿菜青瓜我手栽。
出屋下田趣自乐，邻家鸡豚不敢来。

　　这些诗大约写于二十世纪六七十年代，老父风华正当年，彼时我们都还小，他充满了对田园生活的热爱，一草一木、一鸡一鸭都让他觉得诗意无穷。故乡田园山水，深深烙印在他灵魂深处。所以，离开老家后，他最大的乐趣，就是回家！一旦回到老家柴岭岗山脚下的家，他就觉得吐气都舒畅。在他日渐糊涂的日子里，仿佛是一种本能在推动他，回去，回去！回我的碓溪沟去，回我的青山上去！他在白沫江畔的平乐小镇，那个阴抑的家里简直待不住，必须每天出门。

　　三哥带着他，在故乡青山上，终日游荡！春节我们回来，也是每天

阿爸，咱们去看萤火虫

带着他，在故乡青山上，终日游荡！故乡青山，使他魂魄安详！这段时光，将是他人生最后的旅程！如果故乡，是我们人生旅程的最后一站，叶落归根，还有什么比这更好？

我也喜欢，这样的游荡。故乡青山上，茶垄四季青青，有山花烂漫，有炊烟袅袅，有云雾缭绕。远看千山外，近有水长流……我在青山上，看山峦叠翠，心中升起柔情无限，意乱情迷。

这一生啊，打小时候起，嫌弃这泥土巴巴的农村，总是在向往山外的世界，山外青山楼外楼，是谁在那尽头等候我？那未知，那吸引，那谜一样的未来，让我觉得，路，还好长，还有更迷人的风景在别处，还有更值得追逐的人和事在等我！去了远的地方，又去了更远的地方，不知何处是尽头。我一直往山外走，走过平原多寂寞，走过河流更多愁，从山走向海，从春走到秋，蹉跎了岁月，忘记了出走时是为什么，人生过半，已然迷糊。

我回来，陪着父亲在青山上游荡。近看，鬼针草、通泉草在开花，曼陀罗、金合欢在绽放，路边繁密的千里光，顶着朵朵绒，一吹，就像蒲公英，四处飘散。远望茶山，仿若上帝遗落的指纹，万亩桃园，连绵起伏，遥远的雪山金光闪闪，云雾追逐，瞬息万变。曾经看够了的山水，现在觉得都是诗意。最美的风景，还是在这里，这巍巍青山，早将我的魂魄种在了故乡。

"常羡人间琢玉郎，天应乞与点酥娘。尽道清歌传皓齿，风起，雪飞炎海变清凉。万里归来颜愈少，微笑，笑时犹带岭梅香。试问岭南应不好，却道：此心安处是吾乡。"

我尚如此，何况父亲！老父在清醒时就嘱咐过，他死了，要埋回老家土地里，最好就埋在奶奶的坟旁，就在老碉楼后边的山坡上。他是要魂归青山的。也许，眼前最大的幸福，就是让我们，终日游荡在，故乡的青山上！父亲，看到的是归处；而我，看到的是爱与哀愁！

● ○ ○

回我的青山上去。

肆伍　初五的心

年至正月初五，要破五。要打扫、赶穷驱晦，开始劳动，要破要立，期待从此这一年，通过勤恳劳动过上好日子。初五的心，是去旧的心，是希望的心，是喜庆的心呐。

一大早，浓雾中的小镇初醒，有日出的迹象。我戴上帽子口罩，也不洗脸、不涂脂抹粉了，拿了玻璃瓶去老同学的酒坊取消毒酒精。邛崃，在藏语中就是指盛产美酒的地方，川西邛崃自古就是有名的原酒之乡，水质特别适合酿酒，我的高中同学里，有很多家里都是开酒坊的。每年庄稼一归仓，不久就开始大肆酿酒，空气里都是酒糟的味道。我同学家里酿造的原酒就远销国内外。而邛崃才女卓文君和西汉大才子司马相如私奔后，当垆卖酒的风月佳话，更是把酒和川西女子的勇敢泼辣及才情，赋予了相当深厚的人文气息。文君的勇敢独立和自尊自爱，那才气，那勇气，都是川西女子妥妥的代言人。文君酒是邛崃老酒，当年的姑娘们都以能够进入文君酒厂工作为荣。如今，经过优胜劣汰，做大做强的酒厂也不在少数。因为疫情，开酒坊的同学在春节期间免费给大家提供些消毒酒精家用。

熟悉的街道，熟悉的地方，只不过酒坊变酒厂，更加高大威严了。三十年前，我们一帮同学也曾在此"鬼混"过的哦。取了酒，顺道去菜市场买了喷壶、油菜薹、发馍馍，一路心情大好。太阳渐渐升起，驱散浓雾，难得的川西有晴天赤裸裸呈现。

回家，给家里消毒，洗澡、洗头、洗衣服，彻底去晦。金灿灿的太阳凌空照耀时，我端了一大盆衣服，乐颠颠去五楼的屋顶晾晒。我喜欢的是，去屋顶发呆。站在高处，看小镇鳞次栉比、紧密相连的瓦屋顶，那灰褐色的瓦屋顶，绵延过去，有鸽子，有炊烟，是人间烟火的味道，仿佛站在云端，看人间悲欢、柴米油盐，就是觉得安静舒坦。

南望，远处是城隍岗的松林。那些年，老父身体好时，周末，我们就会一起去爬城隍岗。爬上去，沿着山岗的背脊线，一直往西走，走到爬海沟，下来，再沿着开满油菜花的田坝走回家，一路上说说笑笑，热了脱衣服、吃甘蔗，是无忧无虑的小时光。

我知道，白沫江就在连绵的屋顶北边流淌。那江边，不知留下过我们多少的脚印。散步，买豆腐脑、炕洋芋吃，水边砸水花，摸鱼，江边喝茶、吹壳子（聊天）……所有悠闲的消遣，在远方时十分惦念。但这几年回家来，真的很难得有那样的闲情了，几乎都一头栽进照顾老父老母的琐碎家事里。

这样的风景，这样的阳光，这样的心情，千转百回地，一个人就在屋顶神游发呆了。

三哥打电话，喊我吃饭了。下楼来，家里都已开午饭。天气如此惬意，老爹精神尚好，妈妈也舒气。于是吃完饭，我们开车出去兜风。

平乐古镇从前叫平乐坝，就是位于两山之间的一个开阔的平坝，一条白沫江自西向东穿坝而过。川西气候湿润，多竹，这里有有名的川西竹海芦沟，绵延十几公里遮天蔽日。出产的竹子，可以造纸，可以制作各种竹编工艺品。从前，平乐镇除了酒厂就是竹编厂，许多的姑娘、媳妇不是在酒厂上班，就是在竹编厂干活。编瓶子，编对联，编国画，轻柔细软的竹丝子，编出来的熊猫及各种图案栩栩如生。但竹编工艺也早已式微，变成非物质文化遗产。还有师傅在坚持，希望能有新的发展。

我们开车穿过白沫江，穿过原来的老竹编厂，很快就出了平乐镇，进入芦沟竹海。沿川西竹海芦沟爬上山顶，是鱼崖关，此处视野风景甚好，"鱼崖"还是"余岩"有争议，我更喜古老碑文里的"鱼崖常憩往来人，鸿爪任留泥雪印"，当然是鱼崖了！更何况旁边还有一页鱼鳞石片仁立呢。古时不通车，交通都是凭一双脚，从芦沟爬上来，可以去很多地方，人们大多会在这里休憩一会，想必古时，这里也是有茶肆、饭铺之类的歇脚搭配吧。

站在鱼崖关往远处一看，整个平乐坝都尽收眼底。下山时，竹海穿行蜿蜒，又见一风水老宅，纯木结构，老式石板铺地，长满青苔，周围七八棵高大楠木树环绕荫蔽。宅基是个台地，溪水环绕台地流过，形成一个圆台环绕老屋，不懂风水也觉得美满。据说这家人早已在外发达，修葺老屋寻人看守着呢。

夏天来竹海芦沟，白日荫凉耍水，晚间萤火虫飞舞，是绝美的地方呢。

傍晚归家，又记起今天是大哥生日。侄儿去买了生日蛋糕，饭后，将嗜睡的老爹拽起床，给老大过生日。拍照，吃蛋糕，哄着老父多玩一阵，以免他过早睡了，下半夜闹腾。于是，带着老父玩视频、玩抖音、玩自拍，见到他的纯真笑容，我有些感慨——老父日渐失智，往日威严不再，加上自我型小辈长起来，我们这个过去不苟言笑的严肃之家，渐渐有了许多温情的时刻。哥哥们也不再端着，小孩儿们也不允许他们端着了，于是，拘束惯了的我们这中间一代，也终于点点滴滴地柔软起来……这柔软，是岁月馈赠的温情，就是今天这颗初五的心啊，平安无事，岁月静好，偏安一隅，西线无战事，有些歌舞升平的圆满。带着这颗初五的心，夜深临睡，打扫卫生，清洗地面，干净清爽去入睡。

何须念过去，何须看未来，幸福不过一颗初五心！

肆陆　危楼上的蕨草

我们镇上的家，在新兴街一排街面房背后，十分僻静，要进去，得从镇政府大门先进去，然后左拐，穿过一栋办公楼，才能进入。我每次回家穿越这栋办公楼，都会多看几眼。

头一次关注它，是十年前。那年春节回家，我发现贴满瓷砖的墙面，竟然长出了一些植物，野生植物，觉得很奇怪。仔细一看，原来，这些植物是从楼体的裂缝里长出来的。裂缝，是2008年汶川大地震时留下的。当年，距离汶川很近的邛崃平乐镇也是重灾区，很多楼房都坏了，这栋楼坚强，没倒没坏，只是墙面被扯出很多裂缝。夏天回来时，看到墙体上裂缝里长出来的野花野草，倒让我莫名地觉得好！冬天回来，花草已枯，定睛一看，留在墙壁上的，竟然是蕨草。

川西山岗上的酸性土壤，最适合长这种蕨草，漫山遍野都是。每年立春一过，蕨草发新芽，像一个个美妙的音符长出地面，奏出春之序曲。蕨草新芽是可以入菜的，我们叫它蕨芨苔（蕨菜）。春天一到，漫山遍野的蕨芨苔，路边上都是，少时歌谣唱道——

　　　　蕨芨苔，蕨芨苔

阿爸,咱们去看萤火虫

> 弯呦弯呦长起来,
> 隔壁嫂嫂看见了,
> 一把把它揪起来。

揪起来,拿回家,开水一氽,捞起来切小段,凉拌了就是最新鲜的时令菜。旧时的川西人家都要砍柴备炊,到秋冬季节,干枯的蕨芨草,就是最好的烧火材。我记得,妈妈每天出去干完活,傍晚回家时,会顺道在林子里薅一背篼蕨芨草回家当柴火。干完农活时,她会组织和要求我们去割蕨芨草,背回家装满柴房,一个冬天,烧火、做饭、烤火都好用。只不过,蕨芨草不如木柴经烧,大火一晃就烧过了,只剩草灰一堆。

川西的山岗上,酸性红土特别适合蕨草生存,一不小心就会遮蔽了道路,割它,有时候还是一种工作。就是这样一种植物,竟然长在了钢筋水泥混凝土的高楼上。想必,当初建筑此房时,搅拌混凝土或是砌砖浆沙,是取材自川西土地啊。泥土里带着蕨草的种子,被封存在坚硬的瓷砖之下,一场地震,瓷砖碎裂,风雨进来,蕨草逢生,从此年年在高楼上生长不息。春天来时,还有蒲公英、紫花地丁呢。

灾难是创伤,灾难也是重生啊!

距离汶川地震已经十多年时间,瘟疫之灾又降临,我再次见到这危墙上枯萎的蕨草。我知道,春天一到,枯草逢春,它又会发芽生长,盖过枯叶长新枝。生命的倔强,从不轻易为灾难打败,苦难,更见坚强。人,自然,乃至万物,此消彼长,谁赢谁输,从未见最后的答案!

从2019年底开始的新型冠状病毒引起的肺炎疫情,造成社会极大的恐惧,从城市到乡村,用关门闭户来隔断病毒源传播,你从城市里走过,昔日繁华喧嚣的街区,突然失声沉寂,突然万籁俱寂。人,都消失了!一场无声之战拉开,隐形的敌人,沉默的战争,就这样开启。这一战,打打停停，竟从未真正停止过。

危楼上的蕨草，仿佛是个隐喻。城市化进程，科学技术突飞猛进，高楼林立，超大型工程……超级中国，超级速度的背后，我们是不是疏忽了什么？频繁的天灾人祸，是不是在提醒我们，你，是不是忘记了什么？"上帝欲其死亡，必先令其疯狂"，我们，需要反省吗？人道主义的挽救，依然在进行；人文主义的救赎，将在哪里开启？

灾难降临时，人性种种的丑恶都会现形，缺少自省的群体，助恶欺善，将多少人推进万劫不复之地！当然，技术和智慧也会让我们取得阶段性的胜利，然而，世界大同，和谐自然，花好月圆，才是终极的幸福和梦想。当我们雄心勃勃征服世界的时候，心中没有敬畏，征服的究竟是什么？

危楼上的蕨草，是城市里的牧歌，也是诗意的绝唱。时代的一粒灰，落到个人头上，都是一座山。世界是如此宏大的叙事，而我们，深陷家庭的危机，一边应对疫情，减少外出，一边又不能不一次次出发，回到父母身边，一家人守在一起。我爸我妈，都像是危楼上的蕨草，他们被紧紧压在水泥墙里，我们在外边呼叫呐喊，天崩地裂，他们才得以重见天日，钻出楼墙，又见生命的阳光。

我们每个人，又何尝不是危楼上的蕨草？

肆柒　无处安放的老年

　　三哥值班三天，昨夜大哥与老父同睡。老父一夜平静，尿了三次。老妈走路日渐轻快，虽然仍然走不过百米，但靠着凳子在厨房挪来挪去，总算是可以把饭做来吃了。我回程的机票，看了无数回，都下不去手订。今天，和妈商量，她倒是十分淡然，叫我走！她不忍心看孙儿没有娘照看。于是，我陪伴爸妈的日子进入倒计时。

　　今天进城做了核酸检测，妹妹陪我和阿为哥在邛崃城里逛吃，这是阿为哥回乡的念想，对我们，这也好像是一种仪式。只有这样，把这些炕洋芋、凉面、红油抄手、酸辣粉等故乡小吃一股脑儿点个卯，此行才算圆满。一颗心、一个胃拴住一个人，故乡也是这样，让我们魂牵梦萦。太多好吃的了，可是胃口只有这么大，胃已装满，喂不饱的灵魂还在叫着想吃想吃！

　　老妈陪着我们在五彩广场走了一段后，走不动，上车了，大哥开着车，拉着他们四处游荡等我们。因为，一停车老父就叫，面对老父的叫闹，妈和大哥都不能做到像三哥一样淡定。最终，我们才走至大同街口子上，想去的北街还没去，就打道回府了。

　　今天上午川西下雨，到下午天放晴了。车奔跑在川西田野蜿蜒的乡间路上，太阳在西山上慢慢滑落，城市在东，爸妈的家在西。川西，这熟悉的山水和亲人，我又将离去。陪伴爸妈的日记，写了四十多篇了，依然觉得挂一漏万，还有好多的细节不曾记录，还有好多的话没有说，还有好多的挂记不知如何安放……

傍晚时分，三哥打来电话，想看看老父，老父依然哭闹，谁也不理。面对年老体衰的父母，长久的陪伴者，需要有强大的心理承受能力和体力，甚至智慧。我知道，这世界有太多像三哥一样坚强的人，在面对和承受着这一切。我，就像个志愿者，来协助一段时间后离去，艰辛的生活依然是他们的，谁也无法替代。我怕我回去后会有负罪感，家里三哥这么辛苦，我怎么能够怡然自处？这，都是自己内心的一种自我绑架！我不知三哥是不是也是这样：他不在家三两天，会担心，会放不下。

难道因为爸妈活得痛苦，子女们就不能有快乐的生活吗？不，我还是坚信，如果我们不能照顾好自己，又怎能照顾好父母？我还是希望三哥在漫长的养护爸妈的岁月中，首先照顾好自己，自己活好了，才能把幸福带给父母！而我，和许多在外身不由己的子女，该如何自处？如何做到尽力而为？是不是有钱出钱、有力出力就好了？

这次回家，和三哥带爸妈在小镇出没，遇到很多人总是说：叔先（三哥）你太辛苦了！咋没看到你们其他姊妹来替换你哦？我听了就十分汗颜和内疚……有人说，我们这一代人，是懂得孝敬父母的最后一代，也是不会被孩子孝敬的第一代，真的吗？不论如何，我们也只能做那不惧未来的一代，坦然面对自己的老去。

我的阿为哥，你的"阿为哥"，他们这一代会怎样，我们不知道。我们这一代人养育孩子，早已不敢奢望养儿防老，都在尽自己所能，希望他们过得幸福。但我们这一代人的言传身教，至少可以让他们耳濡目染，有一颗善良的心吧。

这些孩子们回来，也还是知道搭把手的，侄子也会给爷爷刷牙，伺候他便尿。阿为哥也知道握着姥爷爷的手，让他安静，看到老外婆在厨房，也知道主动去洗碗……在养老这个问题上，想未来，徒增焦虑和恐惧，一点用没有。还是踏踏实实去面对吧！谁都会老去，善待老人就是善待未来的自己！

　　老爸白发转青，老妈重新站起来了。虽不容易，虽时好时坏，但又让人期待。也许，像老妈说的那样，等她好起来，又可以去我的家，给阿为哥做好吃的，再陪她去逛街。

　　心怀期待，踏实前行。像三哥一样，安于自己的命运和生活，坦然接受一切命运的安排，勇敢去面对，去经历！像爸妈一样坚强，不放弃，好好配合，努力保住一个家的完整！

肆捌　聚散皆故乡

　　平日里，也都会让老爸用左手自己吃饭，锻炼一下。自己吃就会弄得满嘴满地都是，像个孩子一样。他的确像孩子一样，很认真地想把饭都送进嘴里，送歪了，嘴角上就沾满了饭粒。有时也很认真地把勺子吃干净，有时又糊涂了，用勺子背舀饭，总也舀不起来……每每看到这样的他，每当替他擦干净嘴，接过饭碗和勺子喂他，就感觉眼前的就是十几年前的阿为哥，那个身手不够自如的小幼童。

　　是啊，为人父母过，照顾过婴孩，如今照顾父母，等于重新养育孩子一样，再来一次罢了。孩子的成长，有生病、有淘气、有叛逆，但也有乖顺、甜蜜和幸福。一家老小，不就是这样生活的吗？你照顾我，我照顾你，相偕走向生命的终点。

　　今天几大家人相约去老家茶园牛碾坪玩，带着离别的心情，我眼收故乡山水。那么巧，突然遇到牛碾坪失火，警车呼啸而来，担心被堵，我们赶紧撤离。我们在夹关镇上稍作停留，大哥带朋友去江边游走，我在车上看护老爸。心想不会有什么问题，老爸今天都很乖。可是没过多久，老爸就不好了，要下车，明确用手势告诉我要尿尿，开始自己拉裤子。我着急了，给哥打电话，哥说走得有点远。我突然就豁出去了，女儿就不能照顾父亲吗？接尿又咋样嘛，在现实面前，那些没用的讲究顶什么用啊！

于是，我将老父顺下车，他太重，我让他屁股顶着车座，侧边站着，替他拉下裤子，用夜壶顺利接了尿……我突然有种成就感，也长舒了一口气，仿佛自己打破了一种拘囿。老父如果身边没有儿子，只有一个弱女儿，这女儿也会被逼得什么都能干的吧！把失能父母当作孩子，陪他们重新像孩子一样活一回。他们当初一把屎一把尿把我们拉扯大，现在我们也这样，给他们养老送终。生命是轮回，哪有什么新意。

明天我就要离开了。晚上大家聚在平乐饭店，既是团年也是告别。今天是情人节，自从有了朋友圈，所有节日都那么高调，让人无法忽视。我看我哥转了一段话：情人节并不是让你去找个情人，而是做一个有情的人，对天地有敬畏之情，对苍生有悲悯之情，对长辈有敬孝之情，对幼小有怜爱之情，在这个物欲横流的世界上，重要的不在于你有没有情人，而在于你是不是一个有情的人！

自从我们降临这个世界，与人相爱相亲，谁不是一腔的情深意长？遇见那么多的人，结下无数短短长长的缘分，谁又会是个无情的人呢？我们都是有情人，在这世间有太多舍不下的情，爱情、友情、亲情、乡情，有情人生多么值得用心消磨啊！即便是别离，是相思，是寂寞，是孤苦，也是我想与你共享的人生。好好用心、用情去爱，去享受这爱的世界吧！天涯海角，我在去爱你的路上，你在来爱我的路上，我们一定会相遇！

阿爸、阿妈、阿哥、阿弟，川西故乡亲人，山啊云啊水啊，风啊花啊树啊，春天又来啦！一棵开花的野樱桃站在茶园里，洁白的花朵像是情人的婚纱，春天在它身上做了它想做的事情，于是它开花，绽放枝叶，有情有义地爱了春天。季节来得如此自然，花开如此坦然，一切有情都值得被呵护。

聚也终须聚，散也终须散，愿我们心中有长情，天天都快乐！

肆玖　离去

突然决定走,今天就是忙走。我寄望于这种忙乱之中忘记离别的不忍。清早起来,瓦屋顶上滴答滴答的雨声密集,竟然下着初春的小急雨。下雨天,也不再有刚回家时的阴冷了。潮湿的空气里有一种温度,你能感觉到,花在温润的空气里,被雨催开。我去阳台一看,绿梅果然开得更加密集了。我去院子里掐小葱,一会儿工夫就满身水,仿佛能听到春雷就在不远处呢。我把面条下好,喂老爸吃了。出门,最后吃一次小镇的奶汤面,然后绕小镇走一圈,踏着青石板上的积水,买了些吃的,绕去五金店给厨房买个灯泡。雨小了很多。

回家收拾行李。两位姐姐冒着大雨来送东西,腊肉、香肠、青菜。好吧,心意如此虔诚,我就都带走了。行李箱塞得满满沉沉。我知道自己自来容易伤别离,完全不敢去触碰离愁别绪,不停收拾,不停说话,不让自己多想。无数次咬牙忍呀忍,别哭啊,别哭,亲爱的,红了眼眶就会红鼻子,大家都看着呢!咬得牙根发紧,离别之伤会出血吗?内伤,几段才会出血?

稀里糊涂的阿爸也许根本不知告别为何物,一一拥抱告别。好在,他们都走不动,不能出门相送了,否则,如果看到他们在车后渐行渐远的佝偻身影，那太虐心了！

　　车过牛屎坡，一路向东，川西的小山丘一个个向后闪去，油菜花田已经大片大片开花了。我无数次这样离开！我安慰自己，也许，我们离开，把他们正常的生活秩序还给他们，更好吧？人多吵吵闹闹，心思缜密的老妈担心这个、担心那个，对他们而言其实是负担。昨夜老妈就操心我们要走了，该再做点什么给我们吃才好，于是又翻冰箱、翻碗柜，但她其实心有余力不足了。今天中午才说，昨晚嘴巴撞到碗柜出血了……唉！

　　我们出发，带着妹妹同行。下午在大哥家稍作逗留，喝了归姐的现煮咖啡、大嫂的兰花香茶，出发去机场。每次我出发，不玩手机的我妈，总能相当准确地估计到我的时间节点，到机场了吗？登机了吗？下飞机了吗？到家了吗？不等我打电话，她的电话总是第一时间到，仿佛她长了一双灵魂之眼，就是看得见。我知道，那是"妈妈眼"！

　　今天一走，大哥二哥和我，全都走了。用我妈的话说，你们是回来耍灯的，耍一阵就跑了！是的，我们在本质上就是生活在不同的轨道上，我们回家，不仅打乱他们的生活节奏，自己的生活节奏也完全乱了。我们刚走，三哥就开车带着他们出门去走亲戚了。发来图片，又在坪上三孃家聚上了。乐呵呵的！好吧，我有什么放不下的呢？陪伴爸妈的日子，其实主角是三哥，我只是回来看见和记录。我走了，三哥依然每天与他们相依相伴，这样的日子会一直继续，直到他们生命的尽头！

　　年迈父母存在的意义，是家的灵魂。有他们在，我们才觉得，日子和忙碌有奔头，总觉得不论走多远，总有一个家在那里等着你！他们一旦不在，兄弟姊妹关系再好，那也不是大家心里的家了，而是各自的小家，彼此也只是亲戚了。只有父母在，才觉得几姊妹依然是爸妈的孩子，听话不听话的，都是可以归拢的一家人。所以，即便照顾他们多么辛苦，你依然会害怕他们离去。

我人在万米高空,书写这告别爸妈的日子。我又将在北方的艳阳下,回到自己的生活和轨道。一边投入地去过自己的生活,一边思念他们和故乡。从道理和理性上讲,我出走半生,读书、工作,用力去生活和奔跑,关于故乡,关于亲情、友情、爱情,关于人的宿命、命运的悲欢,从宗教或者哲学层面,仿佛不再有什么困惑。许多时候,只是放任自己的情感和情绪,并且耽溺其间。因为,生命的活力大约就是来源于我们内心澎湃的情感,如果我们看穿、看透一切,像佛一样淡然从容、无悲无喜,反倒觉得无趣。我们在这世间,真心真意付出情感,可能会获得幸福,可能会受到伤害,但,不正是这些爱与痛、幸与不幸,才让生命更有意义吗?有你相伴,总是人间好日子!

　　天涯海角,你总在我心间!

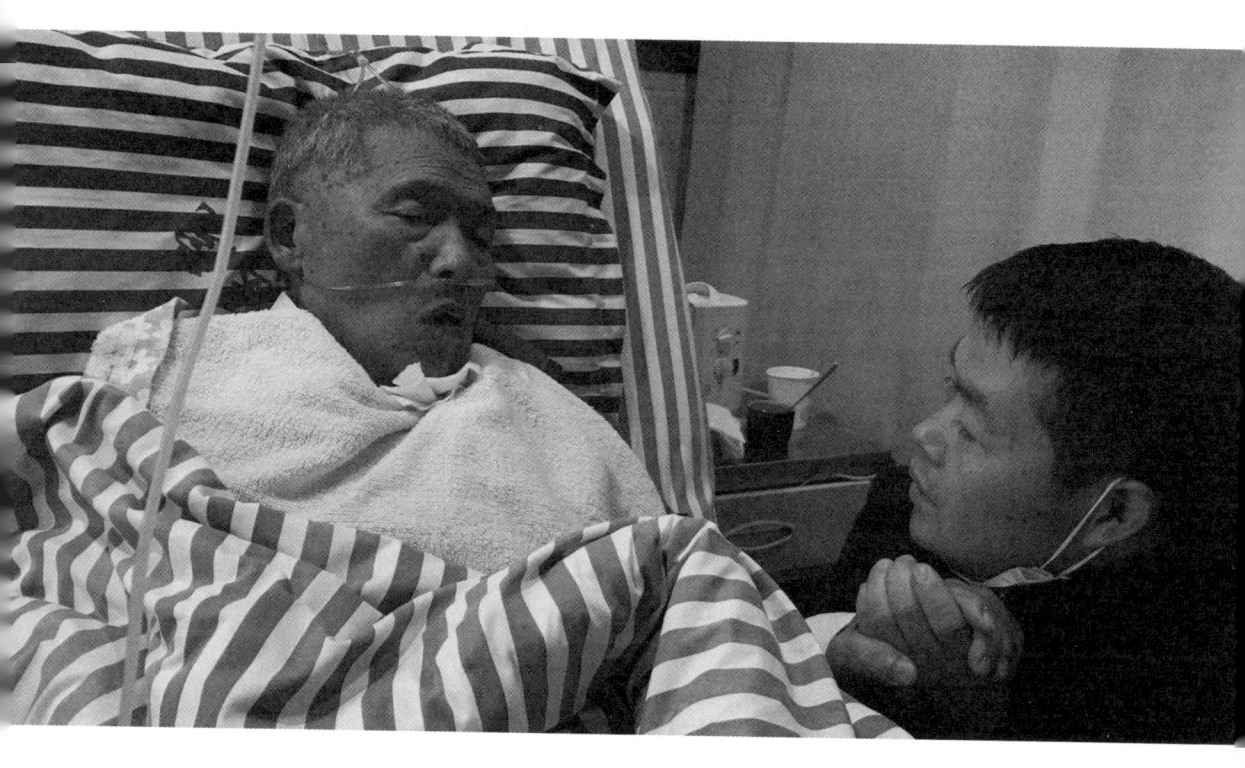

第三章 远春

伍拾　送你一颗酥心糖

我已返回我生活工作的北方小城。济南以她惯有的蓝晴迎接我,北方高远的天空下,我带着我的川西妹妹,行走在这座秀美小城的肌肤之上,带她感受北方与南方的不同。

远在川西的老妈不给我打电话,却不停给妹妹打电话。我这个妹妹,打小就跟我妈亲。她是我小姨的女儿,比我小八岁,她的名字是我妈取的,等于干女儿,又比干女儿更亲。总之,我妈对她比对我好。我妹妹是个直筒子脾气,说话噼里啪啦的,像爆豆子一样,经常在我面前显摆我妈怎么对她好:每次赶场都要给她买好吃的,还买铅笔盒、塑料凉鞋什么的……她怀孕,我妈就做了好吃的喊她去吃……所有这些待遇我都没有!

妹妹从小就在我家出没,老跟我屁股后面撵,我就当她小屁孩儿,跟就跟呗。没想到,她一跟多年,一直是我的死忠粉,所有一切无条件爱我、支持我。那些年,小姨家经济条件不好,茅草房住了很多年,也许正因为如此,我妈才特别疼妹妹吧。她喜欢我们家,跟在我们屁股后边,偷偷读了不少书,随手写些文字也是激情四溢,十分有个性,QQ空间、朋友圈都是她的粉丝。

妹妹和小姨一样，小小的个子大大的心。从成年起，她就急切地想要挣钱，改善家里状况，南下东莞打工，自己做小生意，吃尽苦头：和妹夫学做蛋糕，十里八乡拖着三轮车去卖蛋糕，个子小推不动，坐在路边大哭……自从做上煲仔饭，才算缓过劲来，在城里买了房，把小姨、姨父都接进了城。

她这些年太辛苦了，从不舍得花钱，也不怎么出门玩。从小到大，到现在还穿我淘汰的衣服，极其节俭。两口子就闷着头做生意，死命赚钱。这次费劲巴哈地说通她跟我到济南玩，再当一次跟屁虫！我听她在电话里跟我妈开玩笑：我帮你把你女儿、乖孙送回家，你还不感谢我，请我吃饭啊……此时此刻，我就喜欢她这叽叽喳喳的性格，有她在跟前不停起哄闹腾，陪她玩，就没有心思去多愁善感了。远嫁的女儿，心思有谁懂？往年，爸妈来济南玩，总是一待大半年，每次人走屋空，我都见不得那间空了的屋子，要难过好一阵子。

今天跟妹妹在大明湖游玩，在曾巩展览馆里，突然遇到一个小男孩，看了我好几眼，然后递给我一个酥心糖，说：阿姨，送你一颗糖，新年快乐！我当时犹豫了一下，第一反应这是不是募捐的小孩，但当我接过糖说了谢谢之后，小男孩一闪就不见了。我举着这颗糖，突然有些命运之神眷顾的神秘幸福感！当时，我正需要一颗糖。容易低血糖的我，刚吃了一颗小糖。总是有太多这样的小事，是让我时刻感觉到被神秘的命运宠爱眷顾。这一生，看似失败，其实我很知足，有太多这样的心想事成时刻，不经意就被呵护了。妹妹的陪伴，也像是这样的一种安排！

命运如此怜惜我！我原本只是在好好做自己，无意与世界争宠、邀功。陪伴爸妈的日记，刚开始写不久，就受到大家广泛鼓励，不时收到各种反馈。当然，反馈最多的，是对三哥的体恤和同情，其次是对照顾病中亲人不易的感慨，再就是人到中年者对未来老年的思索和顾虑，更有相同经历者的感同身受……看似我的文字感动了你,其实是大家的感动触动了我。

这个话题,能够涉及的内容其实很多,从一个家庭的养老问题,可以反映许多家庭普遍存在的问题。我没有,也不敢大胆展开去写,有太多顾虑,日更的密度也不容我有更多的表达。每日有人等着我更新,突然停住,不知是不是有些不适,至少我有,仿佛生活中少了一件重要的事!我还没从那种情绪中出来。人生如戏,而我,全情投入,爱也全心爱,痛也彻骨痛,并且享受这奔涌不息的爱与痛。

今天的晚餐,我们吃的是川西小镇随身空运回来的甜皮鸭和青菜汤。清洗青菜时,菜叶上还附着故乡田野的银杏枯叶。从保鲜袋里取出来,它依然新鲜翠绿!这种青菜只在四川生长,川西的这种莴笋青,特别清甜易熟,打油水清煮就很好吃。人和植物菜蔬一样,有着特别强烈的乡土意识,虽说人挪活树挪死,但活在异乡的人,还是喜欢吃故乡的菜,喜欢故乡熟悉的气息。远离故乡,远离父母亲人,我依然活着,依然在行走,总有人在偷偷爱着我们,让我们好好活着,知足感恩!

谢谢相伴,谢谢眷顾!

谢谢你,送我一颗酥心糖,换我一生不忘!

伍壹　采春茶了

好像我一走,故乡的春天就铺天盖地来了。故乡的兄弟姊妹们的朋友圈,随时在播报:海棠、樱花、油菜花、玉兰花们推开了川西春天的大门,扑面而来。

川西艳阳下,姐姐家的茶叶芽一夜之间就冒出一大头,姐姐们怕错过了头茶好时候,忙不迭地招呼亲朋好友帮忙采茶。三哥载着爸妈下乡去,发来的视频里,蓝天白云下,茶垄成行。大家忙得抬不起头,连吃饭都是带到茶地里,直接站着就地解决,接着就开始劳动,和我们当年在地里干活的情形是多么相似。爸妈帮不上忙,但去乡下茶园走走,看他们在地里捡钱,看他们忙碌得有奔头的日子,还是觉得舒心吧。有辆车,确实多了许多自由。爸妈一会儿在茶园,一会儿就跑到成都哥哥家去了,一会儿又在小镇的蓝天白云下。看老爸的情绪都不错,笑眯眯的!春天,茶园,花朵,笑容,似乎故乡和爸妈,一切都好。

我在远方却有些忙乱。一边计划着陪妹妹走走看看,一边是孩子、工作的各种琐事。从来没有如此长时间、近距离地和故乡妹妹在一起过,打小就敏感懂事的她,在我这里也不拘束,勤快得很,打扫卫生、做饭洗衣,反倒是她来照顾我一样。原来有个懂事妹妹的感觉这么好啊!

我带她四处游走,她就时常在我身后拍我。看到她拍的那么些背影,我想起她在文字里描述的,从小跟我屁股后面看我、学我,还真是形象呢!只是我好像从来没有做姐姐的经验,不知在她眼里,我像个姐不?

我带着她走在济南的大街小巷。这个北方秀美的小城,无处不在的干净、清新的泉水,让她直叹不虚此行。是的,因为泉,这个城市与众不同。时刻惦记故乡的我,在这里生活二十年,也慢慢爱上这个城市,在这个城市扎根,把这个城市变成孩子的故乡。对我,亦是第二故乡。我对这个城市的情意,在经过时间的发酵后,也许,也会像对故乡一样吧!离开它会想念,不习惯。

故乡和远方,在我们心中,究竟是怎样的分量?故乡有爹娘,远方有小娃,两边都扯心扯肺,两边都有血浓于水。我在远方养育娃,思念故乡爹娘,爸妈在故乡惦记远方的我。

这样的日子,这遥远的守望,这各自的奔忙,冬去春来,岁岁年年啊!

伍贰 "梅子树"

大白天的,我睡着了,做了个梦,梦见爸妈在川西的阳光下,有笑容。阿爸还是戴着鸭舌帽,阿大还是穿着那件深色花羽绒服,脸好像被川西的阳光晒得微红……我躺在北方城里温暖柔软的美容床上,美容师的手在我脸上轻柔游走,我一会儿睡过去,一会儿醒过来。我记起来,妹妹在隔壁房间,她陪我去谈了两个半小时工作,我们顺路到了美容院放松一下。我知道,故乡已在很远的地方了。

我翻出手机,打开自己家的微信群,三哥像往常一样随时拍照,远方的我们都知道他们每天怎么过的。我即便不在身边,也恍然觉得,依然还在他们身边。就连做饭切菜时,我都要恍惚一下,心里会犹疑,是否该做得软烂点。突然回过神来,阿为哥要吃硬的,吃软烂的他们已经不在身边了。

昨夜和小姨视频,七十七岁的小姨,脸圆得像个弥勒佛,眼睛眯成了一条线。她说,她上午去平乐镇陪我妈玩了,她这个阿姐好起来了,又走得路了,一个人在厨房做饭。太能了,深怕哪个就抢了她的活了……三哥说,老父有时像踩了"梅(霉)子树",一整天都在闹,总是"霉"起个脸不笑。三哥又给老爸理发了,我一看照片,老妈使劲拽住老爸的手,不要他反抗,是强行摁住理的发。侄儿开车拉着老头儿经夹关、高何、火井、邛崃转了一大圈,坐车出门,依然是止他哭闹的神器。

这两天周末,也是景区值班的日子。爸妈又跟着三哥去上班了。我打电话过去,老妈说,她做了饭,用保温桶带着上山去的,中午饭就在车上吃。三哥还像往常一样,随时会来看顾车上干坐的他们。两天班,第一天时,老爸又拉了一裤裆,三哥发了个大哭的表情!估计又得收拾个把小时!希望生活会适当奖赏三哥,让他在一刻不能逃离的负重日子里,能够获得一点尘世的幸福和心中的悦纳。

故乡花开,日子如常,他们有他们的不容易,但他们也有他们的从容和淡定。比起来,我就没有他们那么淡定。带妹妹去泰山游玩,早上去晚上回,搞了两次乌龙事件,自己还摔了一跤,摔伤了膝盖。后来,和妹妹在KFC坐下来,我问自己:你在慌什么呢?不知道为什么,从故乡回来,我就是有一种莫名的危机感和慌张感,总觉得时光易逝,而我还有太多的事没做,总有个声音在说:快点!快点!

在泰山之巅,阳光烈烈,我闭眼坐在天空下,摊开的手掌被阳光照得温热,感受阳光穿过自己的身体。如果时光可以停留在那一刻,那也是生命片刻的欢愉。我在焦虑和平静之间,还是摔倒了。幸好只是摔破了皮,伤处会渐渐淤血发紫,会疼痛几天。这警醒我,要沉着,要淡定!

妹妹要启程回川西了。她要忙着回去挣钱,用她的话说,多挣点钱好养老,免得以后凄惨。我知道凡事不可能圆满,她的济南之行,打卡景点不多,但我们姐妹俩算是扎实在一起待了五天,彼此已很满足。人生随时都在分离和想念。我这一生,活得理性,但心中背负情意又太多,看似洒脱地转身,那些义无反顾背后,伤痛就自己背负了。

故乡是我想念的,父母也是,生命中来来往往的你也是。生命中太

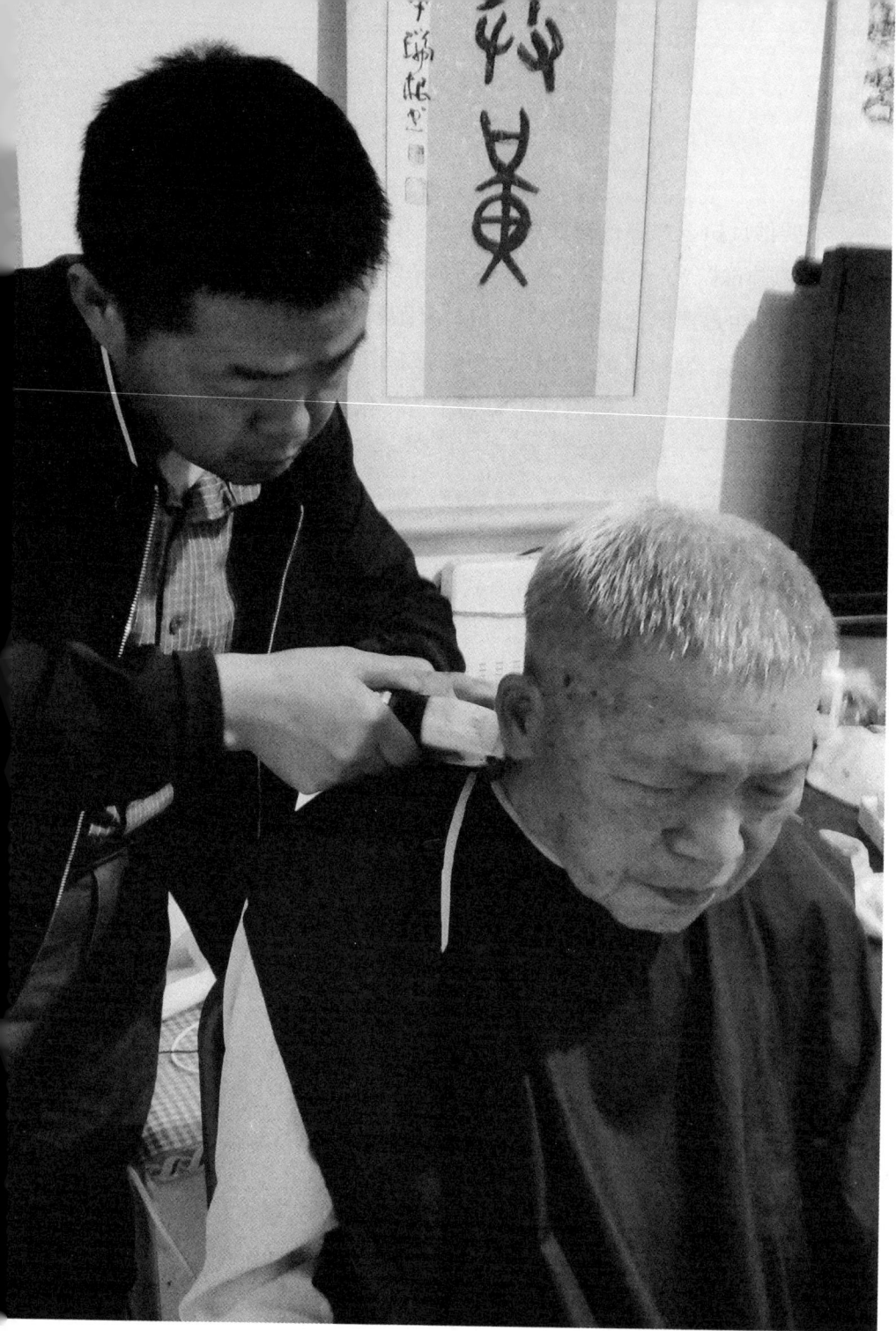

●○○

三哥已是理发小能手。

多想念和惦记的人啊，还是都要暂且放下，去奔自己的生命之旅。这一生注定孤独，注定一个人奔跑，但生命的喧嚣和热闹过后，我更加珍惜和享受自己的孤独和寂寞！

　　心上有过已足够，何须相守到白头！季节来去，人来人往，花开花落……想起心中的种种不舍，眼角不觉泛起的泪，被美容师的手不经意揉走了！

伍叁　北方雪南方花

乍暖还寒季节，北方说下雪就下雪了。而川西已是繁花似锦，也是突然下雨降温。前日里，大哥和三哥还带着爸妈在外看花，牛屎坡上，不知谁家的油菜花已经开得热热闹闹了。这两日就只有龟缩在家，看门前李花开了。小菜园里的那棵李子树，开了冰清白花，雨滴露润的，被三哥拍得煞是好看。阿妈种的那株山茶花，几个花骨朵憋了两个月，终于是红着脸开了！

我在想，阿妈的芹菜估计吃不过来都老了吧！在家时，她想再撒点小白菜种子，不知撒了没有？她喜欢那种奶油小白菜，下面条时放两棵就很好。周老表送的绿梅估计开过了吧！

日子在花开花落间流淌。阿爸每天依然在哭哭笑笑中被照顾，阿妈的身体也在时好时坏中坚持着。电话里，从她的声音感觉到她状态不错。说我姑送了汤圆粉去，准备包汤圆，她说，我在家时，她没有力气包的粽子也包了，只是没口福的吃不到了。她挺忙，匆匆收线。

大哥这几天都在家照顾老爸，早上告诉我，老头儿今天早上笑嘻嘻、安静静地屙了一大堆在裤子里头，刚给他收拾干净。平日里在家，老头儿依然坐不住，心慌慌，手脚不知往哪里放，依然要人坐在旁边握住手。

不下雨就推出去，或者开车出去。在他咿咿唔唔的催促中，时光变得既快又漫长。

我每日里看哥哥们发的照片，聚拢看，突然艳羡爸妈的幸福！大哥、三哥性格温润有耐心，他们俩都能把老爸照顾得很好。老妈也最是吃得定他俩。有子如此的晚年，就是莫大幸福了。

今天是元宵节。南方的节日比较淡漠，但我知道他们今天有汤圆吃。过完今天，年就结束了。新的一年，日子如常，故乡和爸妈如常，而我们自己呢？

看到精进的女友们一个个都奔跑在学习和自我成长的道路上，自己也是危机感丛生，该好好学习、天天向上啊！关于学习，关于工作，关于生活和健康，关于旅行和梦想，这一年，需要更多行动！昨夜，大家在社群里分享《无限可能》一书，气氛非常好。新女性，抱团成长，互相鼓励！真好！

不要颓废啊，不要妥协于岁月的不安和绝望！要时刻警醒自己！我在远方，爸妈在故乡，我在城里，他们在小镇。这殊途同归的生活，只要活一天，就开心一天吧，过程比结果重要！

伍肆　油菜花开

虽然气温仿佛坐过山车,但忽冷忽热中,一点不妨碍花开树长。三月一到,川西的油菜花就开了。每到这个季节,我就仿佛站在故乡的山岗上,极目远眺,山下的田野上,青青麦苗和金黄的油菜花,形成黄绿相间的大地毯,美得人气紧。

那时,时常在大清早,晨光初露时,我和邻家的女孩相约,去山上割猪草。她在后山喊我,我一骨碌起床,穿鞋、背背篼、拿镰刀就出门。后山上的竹林中,只有微微晨光,露水清清凉,打湿了脚背裤腿,尖峰顶那边山上路途遥远,应该容易割到猪草吧。也无闲话,我们匆匆赶路上山。

春天时节,小麦地里各种新生的繁缕、车前草,我们埋头穿梭在春天的土地上,等到太阳高照,一背篼猪草就割满了。背着沉甸甸的背篼,下山,途中山岗上歇气,一抬眼,就看到了山脚下的油菜花田。夹杂着劳累后的轻松,活干得完美后的成就,看风景的心情就大不同。那无所盼望的踏实,将眼里看到的美景,就那么牢牢地烙印在心坎里了。

回家吃过外婆做的早饭,我才背书包去上学。出家门,就一头栽进油菜花田,路两旁都是密集的油菜花,差不多有我的个子高。已渐炙热的阳光，照得油菜花发出阵阵浓郁的香味，成群结队的蜜蜂嗡嗡着忙来忙去，我要穿过一田野的油菜花，到那边山脚下的学校去上学呢。

一路上，看到春天必来的忙碌的养蜂人在倒腾蜂箱，杨家磨坊水碾房那边流过来了哗啦啦的清溪水，油榨坊也开始清洗工具，放水试车准备迎接油菜籽了。我急匆匆穿行，有时菜花，有时麦田。想起妈妈的嘱咐，油菜花花开了，狗子容易发疯，那家的疯儿也不安生了，你走路小心点啊。

嗯，是嘞，油菜花黄人发狂，是容易意乱情迷的季节。每到这个季节，空气湿度过大，人就容易疲惫、烦躁、易怒、抑郁。一旦遇到事情，不易冷静。油菜花浓郁的香味刺激得头发闷，叫春的猫儿整夜整夜在墙头嘶鸣，田野上疯狗出没，家里有得失心疯的人家也要格外小心。时常听说，谁家的疯子已经被铁链锁在家里了，出门上学，稍许放心些了。

这些曾经传说的油菜花事件，却也不期然发生在自己猝不及防的生活里。那曾经无数次在后山叫我名字、相约割猪草、在无数懵懂的少年时光里陪伴我的邻家女孩，和我一起憧憬过山外世界的姑娘，却在青春时节不堪爱情的伤害，迷失在大海般的油菜花田，一去无影踪……

我最亲的亲人，小弟，在出走山外的长路上，不堪生活的重负，把心迷失，每到油菜花开的时节，人人都在享受季节、生命的甜美，而他，却在遥远的病房备受折磨。

如今，故乡早在千里之外，消失的姑娘再没有回来。我的亲人，长眠在大草坪，一个被油菜花田包围的地方。想起你，心中就响起那首歌：你看那坟前开满鲜花，是你多么渴望的美啊，尘世间，多少繁华，从此不必再牵挂……油菜花啊油菜花，多么娇嫩的花啊，怎经得起风吹雨打，飘啊摇啊的一生，就那么匆匆走了。

生命的繁盛与短暂，可不是就像油菜花么。油菜花开一月余，很快就结籽成熟，一个多月光景，就进了油坊，变成了川西人家锅灶上常用的清油。

曾几何时，我心中最平常的风景、记忆中最痛的怀念，如今变成多少人的诗和远方，他们都在说，走，看油菜花去，看油菜花去！

油菜花开，我在遥远的地方，滴落了簌簌清泪，思念早已不在的故人。也想念那些在故乡山岗上，负重歇气看风景的日子，想念那踏实勤恳、心无旁骛做事情的样子和心情——我，曾经是川西油菜花田里多么勤恳有梦的姑娘啊！

江南春光正好啊！友人邀约出行，想了几天，不知有何向往之处，仿佛处处风景皆不如我川西。三哥依然日日在焦头烂额的家事和工作之间，带着爸妈来去穿行，一路都是风景。再忙，三哥也不会忽略美景，他在油菜花海里给爸妈照了很多照片。因为腿疼总也不下车的妈妈，今天也在邛崃道佐的花路上下车了。拍了几张照片，我一看，呵哟，花都高过妈妈的头了。油菜花轰轰烈烈，来得快，去得也快，很快就会凋零。

但这有什么关系？油菜花是川西春天的号角，它把头号一吹，铺天盖地的花和绿就挡也挡不住了。就等着看川西这个巨大的调色盘打翻吧！

出成都往西，皆为广义川西，温江、郫县、崇州、邛崃、浦江，此时季节，一坝一坝的油菜花，待小山丘一出现，李花白、梅花粉、海棠红，惹你没商量。一路往西，进入雅安名山，一山一洼一坪的茶乡梯田，绿油油中点缀着五颜六色的采茶姑娘，又是另一番风景。

川西，我心中的草原，梦中的天堂和眼睛！

谁不爱家乡美，我更有无边情思，在心怀旷野深藏！

伍伍　养儿防老

北方每天都是白花花的阳光。上午,我把案头搬到南向的飘窗上,晒南方照过来的太阳。时近中午,看家里微信群安安静静的,正想问问三哥和爸妈在干啥,心有灵犀似的,那边就打来视频电话。

川西多雨,到处都雨兮兮冷飕飕的,没出门,老爸就一直闹,闹到不行,就给我打电话了。打电话转移下他的注意力,我举着手机,把镜头反过去,让他看北方的阳光,看远处的楼房和学校,远处待垦的荒野,看我的房间。跟他讲,我搬家后,这里他还没有来过,要好好锻炼身体,争取好起来,再过来要一回,他说好!

老父亲,彻底活成一个没有安全感的小孩子了。无论何时何地,要人牵,要人背,要人抱,要人亲,要人爱。坐在车里,也要握住他的手,坐在家里,也要握住他的手,否则他就要找人,找手,找大腿。有人在旁边就安心,就抱住你,哪怕是抱住一只大腿也安心。甚至,夜里睡觉也哄。昨夜三哥发的照片,爷俩搂着睡的,哈哈!老爷子一只胳膊抱着三哥的头,睡着了,三哥睁着眼睛等他睡着,在玩手机。

午饭后,三哥发了组照片,爷俩相亲相爱的和谐照,大家一致点赞;紧接着一段视频,打开,则是恶狠狠瞪着大眼睛训斥三哥的老爸,要抓、要打、要骂，十分凶狠的样子。哈哈！大家都笑了，这就是老来喜怒无常的他。

习惯了，三哥每天带着他们走一路拍一路，看他们去医院拿药，在医院食堂吃饭，老爸仍然不下车，在车里吃。带老妈去做推拿，一路翻山越岭，一路春光，平淡如常的日子，像白沫江水一样，流淌。我离开后，站远一点看哥哥们和爸妈，就时常心生羡慕，爸妈这辈子也算是有福之人啊，孩儿这么孝顺。养儿防老，就是这样的！

最近网络上关于养老的一篇文章迅速传播，对寄希望于养老院养老的我们诸多人，无疑是当头棒喝。所以大家纷纷转发，各种自媒体又夸大其词，一时间顿有釜底抽薪之感。大致是说，养老院也是个"江湖"，这个江湖更加险恶。在这里，是"养儿防老"的另一种诠释：你虽然住进了养老院，但是你在外边有没有儿女，儿女有没有钱权，将是你在养老院这个"江湖"的地位保障。否则，护工不待见你，伙伴不搭理你，像现如今势利的幼儿园的孩子一样，你将被孤立，甚至被虐待……弱肉强食的丛林法则，当然是在哪里都有，养老院又怎能免俗？但是，对这种危言耸听、过度解读的观点，我却不敢苟同。

坏人在哪里都有，好人也在哪里都有。在商言商的养老院自然是要挣钱的，但要说为了钱，丧心病狂到连人的基本礼仪和良心都没有了，在越来越注重个人体验的服务时代，想必是走不远、不长久的。那个自办养老院、自曝养老院险恶的商人，在养老院运营的艰难中，多看到阴暗的一面。他说的情况应该是都存在的，有钱人送来了老人，趾高气扬、颐指气使的，不尊重养老院工作人员，也许会导致恶性循环。而一般大众，谁没事找事儿？都想过太平日子！当然，人老了，性格怪异导致的各种矛盾在所难免，这也是如今养老院越来越注重心理疏导和陪伴的原因所在。

伍伍　养儿防老

养老院应该是一个比其他商业机构更注重爱与责任的地方，如果商业养老机构在企业文化建设和员工培训上不给力，在对待老人上缺乏关心和爱心，谁会去呢？它怎么收客、怎么发展呢？地球人都知道，现在不仅是单纯卖商品的时代了，还是卖服务的时代。好的服务来自哪里？来自同理心！同理心来自哪里？来自爱心！

这个世界最后的希望就是爱！世界大同、人类命运共同的钥匙也将是爱，用大爱来平衡各端利益，爱如每日的阳光，照耀我们和这个世界生长，也陪伴老人走向日落的黄昏。

对于独生子女一代的父母，对即将到来的老，想必是惶惶于心的。但也要寄希望于国家养老政策的优化改善、社会多种养老模式的探索。老，是一个注定坎坷的归途，何必再把自己吓坏了。天无绝人之路，船到桥头自然直，中国式的人生智慧要调动起来啊。

养儿防老这个话题竟然以"养儿防养老院"的方式被重提。我年轻时也曾是丁克一族，孩子纯属是上天额外赐予的礼物。养了儿，体会这个过程的甜蜜和痛苦，人生够丰满，便没有了遗憾。至于能不能防老，那真的是不可期望的。养儿的甜蜜和美好，对我来说，大概就是：一到周末，他回家来，在他时间允许的范围内，娘俩一起漫步兜风说闲话，给他做爱吃的饭菜；他学了新曲子，我在卫生间洗衣服他也要追过来，坐在马桶上给我弹一曲；就是他骑车带着我，我抱着他的腰，他在自由欢快的风里回头甜蜜叫"麻麻"，我很有默契地回应"嗯，儿子"，把头贴在他背上，跟他说，有儿子，真好！

我们对彼此的好，是爱，是真心，不求回报！就像我们今天对爸妈的好一样！父母子女一场，不容易，有多远，走多远，就这样！

伍陆　老去的勇气

我问十六岁的阿为哥，你想回到小时候吗？他沉吟了一下，虽然平时嚷嚷着好想回到幼儿园时光，因为那时候不用做作业，可以自由玩耍，但真的要倒退回去时，他选择不。他还是急于想到十八岁去，因为十八岁成年了，他可以获得更多自由，可以开车，可以喝酒，可以做主自己的任何事情……

那我问你，如果能够回到十八岁，你回不回？清空你现在拥有的一切地位、经验、智慧、财富，回去那个年纪轻轻、精力充沛、不知疲倦、充满热情的十八岁，像初生牛犊一样的十八岁，你回不回？

是不是回到十八岁，我们的这一生，就可以重新来过？就可以改写我们犯过的那些错？就可以生活得更好或者更幸福呢？

是不是回到十八岁，你就可以重新选择你想上的大学和专业？重新选择你的工作、你的爱人、你的朋友和你所遇见过的一切？就可以矫正你想改过的一切？

不！我想了想，我还是选择不！我不想回去那青涩懵懂的年纪，不想再做那个傻傻的姑娘了，除了我经历过的一切，别的我都不想选择，我还是珍惜我前半生的珍贵经历，虽然有诸多遗憾，但没有遗憾的人生，又该是多么遗憾呢？青春，是用来怀念的！即便重来一次，该犯的错还是得犯，一点也不会少。一个人的禀赋天性是娘胎里带来的，这个哪里可改呢？

人到中年的我们，注定奔赴衰老。你有勇气去迎接这份不请自来的老吗？他们说，一个人的老是从牙齿开始的，你的牙还好吗？一个人的老是从眼睛花开始的，你的眼还好吗……这些问题，是不是有些胆战心惊？尤其是经历过父母的老，经历过与衰老病残的父母的照顾与相处，许多人心里滋生的，都是对未来衰老的恐惧和担忧。

我也是。自从回老家陪伴老残的父母一个多月，回来后，我给自己搞了好一阵的心理建设。最后，遇到了日本心理学者岸见一郎的《老去的勇气》一书。他在书中说，人生就像骑自行车一样，爬坡时是最难的，而下坡才是轻快的、享受的。人到老年，所有的重担都卸下了，你还拥有了经验、智慧，只要不丢失勇气，大可尽情享受往后余生。

老龄社会到来，我们就将是那无处可逃的一大拨老年人。如何鼓起老去的勇气，好好生活，真的成为一个需要认真面对的问题。岸见一郎说："当我们存活于世时，死亡尚未到来，而当死亡降临时，我们也早已不复存在。"所以，衰老和死亡，没有什么大不了的嘛。恐惧未来、担忧未来没有用，接受现实，"我们唯一能做的，就是思考如何与此时、此地的自己和解"。所谓和解，就是接受自己的衰老，像奥地利心理学者阿尔弗雷德·阿德勒说的，就是拥有"不完整的勇气"，允许自己一切从零开始，仿佛新的人生又来了。

我们很多人理解的接受衰老，就是承认自己老了，不行了，任由自己委顿下去，得过且过。面对新事物，我们总是说"不行""我做不到""太难了我看不懂""体力大不如前""记忆力不像年轻时那么好了"……可是，老了却拥有很多很多的时间呀！只要稍具挑战精神，你就会克服

阿爸，咱们去看萤火虫

许多障碍，获得更多快乐。有的人五十多岁就放弃了智能手机，放弃了一个辽阔的新世界。你看，我七十多岁的老姑，整天玩抖音、玩手机KTV，唱唱跳跳的，开心得很。同时，她还一直开着她的诊所，接待病人，人活得很精神。八十多岁的老姑父，腿脚不便后学会了在网上购物，遇到问题会请教年轻人……

其实，励志的故事有很多。许多老人都没有放弃自己，都在力所能及地为子女、为他人、为社会提供自己的帮助，发挥自己的价值。岸见一郎说："年轻时我们喜欢与人竞争，凡事务求结果。但随着年岁增长，他人的评价和目光变得不再重要，于是可以纯粹地体会学习带来的喜悦。这可以算变老以后的特权吧。"

美国电影《实习生》讲述了一个不甘寂寞的老年人的故事：70岁高龄的本·惠科特年轻时是个事业有成的商人，退休后四处旅行不能排解寂寞，于是重返职场，以高龄实习生的身份加入了朱尔斯·奥斯汀创办的时尚购物网站。一开始，本与公司的年轻人格格不入，但是性格随和的他很快赢得了同事们的好感与信任。本的老板朱尔斯·奥斯汀，年纪轻轻就背负了工作与家庭的重担，生活失去了平衡，连公司董事会也开始质疑她的工作能力。人生阅历丰富的本·惠科特帮助朱尔斯·奥斯汀重新认识自我，两人也从上下级关系，发展为无话不谈的忘年交。

所以，人老后的价值感是自己去实现的，跟年轻时没什么两样。如果有不同，那就是你不会再有那么强烈的急功近利之心，态度更坦然、更淡然，为做事而做事的乐趣会赢得的，不止他人的尊重，更是自己内心的幸福感。年轻时追求的成功，是由金钱、地位、车子、房子等数据去衡量的；老年追求的幸福，是内心的感受，无法用也不必用数据去衡量了，更洒脱了不是？

常言道，"家有一老，如有一宝"，真的是这样的！我的妈妈八十三岁了，浑身都是病痛，但是，她还是会给我们炸酥肉、包汤圆和抄手吃。我的爸爸也八十三岁了，他已经接近痴呆，但只要他活着，我们的家就还在，他还是这个家的主心骨和脊梁，他让我们子女知道什么是责任和义务、什么是爱！

即便是生病了、残疾了，病魔和残疾，都是一个人重生的机会呀！我父亲五十二岁脑溢血病倒，右手不能写字了，后来学会了用左手写字、画画。岸见一郎五十岁时心肌梗塞差点死了，术后重活一回，还照顾了生病的父母，开始学希腊语和韩语……所以，不惧未来，活在此时此刻，好好活，用力活，用心活，用爱活！这样活过一生，最后离世时，活在被我们爱过，也深爱我们的人心中，这多好啊！

老，也不可怕。那是我们即将开启的新的人生！

伍柒　废物式养老？

又吵嘴了，又吵嘴了！妹妹惊风火扯的样子就像在我跟前。她和她妈妈（我小姨）在她的煲仔饭铺子上干了一架，娘俩都不是让人的人，吵到伤神。好在娘俩没有隔夜仇，吵完就没事。我小姨这个人很想得开，妹妹火爆子脾气，也是来得快去得也快的。

妹妹说，小姨的动作慢，快八十岁的人了，叫她不要在铺子上来干活了，她偏要来。来了呢，娘俩稍不注意就要吵嘴。而且，去年小姨生病住院，七大姑八大姨的都说她盘剥老人，把老人累病了。妹妹是有理说不清。

人言可畏呢！许多时候，我们的孝顺是要做给别人看的哦。"废物式养老"，大概很大程度上就是这种俗世流言的催生物。要对爸妈好啊，让他们服老啊，啥都不让他们干啦，让他们吃吃喝喝耍耍，安心颐养天年吧！然后就把老人当成菩萨一样供着，啥也不让做，也不让乱动，可不就把他们养成了废物么。

我想起我妈的抗争。我在家时，由我做饭、做家务，就让她歇着。但她稍微能动一下后，就要求带她去菜市场，她要买菜，我们没立即带她去，她就怒了，大骂我们欺负她，说什么老人就是啥也做不得主，被娃娃们欺负！一把鼻涕一把泪的，最后经不住她的哭闹，三哥开车拉她去了菜市场，她立马像一条见水就活回来的鱼一样欢快，虽然走不得几步路，但是能在她身上看到一种自由，一种能做事了的干劲儿，那是她作为家庭主妇的价值感又回来了。

　　昨天打电话，她老人家在电话里一边跟我说话，一边在吼三哥：冰箱坏了，你咋不修嘛！三哥说，不是坏，是没插电没用，一哈儿就好了……老妈那种老年的无助，在她腰腿痛不能好好走路后，更加严重了。她的情绪也是需要出口的，她的发泄出口就是吼三哥，或者自己生自己的气。我也担心我妈，一旦觉得自己一无是处，怕是活得就没有劲头了。我们不让她做这样、做那样，她就会觉得自己是个废物了。即便她挪着凳子在厨房做饭，那也是她价值感的体现：你看，还有我可以做饭给你们吃！这，大概也是她死活不想找保姆的一个原因吧。

　　让她做饭、洗碗、洗衣服，让她继续种她的小菜园，让她像当年一样摆布和指挥家里家外的事情，带她去银行办理存钱取钱，让她去菜市场买菜，让她学习手机购物……需要的，是大量的耐心！像我们带大自己的孩子一样，允许他们犯错误，允许他把饭吃得满地都是，允许她洗碗洗不干净，允许他把屎尿拉在裤子里，允许她心情不好时哭闹……还要在他们犯错时给予鼓励和抚慰……养老，真的就是养育老人呢！

　　天气好起来，阿爸的力气也大起来了。不能带他出门时，他就一个人在凳子上扭屁股，居然能连人带凳子挪到门口去，用他不息的生命力抗拒着在屋里消耗生命的时光，他要出门去！

　　三哥推他出去，在小镇上转圈。白沫江截水了，在翻修去年被洪水冲坏的老桥墩。河滩里都是白花花的石头和机器。小街上，紫藤花开了。阿爸总是板起个脸，好像很生气的样子，三哥说，照相了，快做个表情，他就会立马配合，笑得极其勉强，但也煞是可爱。我妈看上去还不错，只不过终究是止痛药控制下的精神。

远方的我,在城市深处住着。除了眼看着路边的柳枝在变绿,小区花坛里有各种花在次第开放,但诸事缠身,只能感受到季节在变,却好像跟我并无多大关系。自然的一切,仿佛离我很远了。这是一种没有办法解决的困顿,我,只有通过冥想来解决,告诉自己,活在当下,其他的,不要去想。

只有在川西,那片原生的土地上,花开花落,春生夏长,生老病死,每一个季节的来去,每一个人的生死,都是那么真切地发生着。那潮湿的空气,变幻的云朵,潺潺的流水,那鸡鸣狗吠,那嬉笑怒骂,那吆三喝四,都是生命力的礼赞。

看吧,故乡的油菜花转眼就开过气了。油菜很快怀孕结籽,一个多月的时间,菜籽将很快成熟,五月就收割。现在这个季节最忙的,应该是茶农。川西正式进入摘茶循环季。老家的兄弟姊妹们,戴帽,背背篼或茶篓,一整天都在茶地里忙碌。摘满一背篼,赶紧背到最近的茶市上,在茶老板的挑三拣四中抓紧卖掉,又赶紧回地里摘。

那些照片上的采茶姑娘都是做样子的,真实的采茶姑娘,即便戴着帽子,并在两边加上遮阳布,再戴袖套子,还是会被晒得黢黑,两只手更是黑得好几个月都洗不干净似的。

还是有茶芽来不及摘就变老了,嫩生生的芽尖卖不成好价钱,最后长成大叶子、老叶子贱卖了,想想都可惜。摘茶就是在跟时间和芽尖赛跑啊。小小的芽尖,悄无声息地,一不留神就长成大叶子了。我妈就经常感叹,哟喂,看到钱在地头都捡不回来,好心慌嘛!如果她还能动,她可闲不住。要是我们都还在老家,早就被她撵上山摘茶了。

我已经很多年很多年没有摘过茶了。在川西时,地里还是以种庄稼为主。想到这些,好像当农民的日子,转身就能回去,像无数次在梦中一样，我还是那个背着背篼割猪草的小姑娘，什么都没变。我每天割完猪草后，就在高高的木格窗前，多愁善感地写那矫情的无病呻吟的诗句，心中充满了对外面世界的向往和渴望。在外面的世界浪迹这么多年后，心中却是更多的迷茫。回不去的故乡，没着没落的他乡，两头都是相思，都是爱的彷徨。

年近八十岁的小姨，吵完架还是要去铺子上帮忙的。她在电话里跟我说，她不能闲着，一闲着就浑身不舒服，毛病都出来了。八十多岁的我妈，也在电话里跟我讲：你说，这个家咋离得我嘛，要是我一点都动不得，老三就要抓瞎。该他上班的日子，我都要多早就起来做饭，把饭做好装到保温桶里头，带起当上班的中午饭。老三瞌睡又大，早上喊都喊不起来，你说，要是没得我，喊他两爷子汤汤和饺子，啥都不得吃……

好嘛，都不会是"废物"，活一天动一天，互帮互助向前走！

伍捌 鸢尾花开，萤光飞舞

川西美，美就美在，天台山的鸢尾花说开就开了。鸢尾花一开，萤火虫也就开始活动了，三哥的工作开始忙起来，开始频繁地昼伏夜出了。他又开始了夜里开车带着爸妈去看萤火虫的日子。想起来，这该是多么浪漫的事啊。

深夜的林中，在三哥的探照灯下，紫白色的鸢尾花呈现迷人的雾蓝色，大片大片，像星星一样点点发光，也像烟霞一样梦幻啊。这林间无边的花海，就是萤火虫最浪漫的婚床。它们忽闪忽闪着萤光，寻找着自己的意中人，然后，在花朵里交欢缠绵，分秒必争地度过自己短暂而微光闪烁的一生。

三哥，就是那个最忙碌的守护者，一边寻找落单的新郎新娘，帮他们找到对象，一边把受伤受惊的安抚好。如果找到从未见过的新品种，那就是喜出望外，带回去研究繁殖。

三哥有他召唤萤火虫的秘密。他把手电或者探照灯一闪一闪，没过多久，萤火虫伙伴就开始启动它们的明灯，一闪一闪来呼应。你一闪我一闪，这是他们之间多年来彼此熟悉的方式，虽隔着物种和语言，但却有了一种无言的默契。

伍捌　鸢尾花开，萤光飞舞

记得那年夏天带小儿回去，三哥带我们夜里去芦沟竹海看萤火虫。竹林边零零星星的，看不过瘾，三哥说，豁出去一个召唤秘密，让小儿过个瘾。于是他把车停在路边，打开车的闪光灯，一会儿轻闪几下，停住，过一会儿再轻闪几下，于是，竹林里陆陆续续就有许多萤火虫开始闪起来，不一会儿，就仿佛一首萤光大合唱，那个壮观和浪漫啊，难忘！

难怪三哥痴迷。川西山水好啊，能养能留萤火虫。三哥一入花海无影踪，但终于找到他苦苦寻觅多年的新品种萤火虫，喜悦之情溢于言表。捉回家观察，还打算给它找个"新娘"入洞房，不知能否如愿呢？

爸妈就在路边的车里等着三哥。初春的夜里还是冷，不敢开窗户，山风阵阵，时有深涧鸟鸣。大山里，这静谧的夜，两个睁着大眼在黑暗中的老人，和夜一起守候，静数时光滴答。老妈说，一坐就是好几个小时，腿都肿得像根棒棒一样。我想说，找个人在家照顾你们，你俩不就不用整天陪着三哥上班了嘛。可是，话到嘴边还是没有说。因为，这里边的纠结和矛盾太多了，现在人工费用高，她觉得，与其把钱给外人，还不如给三哥留着还债或者养老……于是，只有这样苦熬。

大半夜的，回家的公路上并没有路灯，老爸突然要便便，停车嘿咻半天，拉出一截，三哥还写打油诗发圈，苦中作乐。听说周末娃们有要回来的，老妈半夜回家开始忙，又开始包叶儿粑了，又要炸酥肉了……

二哥在群里说，家里的房子要重新装修一下了。想把门窗全都换了，把后面部分的瓦屋顶翻新一下……我们姊妹几个都想着这些事，年前大哥大嫂还专门回去搞过一次，弄到半途自己有事又放下了，搬出去的家什还堆在屋外门口屋檐下呢。后来，也只是把家具换新了一部分而已，工程太大，需要时间和人手，城里的工作忙，家里三个人，两个老弱病残，一个全心照顾老弱病残，哪儿还有精力去搞呢？所以每次提起，最后又无奈地放下。我妈也想住几年干净舒气的新屋子啊，无奈她老人家现在力不从心，想来想去，最后还是甩下一句：管得它哦，我还活得好多年哦，随歪就歪地过算了！

人活世间，力不从心的事太多了，无力去改变的，就随它去好了，不要为难自己。爸妈的衰老病痛是不可逆的，无法彻底治愈。而活在城里的我们，身体时好时坏，但总带着治愈的希望。倒是心灵的迷茫，不知如何治愈。看到父母的老去，我和身边的朋友们唯一的自救"稻草"就是：强身健体啊，保证自己将来老了，身体好好的，不要给孩子添麻烦，更为了不让自己活受罪。

春天来了，要动起来啦，多运动啊。我是一直在坚持运动的，每晚坚持跑步或者走路一小时左右。但是，因为方法不对，总是腿部受伤，一直没好，还是一直坚持在做。回四川时，还专门推拿了一阵，一点没缓解。

我的女朋友们很多在坚持长跑的，都非常励志。最近推荐给我一本书《跑步治愈》，终于让我在瞎跑了很多年以后，开始认真地对待跑步这件事。这本书改变了我的几个认知：一是跑步应该是快乐的，不应该是痛苦的坚持；二是方法不对才受罪，一定有轻松快乐的跑步法；三是所谓"自律才是真正的自由"其实并不对，而是心有秩序才是真正的自由，不要把自律当成苦行僧一样的坚持，应该是心甘情愿的乐意。这些观点适用于做任何事情。

书里提道，所谓"心流"，就是当你特别专注地做一件目标明确而又有挑战性的事情，而你的能力恰好能接住这个挑战时，你可能会进入的一种状态。它的特征是，你做这件事的时候会忘记自己，忘记时间的流逝，你能体察到所有相关的信息，不管工作多复杂，你都毫不费力，而且有强烈的愉悦感。在这样的一种状态下，你完成的就不仅是你要坚持做的事，还是改善自身的心理状态，这对身体和心理都是一种疗愈。

昨夜里，我好像顿悟了，在楼下将走路变成了轻跑步，按照书里的方法和提示，轻轻松松跑完四千米，且是在一种不累不喘的状态下完成的。感觉自己还能跑，但是不贪多，及时停住，给下一次留下念想和盼望，让自己处在乐于跑步的状态！学习快乐跑步，学习认真冥想，随时觉察自己的内心和情绪，像女友说的那样，尽量保持一种稳定的状态，陪伴自己，也陪伴青春期的儿子，平安度过这个春天吧！无奈的接受也好，权衡后的选择也好，都是我们行在世间的生活方式。

如果你老了，依然可以像我妈一样，选择在萤光飞舞、开满鸢尾花的夜里陪伴儿子去上班，选择做不做叶儿粑和炸酥肉。如果你还年轻，还有更多的选择机会，请珍惜！要快乐地活！不为难别人，更不为难自己！尽人事听天命，拿得起放得下。力所能及之事，全力以赴，力所不能及之事，泰然处之。这些话，听上去好像心灵鸡汤，但在中年人的心里，却是句句箴言！

三哥把他在林间拍来的鸢尾花视频发给我，我配上音乐，发在视频号上，很动人。愿你在生活的千斤重负下，依然可以像三哥一样看到萤光飞舞，看到鸢尾花开。

伍玖　新玩意儿

我哥竟然买了个大大的VR眼镜给我爸戴。把平时开车时录下来的场景，在不开车时，用VR眼镜回放给老爸看。他坐在车里看二十多分钟，没哭没闹，哥在旁边就可以休息二十多分钟。这个新式玩具不知能玩几次，直到老父厌倦不干了，就还是得开车载着他四处跑。这就是老父的"车上的晚年"。

除了晚上睡觉，其他的时间，只要在车上，就安静些，否则就哭闹不止。就像小孩子似的那种干哭，嗯嗯呀呀，没有眼泪，哼哼叽叽，歪嘴搭眼的，就是哭闹，闹得我妈毛了，就会大吼一声：你闹啥嘛，人都让你闹霉了！老爸像孩子一样，吃了出门耍，耍累了就睡，睡醒了就闹……他在川西飘着鸢尾花香的夜色中打盹，在开着紫藤花的街巷里眯眼，他在故乡春天的青绿里老去……

三哥依然兢兢业业地带着老父老母，陪伴着他们的饮食起居和一日三顿，一天十二个时辰。夜里陪护老爸增加了新玩意儿——导尿管，挂在床头，不用把尿壶拿来拿去了，更灵活好用些。对于两百米的距离可以走两个小时的老母，也是好不容易才说服她坐一次轮椅。三哥带着他俩，两个轮椅在大街上行走，那确实是一道独特的风景。老妈就是不愿意这样成为别人的焦点，但她也确实必须接受这种注目。人老了就是老了，走不动就是走不动了，坐轮椅就得坐轮椅啊。三哥，就这样陪着他们，在故乡的山水和四季里来来去去。一会儿去阿叔阿婶家吃饭了，一会儿又在老家碉楼下，一会儿又去天台山上班。

天台山的萤火虫又要进入旺季了，漫天流萤飞舞的浪漫季节就要来临，鸢尾花开过，油桐花就会跟着开啦。妈妈说，要得庄稼好，踏死田边草，要勤看顾哦。妈妈已经无法看顾庄稼了，三哥像看顾庄稼一样看顾爸妈和萤火虫，奔波在他的生活和工作之路上。

故乡大地，就是他们生活的背景，在川西辽阔的四季背景中，我看到花开草绿。而在远方城里的我，无法脚踏大地，闻不到花香，呼吸不到山川的水汽，整个人都显得蔫蔫的，中气不足。要看花，还得专门腾出时间去山里、去公园里看。于是，我网购了一批花草，打算自己动手，献给自己一轮自然的四季。蔷薇花、蓝雪花、吊钟花、绣球花，大大小小的，陆续来家，营养土也来了。但是，我还是提着麻袋，去楼下四围的绿化带和工地上，另寻了些腐殖土和干土，据说绣球花不太适合营养土种植。将硕大的绣球苗根用生根粉泡水，用大盆，层层铺土，放根，填满……

我从来没有做过这些事，从前觉得好难，一点不自信，觉得种不好。但现在网络方便，方式方法都很具体，只要你肯学习、肯用心。这些大大小小的花苗，竟然一种上就活了，给了我大大的惊喜和精神奖赏。原来，只要你稍微用点心，就会有收获的啊。

想想，自己在农村待到十几岁才离开，但是真正的种庄稼、植物根本不会。对我来说，那是一项神秘强大的专业技能，我们家，只有我妈懂。所以，她在窗前小花坛里，种什么活什么。小小花坛，就像她当年耕耘的土地，成了她唯一能够发挥农事技能的地方。

阿爸，咱们去看萤火虫

　　我离家时，妈妈的窗前，火红的山茶花涨红了脸，即将吐蕊，而现在，满庭芍药已经开放了。我用一阳台的花草，呼应妈妈的小菜园，呼应故乡的大地，把泥土和青绿，种进了我的梦里，把相思和惦念，种在我心里。岁月不老人会老，日子如常但常新。向着春天和全新的四季，奔跑吧！

陆拾　嫩胡豆和四月的心

从遥远的川西家族微信群里，日日看他们的饭桌，都有新蚕豆上桌。家乡的嫩胡豆（蚕豆）又开吃了呢。一个人的日子很简单，简单到不用上菜市场，随便哪个小超市买点菜就能解决吃饭问题，也因此很久没有逛真正的菜市场了。心里空落落的。翻出几年前写的那篇《一盘嫩胡豆》一文，看看，以解相思和惦念。

昨夜又梦见了爸妈，这是一个标志，就是我想他们了！我还没来得及动作，三哥就在群里哗哗哗发了一大波照片，像一阵及时雨。老阿妈今天竟然自己走去菜市场了，随身带着那个我从网上给她买的拐杖凳，走几步坐一坐，买了菜，还在人家的菜摊子边上坐着歇息，拉家常。老阿爸坐在轮椅里，轮椅就是他的背，背了满满一背的琳琅菜蔬，我一看，嚯哟，又是嫩胡豆、嫩豌豆，简直要馋死人。

我和我的阿妈一样，骨子里是热爱厨房和菜市场的，一到菜市场就什么都想买，买多了放在冰箱，很多都会放坏。问她为何总是要买那么多菜，她说，总要备着，家里随时都可能有人来，临时买来不及。我想，我妈这是被我爸当年经常冷不丁带朋友来家吃饭搞怕的后遗症啊，她是个多么好客和要面子的人，怎能容忍来了客人却没菜呢！只是，如今不仅来不及，还上不了菜市场了，去趟菜市，都要三哥有时间专门带着她去……

问我为何总是要买那么多菜？无他，诱惑而已！这样想买想做，那样也想买想做，可是，吃饭的人却没有，阿为哥住校后，少了这咿呀的吃货，更缺乏动力。所以，就不敢去逛菜市场了……远离菜市场的日子仿佛就不是日子，我于是把日子安排成阅读、写作、工作、养花和外出，满满的，再安排上减肥，简餐。菜市场，就越来越远了。看到妈妈去菜市场，我又颇感欣慰，春天来了，蛰伏一冬的老爸妈，也像缓过劲来，迈入万物复苏的新生季节，焕发出了新的生命力呢！

几年前写那篇《一盘嫩胡豆》时，老阿爸从能够行动到失去行动力，他自己就充满了就此罢别的绝望情绪，整日绝望大哭，呈现出老成一个孩子的初态。而如今，几年过去，他又进入了另一个阶段，终于彻底活成了一个婴儿样，饿了困了烦了就哭叫，其他时候，哼哼唧唧呆看这世界。阿妈也终于失去行动自由。父母双老，岁月面前，举手投降。

这个春天，经过几年的折腾和磨合后，他们显然已适应新的老年状态，三哥也适应新的照顾模式。整个家，就像经历了一次地震后的重新整合，从最初的痛苦、焦虑、绝望到如今，适应、重启，好像进入了一个新的阶段。

只是，这样的磨合付出了怎样的代价啊，担忧和焦虑，眼泪和痛苦，失去和离别，重聚和新生，这岁月的馈赠，我们一一笑纳。曾经万分恐惧他们会离去，看看阿爸那长长的寿眉、转青的黑发，看看阿妈菜市上疏朗的笑容，一切，都在转好呢。我突然又觉信心百倍，人间如此明媚！

三哥的爱与恩慈，使父母和我们新生。爱与感恩，要长存心间啊！这人间四月，万物新生，愿我们的爸妈从"婴儿"开始，重新再活一回吧！于是，一出门，举目望去，每一条路都通向春天。

四月的心啊，饱蘸着对生命的爱恋，像一首没有结尾的诗，每一处，都可以重启一首，每一个字句，像每一片叶每一朵花，都可以开启无数首新诗和歌谣。它们把世界连成了一片青绿。红茶君说，益康路上的一株楸树开花了，高高的，直直的，花朵粉粉紫紫的，她拍的视频里，花啊叶啊，在树上被风吹得摇啊摇的，真是好看啊。

于是，我趁着出门办事，打算去看那棵春天里开花的楸树。可是，一出门，都是春天，我就迷路了。处处都是风景，都是花，都是树，我站在春天这洒满阳光的大路小径上，痴痴傻眼，不知往哪个方向走。

那就直直走吧，我骑着阿为哥嘱咐我一定要骑的小小电动车，体会到他说的那种身心的喜悦和自由。明白了他在家时，为何固执地择出时间来骑车出行，明白了他为何坚持要我自己骑车……骑着车，如此美好的春天，我把耳机摘下，不听音乐，要听春天的声音啊。春天就在我周围，既扑面而来，又快速闪退，既在眼前，又在脑后。

我有爸妈在心上，我有相思在远方，我有四月的心啊，是幸福的心流，在春天里喜悦流淌。我远远想去看的楸树，却原来，在我楼下的马路边，就有好几棵！正在开花啊！

我爱，你就在！合十致谢，这世界，多么心心相印！

感谢命运，这心想事成的岁月，我真的爱！

陆壹　故乡、花和梦

> 柳梢庭院杏花墙，
> 尚记春风绕画梁。
> 二十四番花信尽，
> 只余箫鼓卖饧香。
> ——魏了翁（四川邛州）

此诗作者，南宋学者魏了翁先生竟然是故乡人，他是四川邛州浦江人，就是今天的四川邛崃浦江，和我的故乡四川邛崃平乐山水同源、田地相连，就是隔壁邻人啊。

诗言，二十四番花信尽，花香淡去，只闻到吹着箫鼓卖饧的饧（tang）香啦。《二十四番花信》载：始梅花，终楝花，共二十四番花信风。花信风，意即带来开花音讯的风候。根据农历节气，从小寒到谷雨，共八节气，一百二十日。每节气十五天，一气又分三候，每五天一候，八气共二十四候，每候对应一种代表花。

小寒：一候梅花、二候山茶、三候水仙；
大寒：一候瑞香、二候兰花、三候山矾；
立春：一候迎春、二候樱桃、三候望春；

雨水：一候菜花、二候杏花、三候李花；
惊蛰：一候桃花、二候棣棠、三候蔷薇；
春分：一候海棠、二候梨花、三候木兰；
清明：一候桐花、二候麦花、三候柳花；
谷雨：一候牡丹、二候荼蘼、三候楝花。

二十四番花信风不仅反映了花开与时令的自然现象，更重要的是可以利用这种现象来掌握农时、安排农事，是民间的自然智慧。虽南北各地气温各异，花开早迟略略有差，但次第顺序皆为如此。

楝花，即苦楝花，这是二十四番花信之末，表示百花开过，花事告一段落啦，步入初夏，进入"绿肥红瘦"季节。四季不息的花事，是大同世界的生命之歌。

故乡向南，花事总比北方早。我在朋友圈跟踪、追逐故乡花事，川西已是苦楝花开、蔷薇争艳，季节烂漫得触目惊心。"不向故乡久，蔷薇几度花。流云还自散，明日落谁家。"我对蔷薇花是有偏爱的。知我爱此花，总是有知爱之人在第一时间与我分享。

妹妹波儿每年都是抢在最前边的。这个小时候跟在我屁股后边跑，现在泼辣能干的煲仔饭老板娘，每日里忙着数碗赚钱，但也从不忘为我播报故乡趣事和花事。她说，今年她眼皮底下的这架蔷薇开得日不聋耸（不精神），她拍得也很对付，主要是想起那曾经为我种蔷薇的人，心里有气。她就是这样，我也就爱她这样，姐妹情深，与花事相关，也与花事不相关。

花事如梦，且安栖其间，可好好在春雨滴答中做一场安闲春梦。梦里都是天台山的山花烂漫和流萤飞舞。

三哥又在忙碌他的萤火虫了，四月，萤火虫高峰期的夜晚，美幻若仙。他就忙着拍照、记录、搜集标本，观察日记不知写了多少。又忙着呼朋唤友去看萤火虫。三哥，半生岁月蹉跎于山中，十多年前开始研究天台山萤火虫，凭着他的一股子痴劲儿和网络的便利，当然更有单位的支持，愣是把天台山隐隐约约的萤火虫资源加以发扬光大，不遗余力地写文推广，跟世界各地的专家们联系交流。经过论证、探究及推广，愣是整出个亚洲十大萤火虫观赏基地之一。天台山已经成为国内外摄影者，尤其是萤火虫摄影爱好者的天堂，许多摄影家惊叹，再没有比天台山更美更好的萤火虫资源了。

十多年前，他在山门口牌坊柱子下的一个潮湿小屋里培育萤火虫标本。实验室极其简陋，他也不提要求，就自己一个人闷着头，凭着他的一股子好奇和热爱，用最原始的自制工具，捉萤火虫，观察萤火虫，记录习性，研究成长规律，适时促进交配和繁殖。天台山优质的自然环境，非常适合萤火虫生存，在他的干预下，萤火虫家族很快就风起云涌般地壮大起来。萤火虫，成为天台山景区的核心竞争力。前些年，还请来了萤火虫大使伊能静助力。在每一年的流萤飞舞、浪漫梦幻背后，都是三哥勤恳的坚守。哪有什么浪漫，不过是后边有人付出啊。

天台山，四季风景如画。每年萤火虫起舞时，也是各种鲜花轮番盛开之时。四月，大片的白色鸢尾花绽放，迎接第一波流萤，萤火虫飞舞花间，美不胜收。到五月就是野生百合花的海洋啦！山间花树无数，朵朵都是故乡的盼望和呼唤啊，看得我心飞翔。

油桐花也大片大片地开了，高高的油桐树下，落花和老父同在，老父亲在桐花树下打盹，春日的暖阳照在他身上，深深的春意不敌他老来的倦意，而远在天涯的我，草木深深牵念浓，这，就是乡愁。

是老父花树下的梦，还是我春天的梦？我分不清。

在花开如云的故乡山路上，是谁在牵着谁的手？也许是因为春天，也许不是。因为，不论什么样的季节，我都会想念你！也许是因为花，我在梦中看见你，故乡，你告诉我，我究竟想念的是谁？对生活无法诉说的情意，都背负在故乡的身上，故乡，是否早已不堪负累？

陆贰　坚守和选择

五月的川西，最是忙碌的季节。油菜籽熟了，凡种了油菜的人家，都在忙着打菜籽。一人多高的油菜秆，挂着沉甸甸的油菜荚，被割起来，就地放在铺好的晒垫里，抡起连盖，甩圆了胳膊，三下五除二，就把一抱油菜的菜籽打出来了。扔掉菜籽秆，继续下一抱。成熟的油菜籽非常脆弱，干熟的果荚稍微一碰就爆绽了，所以必须就地解决。使用连盖还是个技术活，要有很好的节奏感才好，否则就甩不圆，磕磕巴巴地用不上劲，竹片扎的连盖要是夹了油菜秆，打起油菜秆来就不得劲了。

五月川西的坝子上，往些年，一到这个时候，就是此起彼伏的连盖"噗噗"声，初夏的小骄阳晒得人脸红扑扑的，半天时间，一大袋油菜籽就被扛回家了。割光了的油菜田，不能歇，立马就要灌水、犁田、挂平、栽秧。秧苗不能等，季节不能等。

我曾在《五月的川西》一文里写过，每到这个季节，如海的往事还是会涌上心头，不知是季节的原因，还是年龄的原因，总是莫名想念。五月的川西依然还有打油菜、栽秧子的，不过不多了。传统农耕在日渐消失，现代农业正在崛起，这是时代的变迁，一个个美丽乡村正在代替过去的农村，现代化正在成为现实，而乡愁，会不会也渐行渐远呢？

阿爸，咱们去看萤火虫

  故乡的爸妈很多年不能做农活了。暮年的爸妈，整日只有坐在哥哥们的小车里，奔跑在故乡的大地上，每日看日升日落、春夏秋冬的递变。八十三岁的老爸，这个五一节，因为心脏早搏晚搏，白细胞超标肺部感染，支气管炎、肺气肿……每天的早晨是从在医院打吊瓶开始的。三十多年的病痛折磨，想必他已是万分不耐烦了，那些超强的顽强的生命意志，都已经主宰不了他了。他有时清醒，坚持要自己走路；有时糊涂，把输液管子都拔掉，乱吼乱叫乱哭，嘴里发出非人类的奇怪声音。哥哥们，依然轮换着坚守在他身边，坚守、跑医院，绝不放手。这就是我们和岁月抗衡的唯一方式。

  沉舟侧畔千帆过啊，病树前头万木春。

  百年多病独登台啊，潦倒新停浊酒杯。

  远方的我，泪点已是非常低、非常低！奔波在城市里的我们，随时面临各种选择。孩子要长大，面临未来方向的抉择，而自己，更有许多别无选择的选择。我的那位刚满了十七岁的少年，每天出门前，连穿什么都要经过一番纠结和选择。在学习和娱乐之间，在未来和现在之间，在友情和时间之间，在爱好和责任之间，他也很不容易，时时刻刻在权衡和选择。

  只要他在家，我就选择放下一切，全心全意陪伴他，在他需要的范围和程度上。他奔波在求学的路上，我负责在家做饭等候。他要学习摄影练手，我就翻开城市的地图，找地方带他去深入城市和生活。我们骑着电动车，穿行在大街小巷，去发现城市的许多秘密，用镜头，去探索和认知世界。

  人到中年，少年依然在身边，我知道我该多多珍惜这即将逝去的好时光。既然无法陪伴老去的双亲，那就好好陪伴青春的他吧！人生诸多两难的选择里，也不差这一项了。

他挂着相机出门了，我坐下来写几个字。他说，还有二十分钟到家，我起身把饭蒸上，把肉入水先煮上，把辣椒切好，等他回来炒菜吃饭。打字的手上，还带着尖椒的辛辣。他说，我不用喝牛奶了，我不会再长个了。这也是他的一个小小选择吗？如果是我，我会选择相信还会长高，十七岁生日才过去，小胡子都还没长出来，身体依然在发育中。保持健康的饮食和运动习惯，个子长与不长，顺其自然好了。

时常想起一句话，担心是一种诅咒！所以，我宁愿相信一切都会好的，并且往好的方向去努力，最后不经意达成心想事成的样子，这，就是生活的惊喜。希望阿为哥，也有这样的心态，放弃担心，不要奔着担心的结果去验证。要相信，一切都会更好，奔着更好的结果去努力！

我和父母的衰老，孩子的长大，都是不可阻止的，我站在人生的中点上，看过去和未来，告诉自己，不忧不惧，活在每一个当下的时光里。是的，活在每一个有哭有笑、万物争春的日子里，愿故乡的爸妈和春天里的阿为哥，和你，和我，坚守岁月的承诺，选择有温度的当下，好好活。

陆叁　站起来和摔下去

　　川西的雨多起来，一大早，天阴阴的，像要下雨。

　　三哥在房里伺候老爸，出来一看，老妈不见了。打电话，她说她自己拄着拐杖凳去菜市场了。嘿，能干！可是，眼看着要下雨，也不放心她啊。几年都没有自己出门去过菜市场了，今天竟然悄悄咪咪一个人就去了。可见，她对她的身体还是有些自信的哦。

　　三哥把老爸安顿在客厅沙发上，吩咐他不要乱动，赶紧拿了伞去找老妈。在禹王街口子那儿追上她，然后娘俩分头行动，三哥去鸡市买鸡，老妈去菜市买菜。三哥买完打电话，她老人家竟然自己背着半背篼菜往回走了，走到大停车场离家很近了。三哥三步并作两步赶过去时，她老人家坐在台阶边正歇息呢。她说，今天状态不错，歇了两次气，也没觉得多累。

　　带着老妈回家来，一看，老爸怎么也不见了。三哥心里一慌，家里跑一圈没找到，最后跑进卧室一看，人家自己老老实实躺在床上了呢。敢情行动不便的老爸，自己走进了卧室，爬上了床！

　　这两老的表现，让三哥大大吃惊，赶紧在家微信群里报告，老弱病残能走路了！！这不得不说又是一个惊喜。八十三岁的爸妈，重新又站起来走路了!

三哥依然兢兢业业地,带着爸妈上班,去城里买药,四处调理身体,记录着爸妈每日的血压、血糖、饭食等各种变化。他把精心饲养萤火虫的方法和精神,都用在了爸妈身上。眼见地,他给老爸剪发的手艺也练得越来越好了。

时近端午,三哥又拉着他们东家串西家的,包粽子,吃粽子。说是没找到粽子叶,跑去我小姨家包粽子了,又是那迷人的豌豆腊肉粽,馋得我口水直流。老家的日子,就是你家我家地混啊,你来我往地裹啊,看到我妈和俩亲姨妈,三姊妹三朵花,时不时聚在一起,真是羡煞人。

前两天,阿为哥突然发烧,中午时一下子就到了三十八度。做母亲的,一旦遇到孩子生病就不太容易淡定。于是,决定带他去看神奇的李大夫,他的中医理疗治疗这些小毛病都不在话下,根本不用吃药。所以,顶着火辣辣的阳光,阿为哥骑了他心爱的电动车,载着我,一起去了李大夫工作室。针灸加拔罐,小子睡了两觉,我和李大夫神聊一阵,打道回府。

臭小子阿为哥,从小就是那种精力旺盛的速度之王。轮滑也好,骑车也好,都要把速度搞到极致才过瘾,没少摔跤。每次跟他的车,都吓得我紧张得很,我就选择不看。虽然一路上还是在喊他,慢点慢点,可是不管用。终于,超车时,挂到了另一辆电动车,我们仨全都栽进了绿化带的冬青丛里。

半天爬不起来,等我回过神来一看,天哪,那个被撞男人的头在我们电动车后轮下,我不敢动,连忙呼叫路人帮忙,把我们和车子一个个拉起来……还好还好,都是皮外伤。那位大哥裤子摔破了,脸上和膝盖上都受了伤。我万般道歉,作揖打拱的,求得人家原谅,大哥通情达理,赔了他两百元就散了。

我没有，也不想怪我的阿为哥，他已经得到教训了。我知道他身体里的荷尔蒙在作祟，不开快他就会难受。但我想，他应该会有所控制了吧，看妈妈摔得这么惨。

　　今年才过半，我已经摔了好几次跤了。难道真的是老了，腿脚不利索，心有余力不足了么？腿上的伤，这些天来，越来越黑，淤血要好一阵才散得了吧。破皮的伤口整天火辣辣的，夜里不能盖被子，不能有摩擦。好在这几天气温高，天热，无碍。不过阿为哥当天虽然摔了跤，但夜里就退烧了，拉肚子也止住了。我打算让他在未来一年持续去李大夫那里做理疗，调理脾胃。

　　爸妈在故乡站起来了，我们在他乡摔跤了，真是有趣得很。我妈知道我们摔跤了，一天打好几个电话来问，好点没有？好点没有？生活里总算有点小波澜，不至于死水一潭啦。

　　我渐渐感到，情绪化的东西在从我身体里退隐，平和淡定在日常里升起，不知是否是持续冥想的作用啊。我对生活、自己、他人，都更多了接纳和包容，不再爱情绪化了。因为情绪化一点都解决不了问题，冷静和理性让我更享受目前的状态。人间有悲喜，我还是会为了想念一个人，为了心疼一个人，为了惦记某些人和事，有开心，有伤心，有相思，有落寞。这些，都是人间值得。看见这些悲喜，与之共处，享受春秋。

　　爸妈在生命之途上兢兢业业，顽强与岁月共进。我也在成熟的路上不断精进啊，阿为哥，也在成长。愿我们，一代代，相互思念，彼此陪伴，共同成长。

陆肆　旧故乡，新故乡

虽是远离故乡，但如今通信发达，我还有许多义务通讯员，随时向我贴身播报故乡新讯。不时有信来！除却浩瀚密集的父母亲情音讯之外，还有许多季节风物之信。蔷薇开了春天到，栀子开了夏天来，芙蓉开了秋已至，腊梅花开冬有情……

白沫江边的黄桷树换新叶了，南河边的油菜花开了，天台山的萤火虫飞了，茶园的山歌亮起来了……这些年，故乡的山山水水，都在历经大量的修复、新建、培植和养育，呈现出人工特有的精心之美。我记得，大路边，上半年的迎春花、金鸡菊、紫薇花，下半年的决明花、芙蓉花，明艳艳，把季节照亮。

故乡，越来越美丽了。川西，经历两次大地震后，得到许多的关注和资助，美丽乡村的建设颇有成效，美得不像话。昨日，故乡大晴。有人发来邛崃古城南河边几帧图片，宽阔平静清澈的南河上，碧水蓝天，倒映着川西的由远及近的建筑、山峰，甚至遥远的雪山，蓝莹莹，干净，纯美！我看了，一时竟然有些百感交集，眼潮！

多年来，我沉浸在不能归乡的惆怅里，沉迷于故乡传统不能打捞、不及打捞就迅即消亡的忧伤里，已经很久了。最近两年，对于故乡，我

阿爸,咱们去看萤火虫

开始滋生新的信念。在我连绵不绝的乡愁背后,我开始看到希望,看到故乡的美,开始接受时代变迁、沧海桑田,开始接纳时代命运的不可逆,开始用一种新的眼光去看故乡、望故乡、想故乡。

故乡的亲人们都过上了好日子,美丽乡村如画,他们天天在画里劳作,出行有洁净美丽的道路,有车,劳作在全新规划的土地上,种茶种树、栽花摘果。告别了面朝黄土背朝天没有出头的日子,只要劳动就有收入,吃得好,穿得漂亮,过得舒心,农闲时和城里人一样跳广场舞。更多的城里人带着知识和格局,去村镇创业栖居,带去文化,带去新的气息。

城乡差距不仅在缩小,城里人甚至都在羡慕乡下人了。往些年因鲁莽激进而毁灭的东西,被许多有志之士一点一点捡拾和重塑。城市化,城镇化,是不可逆转的潮流,移动互联网、科学技术对意识形态的影响,会更加清晰地呈现,许多传统将会渐渐瓦解甚至消亡,将以怎样的形式呈现,只有拭目以待。故乡和家园的概念,也会变。站在时代更替路口上的我们这一代人,怅惘过去是不可避免的,对新故乡、新未来,也须在观望中适应!

虽然文明的缺憾是显而易见的,悲情,也永远是人类命运的底色。即便我们从未离开过故乡,面对故乡和社会的嬗变,异乡感都会在我们每个人内心滋生。对于扑面而来的新的一切,我们从怀疑,到迷茫,到尝试接受,再到认可,既有批判的态度,也有接纳的姿势,命运是不可改变的。

冯友兰说:宗教前进一步,科学就后退一步,科学前进一步,宗教就后退一步,而哲学,介于宗教和科学之间!迷茫的我们,时而在科学面前充满危机感,时而在宗教面前充满怀疑,更多时候是在哲学意义上去寻找精神的归宿!

毋庸置疑，故乡真的越来越美了。再没有童年时泥泞的小路，四处是美丽的家园、清洁的道路，物质丰饶，生活富足。故乡在蜕变，而父母在老去，我们也一步步走向岁月深处。人世的艰辛，时代的发展留下的空心病，未来的危机和迷茫，自我命运的不可控不确定，时时敲打心扉；理性和诗意，在心里冲撞。南河边的故乡，美丽而孤独的剪影，烙印在远方人的心上！

故乡多河流，河流边多大黄桷树，黄桷树伫立经年，枝繁叶茂，越到冬天越青翠。反倒是春天万物生长时，它才开始落叶。春天的黄桷树，一边长新叶，一边掉落叶，没有过渡和等待，也许，这才是它生命力旺盛的秘密吧。

植物在自然中进化，寻找自己适应的生长模式。人，也需要进化，在不同的命运中，去适应。煎熬也好，忍耐也罢，享受也可，让自己在生命的进程中，保持一种平衡。而社会、故乡，是人的选择。

故乡的消息还是会不断传来，或许，我会落叶归根，回去；或许，我永远也回不去。我时常许下轻狂的诺言：亲爱的，你等着我，我会回去！这，就像浪子的承诺！

对于你我都回不去的那个故乡，就让它成为我们生命成长的一个文本，是我们生命和童年鲜活的存在印记，永远存在于我们的记忆。它不应该是一座埋葬过去的坟，而应该是，一个辽阔的原野，我们随时可以在它的土地上，奔跑，撒野，向往远方。它是心安的故土，心动的远方。回得去的故乡，安身；回不去的故乡，放逐心灵！

仰首望飞鸿，飞鸿满西洲。

故乡有信，我就欢喜。

第四章

秋来

陆伍　故园已是秋，君归否？

上午，三哥在微信上问我要地址，要给我寄海椒酱（川西把辣椒叫海椒）过来。老妈的电话接着就打过来了，特意告诉我，给我寄的是她放了四五年的陈豆瓣酱，香得很。她一说，我就酸了一嘴巴口水。因为我说过，我的海椒酱吃完了。老母亲牌的川西豆瓣海椒酱，一大瓶我要吃好几年，习惯在做菜时用。

我妈每年一到夏末秋初海椒红时，都会买上几十斤红彤彤的二荆条海椒，来做豆瓣海椒酱，做上几大罐，送人的送人，自留的自留，反正我们姊妹几个家的她都包了。家里用的是川西土陶罐，装多少年都不会坏，越放越香，像陈年老酒一样迷人。

过去在乡下时，一到做海椒季节，就有点清浅之秋的味道了。海椒红了不等人呐。那时候，自家地里摘红海椒，洗干净、晾干，借邻居家的大木盆，剁椒专用长柄刀，坐着站着都可以剁，剁出一大盆一大盆的海椒碎，屋子里都是带着清香的辛辣味道（其实，川西不叫剁椒，叫宰海椒）。腿脚不便的老妈，三哥就是她使嘴的好帮手。娘俩合作，依然能够把这些好东西做出来，我们还都能吃到。每每想到这，心里就动一下，眼角就会湿，人间尚好，他们都在！

阿爸，咱们去看萤火虫

  和老妈通电话，每次都会说很久。无主题，陈年旧事、故人往事，啥都扯。我妈是个特别记情的人，总是会扯出远远近近的诸多故人故事，包括她来我这里玩时接触过的人，人家对她一点好，她都会惦记。寄点东西给我，就吩咐我要给谁一点，再给谁一点。想起木心说，"我是一个在黑暗中大雪纷飞的人哪，你再不来，我要下雪了"。那种至情至性的美啊，惦记，就是人间深情。

  而我和妈妈，我们每一个普通的人，哪一个不是在内心深处，装满了深情而不自知呢？那些说出口的和没说出口的，甚至转着弯弯说的话，用心去听，你都会听得满心满目的泪。泪眼回望，故园已是秋。

  阿弟的镜头里，川西山水，清秋如梦；白沫江上，初秋的水雾升腾，白鹭飞过桥洞；石桥上，孩子背着书包，老人背着背篼、挎着包包，狗狗跑前跑后。移动的人畜、闪耀的江水、飘荡的云雾，不动的山石和桥梁，永远是那么宁静、平静，与世无争。那场景，那份静，永远地烙印在心上。一想起故乡，就是那副模样。

  秋日的田野，被秋雨打湿，金黄的稻谷已被收割，褐色的土地裸露出来，繁盛的土地，等待着进入下一个孕育的阶段。等夏天的果实都收完，川西农人又会举起锄头，翻新土地，种菜点麦，把春天的种子埋进大地的心怀。残颓的老阿爸，依然每天在忙碌的川西大地上来去，坐在他的老轮椅上，一靠近土地，他就安静，一望着土地，他就沉默无语。

  田野上交错着无数新修的道路，大路两旁又被农人晒满了秋天的稻谷。黑黝黝的柏油路变成了黄金大道。秋天，总是被农人以不自知的方式打扮得别有一番模样。淅淅沥沥的秋雨，下在九月起头的日子里。下得道路格外洁净，远山格外含烟，林盘格外青翠，紫薇和木槿花格外娇媚。我问，今年桂花开了没？阿弟就拍了一串桂花照，故乡花开早啊，金桂已飘香。

陆伍 故园已是秋，君归否？

小镇今年又发大水，据说新桥被冲坏，彻底拆了。夏洪过后，江水渐渐变清，清秋的清，最是那清亮的秋水为证。故乡，最好、最舒适的季节也就要来临了。几场秋雨过后，也将迎来秋高气爽，农事不再急忙，秋阳下，赶场购物，从从容容，你来我往。

老阿妈说，窗外院子里的菜才长得好噢，长海椒都吃不过来，要喊大家都来摘、都来吃。一个老院子，一栋小楼房，二十来户人家，把个小院种满了各种蔬菜，辣椒、茄子、二季豆、油菜、莴笋、长豇豆，吃过这一季，就要种冬白菜和大青菜了。来了一拨电视台的拍摄三哥日常，院里院外，屋里屋外，一个平凡人的平凡人生，据说将在新加坡某电视台播出。三哥的事迹，这是要走出国门了。

老阿妈说，三哥现在每晚在老阿爸的床边打地铺睡。我想，川西一楼的地面，多潮湿啊，他怎么睡地上了呢？他说是方便。大约是为了阻止老阿爸夜里醒来自行下床？他一定有他的道理，他在照顾痴呆捣乱的老阿爸的道路上，也像打怪升级一样，每天在琢磨应对他层出不穷的幺蛾子的办法。不论多么艰难，三哥依然乐呵呵的，不管遇到什么事，他都雷打不动，坚定地守护着爸妈。

生命中来来去去的人，走着走着就走散了，唯有故乡，永远在，不会丢。它总是谦卑地敞开着胸怀，等你回来。

心头涌起阿爸的那两句古诗："子规声里人思睡，南望家山又一年。"清浅之秋，天涯羁旅的岁月，八月既望月儿圆，君可归来否？

陆陆　生日惊魂

上个冬天二月里离开爸妈，八个多月后的这个秋天，我又回来了。三哥带着爸妈，开着那辆小破车，执意还是要去机场接我们。

一上车，车里就是那种熟悉的生病老人的味道，在四川潮湿的空气里更加明显，我需要适应一下。副驾驶上，老父坐的垫子已经被搓磨得非常斑驳，安全带因为他经常流口水，也被浸得污渍斑斑。每个角落都塞满了照顾两老所需的各种物品——尿壶、备用的矿泉水瓶子、纸巾、保温桶、饭碗、汤匙；硕大的旅行包，装满了纸尿裤、尿垫和换用的衣服、药包；吃食包里是最近根据医生的指导，新备的杂粮合磨粉、蜂蜜、牛奶、开水瓶，随时准备着老父饿了补充粮食，以防血糖异常。后座上堆满了换季备凉的衣物，以及妈妈的拐杖凳。后备厢里是折叠轮椅。这辆车，就是爸妈和三哥的另一个"家"，我们一上车就拥挤不堪。

再是欣喜的相聚，也还是有些沉重和凄惶。在他们看似按部就班却暗藏危机的生活秩序里，我们的归来，究竟是喜多还是愁多？十月的川西，芙蓉花开满枝头，下着绵绵秋雨。中途高速路上，偶见落日余晖一现，仿佛艰难日子里的一线希冀。一路向西，回小镇。

自从妈妈不能自如行动，不能单独留两老在家，每日里三哥带着爸妈，寸步不离，吃饭就成了一个问题。好在川西老家小镇上，各种小饭菜都很便宜、方便、美味，二哥时常在微信群里指挥，不用做饭了，就在外面吃，吃了他报销！家里没个处理家务的女人，一切从简。加上我和小儿阿为哥刚回去，更加乐意品尝各种美味，回家一周，几乎都没有在家吃过饭。

农历九月十六，是老爸八十三岁生日。有亲戚朋友想来看他，我们就安排在平乐古镇台子坝的平乐餐厅吃饭。饭菜上桌，蛋糕也到了，但老父却不下车、不就座。无奈让他坐车里，他闹得很，等饭毕，三哥先行带他撤退。原来他要回家便便。

下午，担心他饿，三哥专门为他煮了一碗细面，权当长寿面。结果没吃几口就咳嗽吐了，一吐就无法收拾，吃的药和面条全吐了。人一下子失去了精气神。躺了一会儿，起来，大家觉得还是应该热闹一下。把蛋糕打开，点上蜡烛，给他戴上生日帽，吹蜡烛，唱生日歌，但他连眼睛都很难睁开了。深感无力，所谓仪式感，已然变成我们自作主张、一厢情愿的自我安慰罢了。

他躺下，一家人闲话到十二点多才睡。凌晨三点，三哥叫醒我们，说有情况，脱不得手，叫了半天也没把我们叫醒。老爸吐得一塌糊涂。三哥、妈和我守着他，每隔半小时左右就吐一次，所有食物吐完，后来开始吐绿色黏液，再后来黄色黏液，大约就是胆汁了……人吐得几乎失去了意识，叫不答应，我们都很慌，不知如何是好。老妈开哭，开始给大哥二哥打电话报病危，无助的三哥让大家念经保佑老爷子……我们那时都以为老爷子已经在西去的路上了。

五点过，终于止了吐，喝下去一点水。人进入昏睡状态，大张着嘴巴，不时被痰卡住咳嗽。熬到上午，三哥最后还是决定，送老父去医院。担心他在医院里挺不过来，先把他洗干净，还理了发、刮了胡子，换上

阿爸,咱们去看萤火虫

干净的衣服。中午一点送到镇上的华仁医院,因为本家姐夫郭大哥在这里坐诊,这些年,他像亲生儿子一样照顾我爸,对我爸情况很了解,我们也很信赖他。

到医院,一通常规检查,用药。二哥一家下午到家,老头儿有些迷糊。低烧、高钾、肺炎,这些症状一一解决,到住院第二天,情况已有很大转变。等到傍晚,大哥一家回来时,坚强的老头儿已经坐起来打招呼了,还跟大家互动起来。气氛顿时轻松不少,阿弥陀佛,又逃过一劫!

这期间多少无助和忙乱!我妈打电话叫来了堂姐,安排姐姐火速去夹关买了寿衣,进入后事安排的状态。三哥,在面临老父随时可能发生意外的情况下,早就每天绷紧了神经,不知如何是好。遇到信佛的师兄后,全然接受了佛教里关于生死轮回、佛菩萨的法理,每日虔诚地念经打坐、做功课,希望减轻老父的痛苦,更希望一家人一起来加持老父老母和这个家庭……是的,真正面临生死考验时,除了医学,宗教,总是我们的救命稻草。面对自己无力掌控和解决的局面,只有选择交出,寄希望于无所不知、无所不能的佛菩萨……

在拯救老父这个问题上,三哥在科学和宗教之间做着他的平衡。虽都不主张过度医疗,但我们都认为,尽人事后才听天命,科学救命,宗教救心,一切人事尽到之后,宗教可以让我们内心释然和平衡。切不可搞反了,人事未尽就听天由命是消极的。但是,在这个人生炼狱里,我们总是本能地想逃避承受的痛苦。选择信赖宗教,也许是一种逃避,也许是一种寄托,都是心理承受能力达到极致的一种本能选择吧。

我看到三哥一个人,在这个艰苦寂寞的路途中的无助,而我除了心痛却无能为力。我妈在无助中把三哥当救命稻草,死死拽住,对谁都不信任,只要三哥不在,不超出十分钟,她就要打个电话,什么都是:让

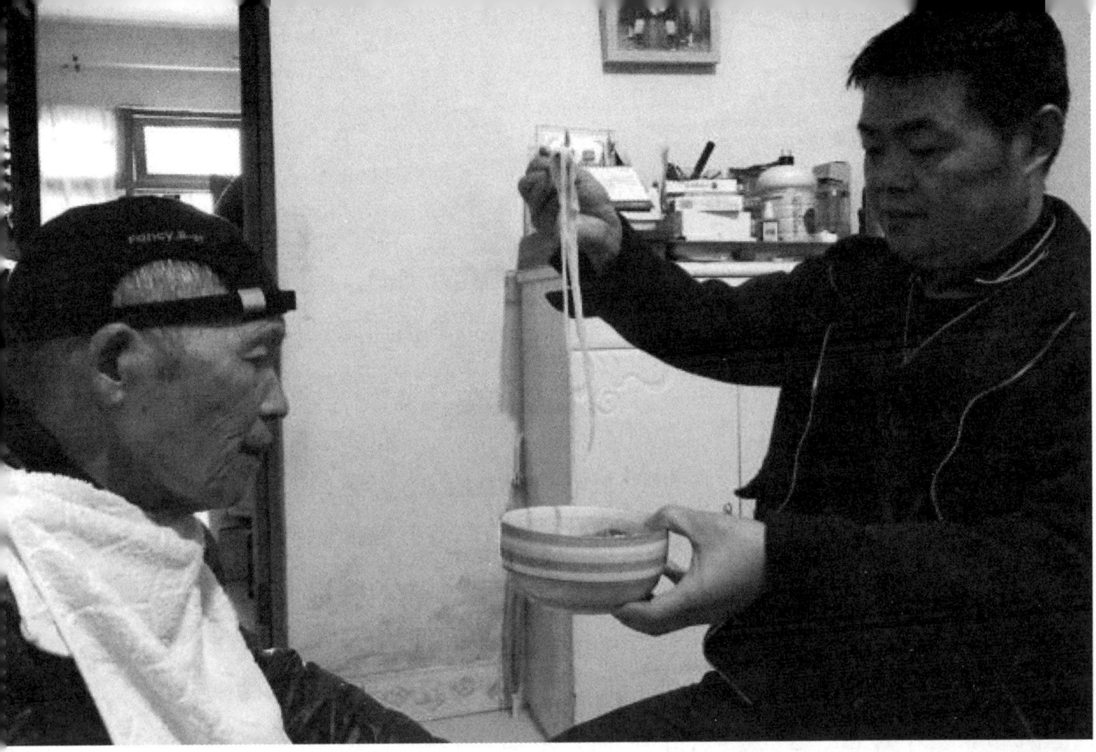

●○○
这个生日过得惊心动魄，简直是一道重生的"坎"，希望这碗长寿面真的能让阿爸长寿吧。

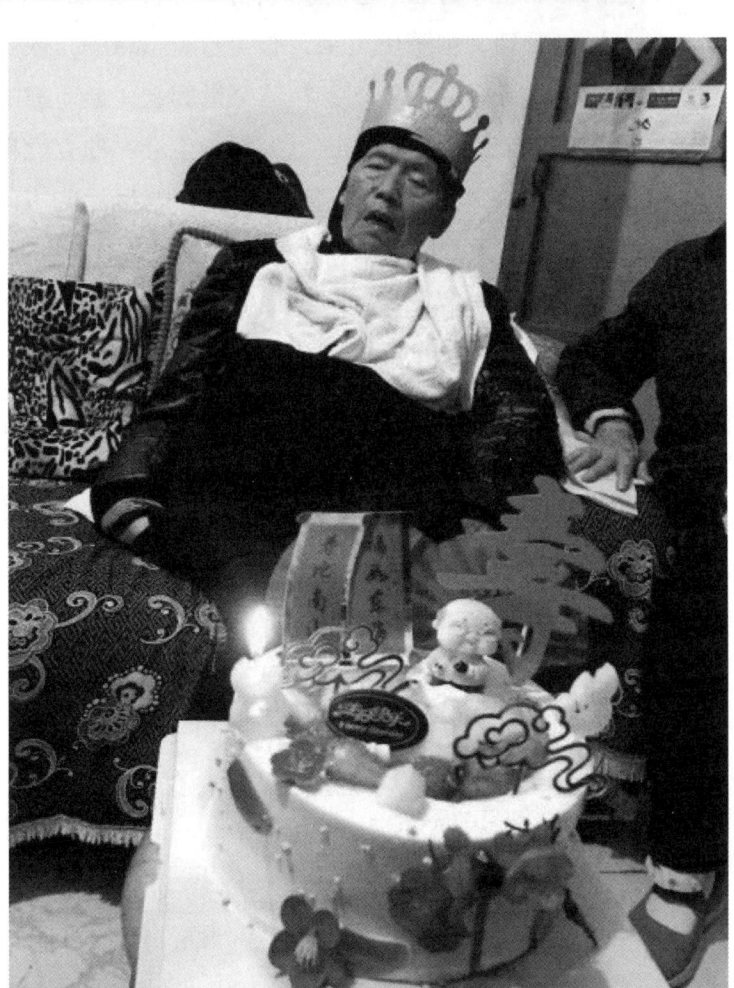

老三来！等他来！接着就打电话！以至于三哥几近崩溃，拒绝接她的电话。母亲的焦虑不安把无助的三哥更深地推向宗教和师兄，凡事皆听于师兄，几乎二十四小时都在和师兄交流沟通。去放生，参加共修会、法会，回来一丝不苟地按照师傅的吩咐行事。

回来面对这一切，这些无助和心痛里，也让我生出更多的迷茫：每一个深陷命运的灵魂，得救之道究竟是什么？难道真如他们所说，师傅在你万般虔诚的天灵盖上一抚摸，就抚平了你所有的苦难和不平？就能保佑你爱的人不病不灾、死后上天堂？我们多么愿意偷懒啊，只是交出自己，虔诚祈祷和念诵阿弥陀佛，就能心想事成！可是，当病痛来袭，医院却能让人重生！这些矛盾，你觉得，该如何平衡和选择？

当看到父亲重生过来，心中万般感恩的，依然是现代科学。别想偷懒，个人选择决定一切！在这个世界上，最可靠的，是自己！如果把自己交出去，你该如何在这世上独立生存？独立之自由和精神，是我个人这些年独自生活的信念和支柱。交出自己后的不可控的恐惧，使我止步宗教，徘徊于心理学和个人独立修行。

我还没有像三哥一样独自面对和承受父母生死的能力，所以，我虽有体恤，但对他的无助真的心疼，却也无能为力。

我也深感，每个人除了做自己的主，其实很难承受别人的命运，一旦想有担当，就是生命的不可承受之轻，会压垮自己！面对父母的衰老和临终，顾影自怜，人生，真的走到了最艰难的时候。

回家时日不长，却有前世今生之感了。

陆柒　陪护琐记

我爸的主治医生郭大哥说，我爸今年这是第三次住院了。因为病情来势凶猛，我妈到处打了电话，住院头四天，大哥、二哥、表哥轮番来助阵，夜里都是至少两人陪护，白天人来人往，病房不寂寞。病情好转，大家相继撤退，三哥又重感冒，老妈就一筹莫展样。

我倒没觉得有什么困难，我协助三哥，肯定也能照顾好老父。第五天晚上，我带阿为哥病房值班陪护，让三哥去隔壁无人房间休息待命。晚饭后，给爸做雾化治疗化痰，他不配合，百般抚慰劝说，就是不张嘴，断断续续地，效果并不好。护士来测了血糖、血压，打了胰岛素，不到八点他就睡下了。三哥担心他晚上乱动，不好伺候，决定绑上手脚，我想试试不绑，就解了。九点、十点两次有掀被子动作，都顺利接了尿。白天喝了不少水，尿多。

深夜十二点过，不停把腿伸出被外，以为他空调下燥热，塞了几次才想起来大约想拉，摸纸尿裤有尿，于是换，脱下来一看，竟然拉了大便。于是呼叫儿子帮忙，擦洗换，擦屁股时发现他还在拉，无奈，我力气不够抱不动，娃又没经验，怕他抱摔了，去走廊里呼叫三哥回来，抱上轮椅继续拉。老爷子很困，好像大便已被折腾回去了，又找出开塞露帮他。拉出来两块,人却睡过去了,于是收拾好搬回床上睡觉。夜里两点过,踢被子,脱纸尿裤,估计又拉了。赶紧打开,果不其然,不仅尿了,又大便了。又是一通忙活处理,不在话下。

由于担心他老把腿伸出来着凉,不敢深睡,他又时常醒来找你的手,要握着才行,所以我干脆起来写东西。四点过,尿一回后,一直睡到早上七点过。我也小眯了一会儿。担心他躺累了,穿好裤子,扶起来坐一会儿。他闹,干脆扶到床边把腿放下来坐。打水给他洗脸、喂水、喂杂粮粥,都很配合!一会儿护士来测血糖血压,打针,新的一天又开始了。

从第五天开始,每天上午吊六瓶水,早晚做雾化、打胰岛素十个单位左右。同样的流程和程序,重复。

第六天,他精神状态尚好。白天,三哥把他搬上车,带着他跟我们

●○○
阿爸不肯吃药,像个孩子一样,捂着嘴巴。

陆柒　陪护琐记

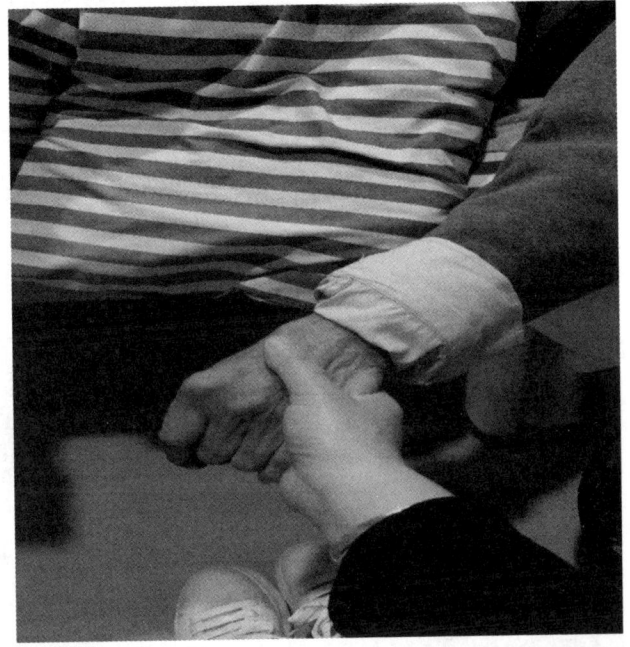

阿爸，握着你的手，会不会给你多一些的温暖和力量？

一起出门办事，和过去一样，有时安静，有时吵闹。晚饭后，回医院住。住在医院的好，就是能解放一下三哥，至少一切判断用药都有医生做主，有护士操作，他不用担心和忙碌这些事情了。晚上我们顶上，他就能休息一下。

第六天夜守，我打算自己一个人。三哥感冒加重，让他多休息。这一夜，老爸尿的次数少了，但老踢被子。相比之前，人明显清醒许多，反而不那么听话。他有个特征，除非迷糊了，否则绝不尿在纸尿裤里，他的一只好手非常有力好使，掀被子，扯掉尿垫，撕掉纸尿裤，把尿撒在床上，湿了被子床单床垫。这让照顾他的三哥非常恼火，也是夜睡绑他手脚的原因之一。

是夜，没被绑的老爹在夜里两点左右故伎重演，成功把尿撒在了床上。好在，在他不熟悉的地方，他扯不掉尿垫，都尿在尿垫上了，被子湿了一点点。幸好我事前听老妈的，做了不少准备，所以只须扯掉那层湿尿垫即可。但老头儿死活不穿纸尿裤，我想他白天喝水少，刚尿了，放空一会儿应该没事儿，就让他舒服一下好了。半小时后他入睡，再穿上，我也睡。

这一夜，我一下也没惊动三哥。倒是他夜里两点跑来拿包，第二天告诉我，他一夜没怎么睡，在整理文字写东西，感冒也还没好，真让人气恼。我是着实担心他。

●○○
人至暮年,进入倒计时,仿佛都要面临无数次这样的生死分岔路口。

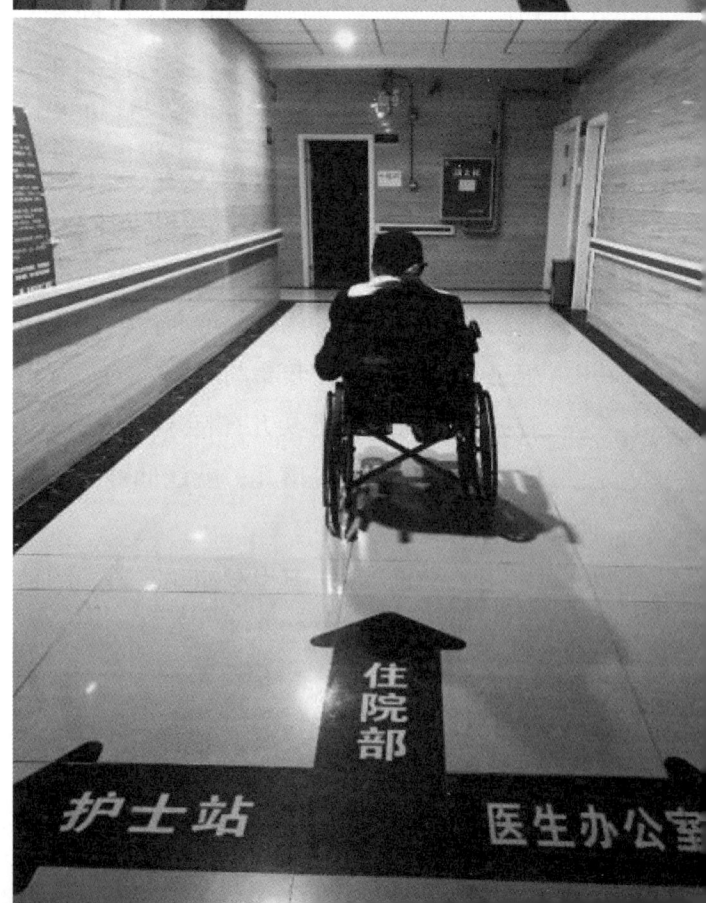

这两夜的陪护中，感觉老爸虽不能言，但大部分时间都是清醒的。但凡态度激越，大约都是因为不能get他的意思。比如，做雾化不舒服不想做，郭大哥作为主治医生，很严肃认真告诉他必须做，他就乖乖张开了嘴巴。我们说，不听话就要绑起来，不能出去玩，一点用没有，他还拿手捂嘴，歪头打你。

有时，觉得他就像个半懂不懂的孩子，恼他。更多时候，感受到的是他不能自主的绝望和悲伤。可是，他本能地那么渴望活，生命力是那么顽强。那天决定送医院之前，趁他意识清醒时问他，出去玩吧？摇头！去医院吧！点头！所以，去医院，也算是他的选择！

在他百般不愿意做雾化时，我也很着急，劝、哄、吓都不管用，后来想，做，是我们的选择，不做，是他的选择，如果要顺他的心意痛快，不做也罢。他都活到这样的岁数和状况，真不想看他痛苦了。

这些年，大家讨论得很多的都是疾病的过度治疗，如何提高病患者的生命质量与临终关怀渐渐进入大众视野。我们，尤其是人到中年的我们，在照顾老病的父母时，更多是顾影自怜，多想在未来老去之时，能够主宰自己的晚年，能够自己说了算。只是，人生一步步，没有走到晚年，你又怎知你的晚年是怎样的？是否会一直健康自然终老，还是会慢慢痴呆？抑或是病痛无人问津……

当我们兄弟姊妹五个轮番上阵照看父母，我觉得我父母算是幸福的人。但是，充满了病痛的晚年，再有多少亲人或金钱，幸福又还有多少滋味？像我妈，她多么艳羡身体好能走路的老人，她多么眷恋这不再愁吃愁穿的日子，可是病痛让她失去自由，让她时常发出生不如死的哀叹！

许多问题，想再多、预设再多都是多变而无解的。在这渐行渐深的岁月里，我们以修行来抚慰自己，但什么是真正的修行呢？在今天的我看来，就是用心过好每一天，不想过去，更无惧未来，不逃避自己的责任，平衡好生活和内心，做最有利于目前的选择。不追悔过去，不期许未来，就会少些烦恼甚至恐惧吧。对于宗教里的忏悔，我觉得是为难自己，对于离苦得乐或是上天堂的幻想，则令人心生焦虑和恐惧。大概是受今年读正念系列书籍和冥想打坐的影响吧，还是觉得活在此时此刻，善待自己和时间，做好手上的每一件事，就是很好的修行了。

夜晚来临，川西又在下雨。我们驱车进城办完事，回家收拾好东西，又带着老父回到医院。老父昨天和今天吃得很少。他最大的问题就是咳痰出不来，雾化也无济于事，吞咽东西十分困难，几乎都吃的是流食了。夜里时常咳嗽得发出长长的呻吟，像一首悠长无调的苦歌，浓浓的痰在喉咙里打着转，他把脖子伸得很长，依然吐不出来。

明天，是住院第八天。还要不要继续住院？明天听郭大哥的。如果回家，三哥明显有些无措了，回去后怎么用药？中药还是西药？虽说久病成医，但老父的状况已经十分虚弱复杂，该怎么办？顺其自然说起来容易，但怎样才是顺其自然？比如，那天不送老父上医院，让他在家待着，是否是顺其自然……

今天我妈说，我爸病了三十多年，被精心照顾成这样，我们都对得起他了，换作别人，早不知死几回了。这些话，其实是在安慰她和我们自己，不论怎么做、怎么选择，不论老父还能走多远，都不要自责了！

又一个夜晚来临，在制氧机的咕噜声里，老父时睡时醒，我们一起等待又一个黎明。

陆捌　绑父记

老父住院第八天，听郭大哥的，还要继续住院。难得好天气，医院庭院里桂花飘香，天空瓦蓝，适宜出门。上午，我在医院守父打吊瓶，老妈在家里做饭，三哥去理发后回家给我带饭，我伺候老父吃了两小口糊糊。饭后，我们开车带着两老买鱼，去江边放生。爸妈在车里，我和三哥在白沫江边逗留了一会儿，拍了几张红蓼花。蜀江水碧蜀山青啊，云无心以出岫，竹青翠而欲滴，天气好得令人忘记人间烦恼。

下午，我们按计划，驱车去夹关镇，一是保养车子，二是去看也是病后的叔爹。长辈们都老的老、病的病，我们去看叔爹，叔爹的孩儿们又要来看我爸，于是兄弟姐妹们就约了一起在夹关吃晚饭。牛肉火锅煮的乡村包菜十分脆甜可口，要了一份又一份。兄弟们喝酒闲话。惦记老父还要回医院打针，我们不敢久留，先撤退返回。到了医院，老妈不愿意回家了，说要在医院陪我们。索性，一家人都住医院了，免得东一个西一个的担心。

今天外出大半天，老父表现都还不错。回到医院吃了点蔬菜杂粮糊糊，打针睡觉。却依然不做雾化。睡下后也不安静，很黏人，不停呻吟，要一直抓着别人的手不放。夜里十二点左右，一不注意，他就自己拉开纸尿裤，把尿撒了一床。老妈陪我给他擦洗干净，换了纸尿裤和尿垫。但他睡得很不安稳，几乎不能深睡，总是不停扯掉被子，露出腿和身体，甚至解开衣服扣子袒露上身。帮他盖上，他会非常恼怒，发出老虎一样呼呼的声音，伸手阻止我。我握紧他，他就会反抗，甚至反过来打我，手相当有力。

我和老妈轮番在床边握手陪护一阵，老妈吃了药，头晕脑涨的，恼怒老爹的不听话，假意打他手，招来老爹愤怒的反抗和吼叫。我让老妈去休息，我来看他！

为了抵制困意，也为了记录他的状态和时间，我随时举着手机拍照发到兄妹群。他的睡眠状态几乎就是每次浅睡十几分钟，而且像打盹儿的老虎一样，随时保持高度警惕，不让给他盖被子，大多数时候是半睁半闭眼，简直就是在跟我斗智斗勇。我看他闭上眼有了小呼噜，就轻手轻脚盖被子，谁知他立刻睁眼，咬牙切齿地挥动那只好手，狠狠地打我，更加凶猛地反复拉扯掉被子，另一只好脚乱踢……我搜了许多资料，对他的不盖被子、袒露身子百思不得其解。有许多人说，临终之人才会这样，可是老父这样有力，可不像。

夜里睡觉怕他尿湿，也为了方便打理，我们都只给他穿纸尿裤。但他反复不停地掀被子，我只好拿条保暖裤给他穿上。没想到，我仅眯了十几分钟，听到动静睁眼一看，刚还在打呼噜的老头儿，不仅把一条薄被、一条珊瑚绒毯踢到地上，还把保暖裤也脱掉了。厉害啊，一只手！我真是没辙了，假愠，替他盖好被子后，握住他的手不再松开。他仿佛意识到，这样的相握不是他想要的，挣脱我，继续掀被子。你感觉他就是个捣乱分子，故意在激怒你，于是我就更紧地握住他，甚至摁住他，他的力气可真大啊……每次都要折腾半小时左右，他累了，眯一会儿养精蓄锐后，又继续跟我战斗！这老头儿，战斗一生，永无止息呢！我开始意识到三哥说的，他夜里睡觉不安稳，需要绑的必要性了。三哥系在床边的备用绑带，几乎都被我拆掉放起来了。找了找，还有一条短的、带着打结的毛巾，我挪过来试试看，把老爸的手套进毛巾结的圈收紧，我毫无信心，不过是权宜之计。果然，他轻松挣脱，继续掀被子。

"战争"持续到凌晨三点半，三哥在隔壁，听了很久动静，听不下去了，推门进来就找绑带。我看着他，也不阻止了，这个有经验的"战士"虽然睡眼惺忪的样子，但显然思维清晰。他用长带子，直接在这个病房单人床上画了个"二"，把老爸和被子牢牢固定起来，却也不用绑手绑脚。我是很佩服三哥的生活智慧的，喜欢动脑子。这下好了吧。

这一绑，老爸也放弃了挣扎，很快安然入睡。我们也抓紧睡觉。一起睡了大约三个小时，六点过，我睁眼一看，好家伙，绑带依然在，但被子不见了！道高一尺、魔高一丈啊！摸摸他的手脚，不算凉。赶紧盖上，不敢松绑带。可是，他很快就又用那只好手把被子扯了。

我看天色微亮，放弃"战斗"吧。弄他起来坐。把床摇起来，坐一会儿不行，要下床，又侧身把他搬到床边坐下。这就是我挪他的极限了，要坐轮椅得三哥抱才行。老妈扶着他，我打热水给他洗脸，喝水，备饭……三哥回来看了说，还是得绑手绑脚！没有经历过看护他的人，是没有发言权的。三哥这些年照顾他，不知多少次崩溃，又多少次重启。我也不知道老父究竟哪一种状态是清醒的，哪一种又是糊涂的。

我想起看过的一部法国电影《爱》：一对恩爱的体面夫妻，八十多岁的妻子中风后，爱她的老伴尽心尽力照顾她，但受尽折磨，最终选择遵从她清醒时的要求成全她，亲手捂死了她，给她换上她喜欢的衣裙，床上撒满鲜花，体面而尊严……电影里充满了健康时爱的温馨、生病后照顾的温情，以及疲倦和懊恼。

今天，恰好有位朋友看过我的文字后，推荐了另一部电影，《迷失在时间里的父亲》。讲述的是一位得了阿尔茨海默病的老父亲渐渐失去记忆的过程，那些日渐混乱的时间和人物，那种遗忘和衰老的恐惧、无助、绝望，引得我深深哭了一场。电影里病中的父亲，他因为自负、遗忘以及恐惧，做出许多伤害亲人的事情，那些亲情的伤痛和无奈，那些痛苦的抉择，都是人类衰老必然要面对的问题……

第九天上午，我本来想回家休息一下，却忍不住躲在被窝里看了这部电影。除了面对，别无选择，我擦干眼泪起床，和老妈一起做午饭，然后去医院送饭。三哥在给老爸喂饭。他这回无比清醒，情绪很好，和我们打招呼，微笑，握手。我捧着他的脸，他贴上来他的额头，这温情让人落泪。清醒时，他完全知道我们的好和爱！

我接过饭喂他，让三哥吃饭。一边吃饭，一边拉家常。我和三哥七拼八凑地背出老父的一些诗句，诸如他当年写的一首禅诗——

> 一悟禅机六迹清，
> 那摩心静只为贫。
> 人生智极糊涂始，
> 断绝尘嚣七叠音。

背给他听，他眼睛发亮，频频点头。我试着问他，你晚上不听话踢被子，我们绑你，你知不知道？他茫然地看着我，咿咿呜呜，不知他究竟知道还是不知道。不了解真相，只看到片面"真相"的人，大约都会于心不忍，反对"施暴"，有的甚至会举起道德和法律大棒，说这是虐待老人。然而，外人又知道什么？事实上，在陪护失能老人时，除了出于爱和关心的"暴力",也不乏因为被磨得失去耐性的怒气和惩罚。就像我们养育孩子一样,不听话的孩子,总是让你的情绪崩溃,你也可能会做出不理智的事情来……经过这些之后,我会更警惕,听到有人说"虐待老人"时,不轻易去评判别人。因为,事情真相,未必如你所知。

芙蓉花又开。所幸,老父顽强,又有力量与我们、与生活和他残颓的生命进行"战斗"了。

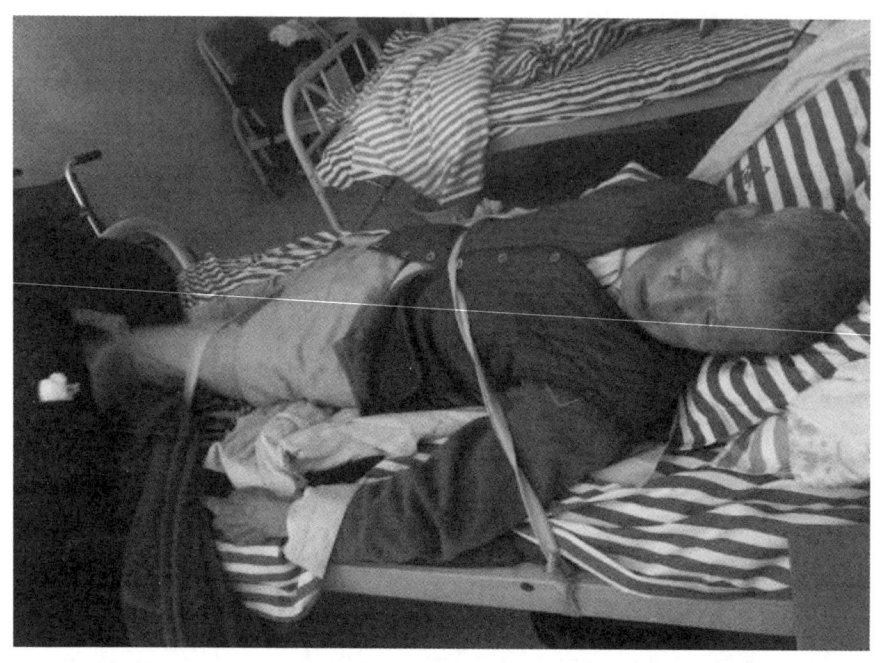

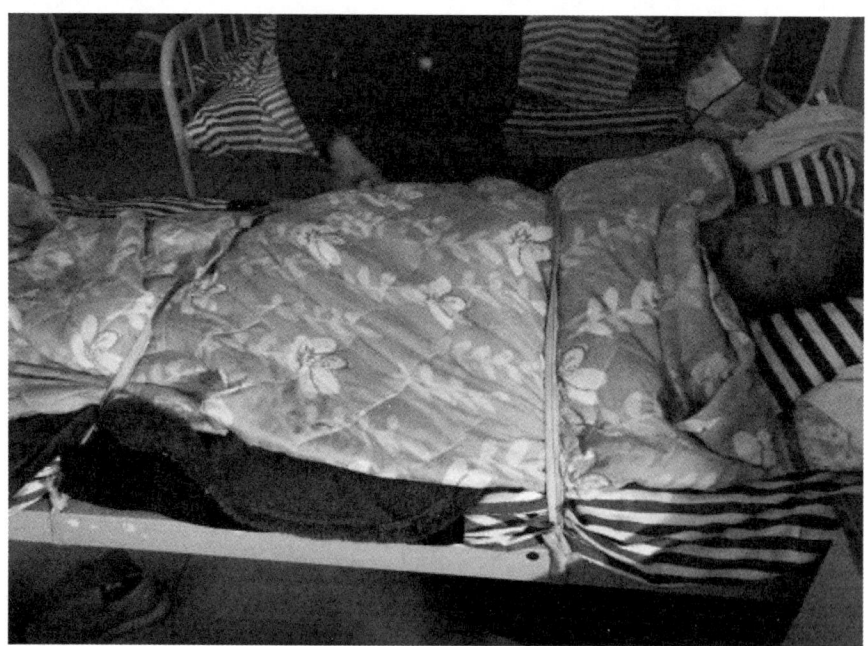

●○○
用这样的五花大绑"对付"战斗力十足的老爸,也是我们的无奈之举。

陆玖　穿越枪林弹雨的花开

　　住院第十天，肯定地说，这打不死的老头儿，又活过来了。我们都笑称他"高坚强"。这两天，白天都非常清醒。微笑，沉默，见人点头，说话回应，照相配合笑容。三哥又开心地说，你争取打败大师预言，活起来，站起来，再活一百岁哈！

　　天晓得，后边等待的又会是什么！对外人来说，包括此前没有亲自经历过他的危险的我，他不过就是又一次加重了病情，即便接到妈妈的电话，也并不会觉得真险，总觉得他是不可能这么轻易倒下的。所以，并不能深刻体会彼时彼刻的那种危机感和慌乱，每一种状况都像战场上射过来的真枪实弹一样，是生死考验，肺炎、血糖不稳、痰阻、各种衰竭并发，都可能要他的命。按住这里，摁不住那里，就像摁不住身上无数中弹的枪口，每一个都血流不止，你能不慌吗？

　　老父的生命，就像四季的花开，每一次濒临枯萎，又再次重生，九死一生，花开无数回了。三十一年的病中岁月，如果说，他是他人生战场的英勇战士，那就有无数的生命指挥官、参谋长和普通战友，甚至炊事员、护士等协助和陪伴他度过。

　　1990年，初病中风时，叔爹姑姑的中医治疗，都是非常及时精准的，我妈的精心护理堪称教科书一般。他恢复得很好，重回学校上班，不能再上讲台，负责做些考勤之类的工作。学习用左手写字画画。

1998年，二次中风，全国人民都在抗洪，他在抗病，他的主治医生依然是叔爹，护士长是我妈。那时老爸总是夜里饿，喜欢吃包子，我妈就夜里起来给他蒸包子、煮麦片粥，没睡过好觉。

2008年"汶川大地震"时，他正挣扎在死亡线上，也是吐，吃不下任何东西。地震时，大哥背着他往外跑，在车上住了好多天。后来，三哥一个朋友介绍的中医谢医生救了他，开的药药量非常大，专门买了一口大锅来熬制。一点一点喂进去，慢慢活过来。好起来后，还能去山东玩。每次去，我妈这个超级护士长都事无巨细带着各种照顾他的物品，包括出门吃饭怕没有勺子用，所以总是带着勺子等。

2017年，最后一次去济南匆忙赶回参加活动时，大小便失禁，从此一蹶不振，一点也离不了人。我妈再弄不了他，三哥作为看护主力登场，练成超级男护士长。

2018年又闹一次病危，在邛崃住院十多天……

这些经历，从未在近旁亲身体验的我，在写下许多惊叹文字的同时，未免觉得自己只是不谙世事、风花雪月般的呻吟而已。真实的病人生活，那枪林弹雨的日子，都是我妈和兄长在承担承受！

也是从这些文字开始，才慢慢知道，这样的日子，是许多家庭、许多人的日常，那些苦和痛，都是余华写的那样，就是忍着和熬过去。真正的痛苦是无声的，真的就像无边黑夜的大海上静静划过的鲸鱼，无声而巨大。鲸落万物生，生命啊，就是这样，爱与痛，生与灭，都是自然！

十天前，送他住院时，他完全一副缴枪投降的状态，躺下大张嘴巴，扶起来耷拉脑袋，连舌头都吐出来了，我们都已经准备接受他的离去，给他买了寿衣、洗了澡、理了发，换了干净衣服到的医院。

在医院护理他时，摸到他浑身只有骨架和皮了，连屁股都凹陷。三哥说抱他都轻飘了许多。找人给他测算一下，都说今年凶险，生日前后和冬至前后都是难关。除了医院，还有什么可以做的呢？三哥开始听从师傅的指示，坚持每天去买鱼放生，祈祷和交出，阿弥陀佛！他身上就是有许多奇迹，生日难关算是闯过去了吧！

这两天，三哥趁他坐起来时，重新给他理了发，洗了头，重振旗鼓开始新生活了。三哥又开始了给他自测血糖、血压，及时喂食的自我护理状态。

昨日下午，我们带着爸妈去江边放生，休养生息，呼吸新鲜空气。在山清水秀之间，都既困又放松。我们打开车窗，让清新的空气进来，听着淙淙的流水声，全体在车里睡着了。在山水之间入眠，睁眼看见满目的青山，竹林青翠，斜阳满山，突然觉得热泪盈眶、百感交集。

我善感的心啊，觉得身边一人、一树、一花、一草、一石头，都跟我有前世今生的缘分。这一切目之所及，仿佛都已在此等我千万年，你看那岩石风化的痕迹，那江中大大小小静卧的石头身上厚厚的青苔，我和它们，就是这放生之际看几眼的缘分啊！想起那句"前世五百次回眸，才换来今生的擦肩而过"，在岁月和生死面前，好深的前世今生之感！

漫步江边，低头见清澈江水拍打岸边，各种野花在开放，成片的红蓼和鳢肠草都在开红的白的花。秋天，也是花开的季节啊，天晴的日子，如此明媚。江心草汀上，有白鹭飞来觅食，在石块与石块之间，拍着翅膀跳动，寻觅它中意的鱼虾。

江边不知何时遗留的坚硬混凝土岸壁上，各种野生植物从水泥的缝隙里倔强地生长出来，绽放开花。苔花如米小，也学牡丹开，自然是宏大辽阔的，生命是微观而细小的，但每一个生命都不会辜负自己的一生，不论在何种情况下，就像那苔花，就像我父亲。

同样是活着，老父的活，除了他自身求生的本能和意志，更多依靠他的看顾守护者的努力和不放弃。我妈，我三哥，他们的生命在这漫长过程里经受的考验和磨难一点不比父亲少，甚至更煎熬。有位朋友给我留言，言及自己照顾亲人生病的历程，最后需要学习生命关怀课程来加持自己，问我三哥需不需要。

需要！是的！必须！这些年，我们这个家，经历了无数的风风雨雨，看似境况变好了，心，却是千疮百孔。小弟生病多年，每年犯病，最后离开我们，几乎摧毁了照顾他最多的大哥，所以，大哥拽着大家靠近宗教。老父病重，考验的是照看他最多的三哥。今年，三哥好像在佛教里找到了一种寄托。寻道修行之路不容易。后来我想，大道皆出自自然本心，如果他能循着本心去走，不轻易被带偏，保证自己内心的和谐平衡就好。他太需要这样的平衡了，否则就垮了。

仿佛，受的苦不够多不够深重，你就不能真正接纳和靠近宗教。就像我！所以，尊重三哥，尊重每个人的选择，甚至成全。愿他步步莲花，心事皆了然。

父亲的晚年，就是一场生命争夺战，穿越枪林弹雨的，是父亲，是母亲，更是三哥。这是一场早就注定结局的战役，但他们都从未放弃，并且全力以赴。输赢已经不重要，重要的是，他们的灵魂经过战火的洗礼，都将花开如莲！而我，就像一个泪眼婆娑的观众，见证这悲壮的历程！如果说，人生如戏，生命如歌，生而为人，你将在这个过程里收获什么呢？我想，收获爱，就不白过了。

柒拾　出院回家

老父入院第十三天，每天输液保命，输得护士都找不到血管了。各种血象皆好，但气血虚弱，需要转为中医调养。终于可以出院了。最后一个住院的夜晚，三哥要去单位值班，我和长虹宝宝（表哥）一起守床。三哥走后，我们一起给老父喂药，他非常抗拒，一点不听劝，还伸手打碗。让长虹宝宝握住他手，他非常生气，嘴巴闭得紧紧的，最后挣脱了手，拉来被子捂住嘴不撒手，又好笑又好气，像个小孩子一样。喂不下去药和饭，只好让他躺下。结果他一直警惕地捂着嘴，你走哪，他眼睛跟到哪，深怕你再让他吃。我还不能靠近他，给他盖被子都推我，这是彻底把他得罪了。也不知他究竟是清醒的，还是糊涂的。

明明很困了，还是不能深睡。没吃药，大势不太好。又是一夜折腾。看他睡着打呼噜了，轻手轻脚给他盖好被子，他不超过十分钟就开始掀被子。长虹宝宝看着他，我在一边写东西，一直闹到凌晨一点过，我们决定还是绑住他手脚。告诉他，把你绑上哈？他点头说好！其实，对于他这种不能自控的行为，他也是很受苦的，睡不好。绑好后，他至少能睡一两个小时。

用毛巾把他的那只好手好脚包住，固定在床边上，第一次睡了两个小时，三点五十，我醒来一看，他智慧的手脚早已挣脱了棉绳，掀了被子，把纸尿裤也脱了，光零零的。起床一看，手上留置针头也扯了，弄得到处是血。收拾好重新绑上，这下睡到大天光。

三哥一早赶回来，七手八脚收拾行李出院。大包小包拉一车。不管后续怎样，总是一件令人鼓舞的事情。从医院刺鼻的消毒水味里逃离出来，空气都是清新的。

今天没下雨，有些太阳晃晃，于是准备洗衣服。老妈给老爸新换了床品。她这些天自己一个人在家，把老爸的几条棉裤全都改成了开裆裤，用旧床单剪了些尿布，她还是执着地认为，用过的旧棉布对身体友好，不太喜欢隔尿垫。总之，这光景，就像当年谁生了孩子要回家一样。这次，是她的老头子变成小孩子回来了。出院的老父，也只不过是把坐和躺的地方换到家里罢了。一整天都不吃东西，一劝就翻脸冒火。中午，我们故意当着他面吃饭，他也不吃。

下午，我和长虹宝宝一起推他出门，在小镇绕了一圈。此时，游人散去的小镇，真的很宁静。回家时还是满城桂花香，快一个月了，桂花已落尽，天竺桂都结果了。水井街依然很美。溪水两岸的植物花草更加繁盛，三角梅、棕榈、曼陀罗交相隐蔽。走在青石板的街道上，真有一种久违的轻松。

把老父推到"平沙落雁"广场江边。江边的法桐和银杏都黄了叶，白沫江之秋渐深。等秋雨过去，江水就会清亮起来。岸上的音乐酒吧在午睡，咖啡馆无人，露天茶座有人在聊天。感慨，想当初回来时，设想的是，白日里我就带着电脑来这江边工作写东西，既度假又工作，还能看着父母，岂不完美。还安排了一场新都桥摄影天堂之旅，即将出发之际，老父一场突如其来的急病打乱一切设想，一时陷入兵荒马乱，每天奔波在医院和家之间，看护，送东西，取东西，买药，熬药，送药……

柒拾　出院回家

阿为哥因为休学，好不容易有段自由时光，也不能尽情玩耍。我也顾不上他，把他郁闷得也是毫无办法！他陪我在医院守了一夜床，帮我照顾姥爷倒不嫌弃。后让他自己坐高铁去成都浪游，然后自己回雅安去看望奶奶。

这就是上有老下有小，只有生活没有自由。想想三哥，哪里有什么自由，我离得远，已经偷了很多自由。好在，今年老妈的身体稍微好一点。虽不能多走，但在家挪来挪去的，还能操持些家务，我们在外忙碌，她在家做饭收拾屋子。

逛一圈回家，老父终于开了嘴。喝了药，吃了一碗杂粮菜糊糊，老妈蒸的嫩玉米馍他还抢来吃，把我们高兴坏了。他能吃下东西，大家就舒口气。

老爸出院了。我们回家也快一个月了。疫情加重，工作耽误，我打算返济。但是老妈不舍，不想我们走。我问她是否可以和我们一起到济南，北方冬天有暖气，对她身体友好些。但她说，我走了，谁给这两爷子做饭呢？

唉，左右都放不下。

我这次回家，其实非常狼狈。回来就遇冷空气，感冒一直不好，一直吃药。口腔溃疡，再加摔了一大跤，鼻青脸肿的，至今仍是一张三花脸，淤青未散。我甚至想，故乡，对我来说都有些水土不服了么？几乎每次回来都要感冒和口腔溃疡。

我坐在沙发上写这些字，老妈叫三哥，她药盒里的药吃完了，让他给配好。三哥忙碌一阵，把药盒放在桌上，到里屋照顾老爸去了。老妈接着过来拿了药盒，把药吃了，吃完才问，老三，你给我换药啦？三哥过来一看，老天爷，你咋把阿爸的药吃了！那是降糖药，不是你的！

这下好了，娘俩都叫起来，你怪我不说清楚，我怪你不问清楚，三哥赶紧打电话问郭大哥,又忙给她测血糖,六点多,我妈竟然高血糖了!不吃错药还不能知道呢,错对了!

一场虚惊!

出院是出院了,家里就又要全靠三哥了。家里事情多,老妈对三哥的责怨也多。每个人都固执己见,都想别人按照自己的想法来,尤其老妈,不听她的,你就等着她吧啦吧啦说吧。她整天都在责怪,三哥不揽事,家里龙头坏了不修(我今天去买了新水龙头,长虹宝宝已经修好了),房子坏了不补……这样那样的家务事,她想做又无法做,三哥也顾不过来的,她都通过发泄情绪来平衡自己。我在一边听着,很烦!又不能叫她停住!

生死过去,尽是琐事。面对生死其实简单,日常考验才是凌迟的钝刀。好好修行啊!我只能说,三哥加油!

柒壹 "5+1"兄弟

老父住院最后一夜，三哥去单位值班了，是长虹宝宝（表哥）和我一起守夜的。长虹是我们的第"5+1"个兄弟。爸妈生了我们姊妹五个，后来又来了一个兄弟长虹。所以他就是我们家的第"5+1"个兄弟。长虹是我二姨妈的孩子，在家位居老三，和我二哥同龄，是我表哥。川西把表兄弟叫作宝宝，所以从小我们都叫他长虹宝宝。

二姨妈一共生了七个娃，后来家里遭了火灾，日子艰难得很。长虹宝宝上学到四年级不愿意上了，在家跟着大人干活。他很勤快，我妈喜欢他，就叫他来我家。也是该有的缘分，长虹宝宝来我家后就不愿走了。他跟我妈很合得来，很是听她的话，干活勤快老实，深得我妈欢心。就这样，留下来，后来又把户口迁过来，真的和我们成了一家人，六个娃，伯、仲、叔、季、少、长！

1982年，长虹宝宝十五岁，来我家。那时，大哥已经离家上大学去了。他和二哥、三哥像亲兄弟一样相处。二哥、三哥都调皮，不爱劳动还尽捣乱，两兄弟经常打架恶战，互相爆揍，但他俩却从未和长虹宝宝闹过矛盾，彼此情深意厚的，有许多的趣事和故事。

尤其是，二哥、三哥都曾经在遥远的名山县一中上高中，太远了，交

阿爸，咱们去看萤火虫

通又不便，每次都要走一二十里山路，到国道线上才能坐上车。长长的山路上，留下过长虹宝宝送这哥俩上学的足迹，背着米，背着包，说着话。尤其二哥，名中读三年，长虹宝宝接送了三年，以至于在这个家里，二哥感觉和他最亲近、最有感情的人，就是长虹宝宝。虽然外出读大学，一直在外工作生活了，二哥还是会经常回去村里，找他喝酒聊天，比亲兄弟还亲。

这次老父病危，远在湖北打工的长虹宝宝，直接辞工回了家，回来就留下值夜班。和我们一样守候待命。三哥平常值班出差的日子，来代班的都是长虹宝宝。

前天，长虹宝宝又来值班。我们在家吃饭时聊天，又聊起过去的趣事。他和三哥，一起捉螃蟹、逮鱼，下河洗澡、放牛割草，整各种乱七八糟吃的。曾经，他俩馋豆腐乳，于是两个人一起泡黄豆，磨豆浆做豆腐，等豆腐长了毛，然后用辣椒面和各种调料一起裹了，做成豆腐乳，每天吃饭都挖出一大碗，吃了个够。很下饭，一罐子豆腐乳没几天就被他俩吃完了……做豆腐乳如此复杂的工序，如此漫长的等待过程，他俩竟然能做出来，不得不说他俩都是动手小能手！长虹宝宝说，他帮我妈做过。我妈说，什么活他一看就会，人聪明得很，就是不喜欢读书。

老父出院回家，老妈厨房的热水龙头一直不出热水，三哥没精力搞，也不知找谁搞，老妈无奈无助。我问长虹宝宝能换不？他肯定地说能。于是我去买了新水龙头，他换上新的龙头嘴和龙头帽就好了。热水能打着了。我妈说，他就是话少人灵活，在家做锄把、背带，磨刀砍柴，修家具、修房筑屋，竟然什么都一学就会。什么泥水匠、木匠、瓦工，就没有他不会的。

想当年，我们姊妹五个和我爸都在学校，上班上学，没有一个人的心思在家里的农活上，我妈一个人，扛着全家八口人的土地营生，何等艰苦辛劳。只有长虹宝宝来家后，她才多了一个坚实的助手和最贴心的伙伴。长虹宝宝也从不睡懒觉，娘俩一起早出晚归，兢兢业业。我妈说，早上三哥不起床去下田,就叫他一会儿起来做早饭。结果,她和长虹宝宝出去锄完一块地回家,三哥还在睡大觉,气得她死的心都有,恨不得把他撕成八块!现在回忆一下,少时的我们贪睡贪玩贪吃,就不愿干活,没少被我妈打骂。顶着那么多活路要做,咋不着急呢,"母老虎"是被我们这些熊孩子炼出来的。

所以,一比对,我妈自然是很喜欢长虹宝宝的。一说起他小小年纪就跟着她上山下田,磨得像头牛,她就心疼得很。在我们家,她听不得任何人说他不是。我们当然不会,但外婆在世时,她有时候觉得叫长虹宝宝做事不如我妈叫他跑得快,就会说一下。只要外婆一说,我妈立刻就翻脸,她母女俩为此不止吵过一次架。我妈总是说,他还是个娃娃,一天在外边干活很辛苦了,牛你也得让它歇歇啊……我妈这个人,多重情的人啊,对于这个家里唯一一个与她站在同一战壕里的小战友,自然是百般呵护的。我们不会吃醋。

从某种意义上来说,长虹宝宝和我妈一起拼命劳动,供我们姊妹五个上学,是为这个家立下了汗马功劳的。

长虹宝宝长大成人后,爸妈替他张罗了婚事,娶了勤快能干的光菊姐姐。这门亲事是亲上加亲。姐姐是三姑妈的女儿,长虹宝宝是二姨妈的儿子,真是"肥水不流外人田"呀!他们结婚时,家里举行了盛大的婚礼,我爸把他宣传队的队伍都拉来了,吹拉弹唱、小品戏剧的,演了大半天。而我们外出的姊妹几个,均没有这样的待遇,没有一个在家张罗过婚礼,几乎都是裸婚了事。

我们举家离开农村后,老宅和土地都留给他们夫妻二人守护耕种。长虹宝宝勤恳干活,光菊姐会打算、会安排,小日子过得利利索索、红红火火的。老屋被他们拆建成了新楼房,宽敞的院子成为村民们时常相聚聊天、打牌跳舞的地方。

自从土地都换种茶叶后,再不用干烦琐的春耕夏播、秋收冬养那些农活了。茶叶出来摘茶叶,摘完茶叶就闲耍。长虹宝宝闲时就会出去打工,拿他话说,要不是出去打工,还不能去那么多地方玩,挣了钱,见了世面,出门也不怕了。

　　如今,长虹宝宝也是五十多岁,头发花白了。想想,他的到来,也是命运的安排,一切都是顺理成章的。他们在老家,守护着那个生我们、养我们的地方,我们就觉得那个家还在。过年过节的,姐姐就会招呼回去,一会儿工夫就做出一大桌可口的饭菜。姐姐的能干,也是深得我妈认可。我妈说,姐姐头脑灵活,做事利索,啥事交给她都放心。老父病危之际,第二天,我妈就把姐姐叫来,叫她安排家里的吃喝和可能到来的后事。姐姐买菜做饭,还给老父买了寿衣,我妈直夸她买得好。

　　说起来,父母老了,我们这些读了书走远了的娃,反倒是根本靠不住,关键时刻,不如在身边的人靠谱。

　　我妈这辈子,就1949年前读了几年私塾,刚要上官学新中国就成立了,地主家的娃,再无机会念书。但她非常聪慧,至今仍能一字不漏地背诵苏轼的《前赤壁赋》。她是天生懂事的那种人,作为姊妹中的老大,尽心照顾弟妹,十岁时,一根甘蔗,从百里外往回走,都要带回家给弟弟妹妹吃。我妈成家后,经历过无数的生离死别等人间大事,她都能泰然处之、妥善料理,对人情世故有着天然的敏感和周全。她这方面的突出,直接导致我爸和我们姊妹几个在这方面的集体弱化,以至于时常被她埋怨。

　　现在看来,她当年拼命让我们读书上学,又把长虹宝宝接到家来,都是些很有远见的战略性安排。这让我们的生活自然过渡,有前有后。那天开玩笑说,要是打起仗来,我们还可以跑回村里躲避一下呢!长虹宝宝在,老家就像一个安全的大后方。

　　今生有缘,感谢有你,我们的"5+1"兄弟!

柒贰　陪老妈逛街

今年秋天冷得很快，我们回来就遇到寒潮，衣服带得少，我都穿了妈妈的秋裤。老妈念叨了好几次，说自己还穿着洞洞鞋（浅口鞋），也没有合身的衣服穿了，想去逛街买衣服鞋子。可是，老父病重，一切都靠后了。我知道，老妈在经济条件稍好后，除了沉浸厨房，最大的爱好就是逛街了。买衣服、鞋袜、针头线脑、床品、炊具等等，这是一种对生活的热情，我觉得挺好。在济南时，她腿脚还能走动，我陪她一逛能逛一整天，买些大大小小的、有的没的，总是非常尽兴开心。

她记性非常好。带她走过的地方、买过的东西，她都会记得。一件在文化西路买的青岛即发内衣，她穿了不止十年，觉得很好穿。什么二七新村买的马甲，新世界商场买的裤子，人民商场买的衬衣和羽绒服……前前后后十几年时间，她每年去济南住半年左右，我们逛过的地方太多，买过的东西更是不计其数，许多到现在她都还在穿、还在用。第一次给她买的无骨接缝的袜子，穿着不硌脚，后来穿烂了，她竟然又用布贴着缝好，继续穿……

她最后两次去济南时，腿脚走路已经很困难了。那时为了孩子上学方便，我租住在动物园旁的学校隔壁，离泺口服装城很近。夏天也热，

阿爸，咱们去看萤火虫

我带着她去有空调的服装城闲逛，走几步坐一坐，也是一逛就一天。买到她悦意的衣服，她会很开心。可是，现在的她，完全不能自主了。虽说经常都在进城，但三哥带着老爸，显然没办法再带她去逛街。有时候，妹妹有空会给她们买衣服，但她还是比较挑剔的，并不喜欢别人代劳，尤其自己穿的。我就几乎不自作主张给她买衣服，因为和她审美相去甚远，不在一个频道上，她经常鄙视我穿的是破衣烂衫，不让我给她买。我能做的，就是付钱。

昨晚，我把陪她逛街当成一件离家前必须要做的事，做了安排。今天的重要事情就是陪她逛街。鉴于她不能持续行走，还要说服她坐轮椅。我就是觉得纳闷，既然走不动了，为何还那么抗拒轮椅？这是跟自己较的什么劲呢？我也不打算说服她了，就是轮椅伺候。不然一天也逛不了几家店。

上午，三哥开车，我们一起进城，先去妹妹店里等候。我不熟悉邛崃逛街地图，逛哪里，还要依赖妹妹。妹妹的煲仔饭餐馆中午很忙，我们在这里吃煲仔饭，等她忙完。

下午两点过，妹妹和我用轮椅推着老妈，小姨也跟着，我们的逛街队伍就出发了。每到一家想进的店，把轮椅停在门口，扶她进去看看选选。她老人家固执地用手比尺寸，来看衣服是否合身，告诉她尺码有大小，她听不进去，逮住一件不论尺码多大，用手卡一下就说不合适，不看了。最后，我们都跟售货员说，给她拿最大号的，一看够大，她才会试穿。

妹妹这个导购很给力，直接带着我们去的，都是她们有选择的店，逛到下午四点，已经斩获了一件米色毛衣、一件蓝绿棉外套、一条加绒裤子、两件家居棉衣和棉马甲，还得了一个赠送的洗脚盆。老妈说棉家居服和马甲是买给老爸的，她自己试穿一下，还挺好看，说要是老爸不穿了,她还可以穿。老爸已经很瘦了,所穿衣服都小了许多,可以穿。她说服自己:活着的时候不买给他穿,死了还有啥意思?

把逛街图片发到家群里,二哥看老妈出洞也很开心,连连说,多买点,买好点贵点嘞。呵呵,好不好贵不贵的,都得老妈说了算。很显然,活到如今这样,虽然过去过的都是穷苦日子,但我妈已经把钱这个东西看明白了。她觉得她从前都在攒钱,现在到了散钱的时候了,很懂得用钱来摆平生活诸事和自己。她当了一辈子家庭主妇,没有一份正经工作,没领过一次工资。到老了,遇上好时候买了份保险,现在每个月能领两千多元钱,她觉得特别满足,特别扬眉吐气:好歹自己也是有收入的人了!

路上跟妹妹聊天,她说,她有个九十多岁的哑巴舅公,孤寡老人一个,被政府安排住敬老院,一年四季的衣服日用都发,还有钱补贴,被照顾得很好。如果生病住院还有专门的护工护理,不禁像老妈她们一样感慨,现在社会真是好,老有所依啦!我妈说,不仅老人,残疾人也都有补贴照顾的,大伯家的残疾堂嫂还给买了车子……

我就想,不论所谓公知们对这个社会有多少不满和批评,但底层老百姓的满意度和幸福知足感也不是虚的吧。我们这一代人老的时候,难道会更差吗?好好活着,无须多想。能吃吃、能喝喝、能逛逛、能买买,有情相伴,有爱相随,不就是好日子么。生老病死,是自然,没什么好避讳的。活着时,像老父一样,用力去活,离开时,也没什么遗憾了。

这个秋天,川西临邛的大街上,银杏初黄,落叶纷纷,天气不冷不热。我和妹妹推着轮椅上的母亲逛街,有一种久违的轻松。好像,一切又回到了从前,她还很好,我也很好,父亲,也很好!

柒叁　女朋友

　　记得之前看过龙应台的散文集《天长地久——给美君的信》，记录六十五岁之后的她去台湾乡下陪伴九十岁失智老母的日子。

　　起初，我以为美君是她的一位女性朋友，看过才知，美君是她的母亲。失智后的母亲，就变成了美君。她娇小、天真、没有记忆，不识人，总是微微笑，像一位少女一样。在她的日记和老物件里，总是令龙应台想起她少女的样子。她总是把"女儿"说成"雨儿"，龙应台说：我是你的雨儿啊！她说：你不是我的雨儿！

　　美君从大陆逃难去了台湾，成为难民，龙应台就是难民的女儿，美君艰难养育儿女吃尽苦头。七十岁的美君一个人跑去文眉、隆鼻、文眼线，被儿女们一通嘲笑。陪伴失智的母亲时，龙应台突然意识到，母亲也是个女人，也曾是个女儿家，也是个女朋友、闺蜜。只是，作为儿女，早就习惯于她"母亲"的身份，所谓母亲，就是那个放在身后看着自己，但自己还不耐烦的人，就是那个默默看着你，在你的世界里忙碌不停的人……她说，我们的眼睛长在前边，自然看不到后边的母亲了。我们都是往前看的，忙着去工作、结婚、生子、看护孩子，当我们也成为和她一样的母亲，才会发现，其实也没什么两样。等我们也老得像母亲一样，看着孩子远去,才蓦然发现,为何当年没有意识到,母亲也是一个和我们的女朋友一样的人?我们和女朋友一起逛街、喝咖啡、约饭、旅行、看电影、聊八卦,但是不和母亲一起干这些事。如今想这么做时,她却无法配合了。

读到这些内容时,我迅速地翻捡自己的记忆——

我和母亲一起喝过咖啡吗?喝了,不过是在肯德基喝的!大夏天,很热,父亲坚持要了冰咖啡,她还因此凶了父亲一顿,说他老不化气(川西话大概意为老不正经)。

我和母亲一起做过美容吗?做了,就去过一次而已,但她说按摩力道太小,不管用!

我和她一起看电影了吗?也是看过一次,竟然看的是《盗梦空间》。她根本看不懂,我坐在公园的椅子上,跟她和老父亲讲了半天,她眼神恍惚!该算是她陪我们看的。

我和她去逛街了吗?这个不消说,做得最多的就是逛街了。因为,有太多衣物作证了。文化西路上买的青岛即发牌纯棉背心她穿了至少十年;新世界商城买的麻质裤子一直穿,穿到裤腰小了,她又自己剪开加宽了继续穿;人民商场买的雪纺短袖很少穿……回家看她时,帮她收拾整理衣物,很多我遗忘的衣服鞋袜、针头线脑的,她都说,是我陪她在济南买的……大概是因为我们母女都十分喜欢逛街,但我都忘记了。

我们还去各种各样的饭店吃过饭。作为家庭主妇的她,总是把吃过看过的菜研究一番,说,回家做给我们吃,不稀奇。

我和母亲一起去旅行了吗?这个也不消说,去了不少地方!山海都看了,草原还没去过,还有许多地方都还没来得及去。在和我们一同旅行的那些年里,她从最早的拘谨害怕,什么都不敢尝试,到后来,愿意主动去玩。在山海关老龙头海边,她主动说想去坐快艇,我特别高兴。

想当年，带他们去青岛旅行时，我想让从未吃过海鲜，也吃不惯海鲜腥味儿的她尝尝海参的味道，并发誓绝没有腥味儿。但是她死活就是不尝，我给她夹了一块放碗里，她突然就毛了，十分生气，发了很大的火。我悻悻然，心里埋怨这个没见过世面的老太太真不知好歹。

我最后一次带他俩出行，大约是2017年，去烟台开媒体会。带他俩坐高铁去的，就住在海边的东山宾馆。屋子向海，有个很大很宽的落地窗，窗前有桌椅。一天下雨，我在床上躺着，看他俩在窗前移来移去的剪影，一会儿在吃水果，一会儿在看地图翻书，一会儿窗前是一个人，一会儿是两个人，那时心情是多么满足和平静。天晴了，我租了艘船，带他们去海上兜风。船主是个白胡子的酷老头儿，大声放着强节奏的音乐，船随着大浪和音乐的节奏摇摆，爸妈乐得嘴都合不拢，我妈非常主动地配合我拍照、拍视频……

前些年，每年她带着父亲远赴济南，在帮我看孩子、做饭、洗衣服的空隙里，好像我们这一对不太对脾气的母女，也曾手挽手（其实是我扶着她吧）去做过很多的事。但，那其实也并不是把她当女朋友，还是当母亲，就是为了让她换换眼界、过过城里的生活，什么都去体验一下而已。

是我陪伴她，还是她陪伴我，分不清。但，我有一种带她打卡过后的喜悦，仿佛带她做一件从前没做过的事，自己就获得了一种成就感。所以，是成全她，还是她成全我，也说不清。

我们逛街走累了，在街边坐下休息时，多半是我听她讲那些过去的或者故乡的人和事，因为我有那边的记忆。但我却无法跟她分享我身边的人和事，我后来的生活她未曾参与，说起来费劲。

当我和十七岁的阿为哥一起骑车在城市的大马路上聊起这些时，他说：妈妈，这些事我们都做过啊！我们一起逛街，互相为对方挑选过衣服，在各种咖啡店喝过咖啡，一起天南海北地旅行，一起看电影、逛书店、街拍……他说，以后我也带你去旅行。

我不知道，我这个母亲，会让他片刻忘记我母亲的身份吗？会有时把我当作朋友吗？当他听我纠结于有没有把妈妈当女朋友时，他说，做了就好了，当成什么有那么重要吗？是哦，没把妈妈当女朋友，不过是爱和岁月之下的忏悔罢了。回忆了这么多，也是为了安慰自己罢了。如果还有可能，还可以做更多的事啊。当父母老了，我们无能为力时，想起曾经为他们做过的事，就会少些遗憾吧。我的"女朋友"已经不能穿山越海来和我约会了，你的"女朋友"还好吗？

柒肆　爱哭的妈妈

每次与我妈同住，都要在心里叮嘱自己，这回，一定不要惹哭老妈啊！切记切记！但，好像很难做到，即便我不惹她，她自己还是会哭。

我有个爱哭的妈妈，我也是个爱哭的妈妈。我就想，难道我们都有一颗千疮百孔的心吗？还是说，泪点低的人就有一种特殊生理结构，只是纯粹爱哭而已？我不知我妈在外人面前哭过没有，如果有，那大概也是因为看到别人的不幸而流下同情的眼泪，是因为她本善良吧。

我只知道，我妈年轻时是很要强的，生下我们姊妹五个，都追着她要饭吃。然而，她一门心思鼓捣我们读书脱农皮，所有的苦她一人几乎全部承受了。从我爸到我们姊妹五个，她只是要求我们读书之余帮忙，勤快点而已，根本没指望我们将来做农民，也没教我们怎么干农活、怎么种庄稼。

以至于，村里人就有闲言碎语，大锅饭年代，她一人干活我们一家人吃饭，自然是有人心怀不满的，年底少分粮食给我家。她愣是扛着锄头、拿着粮袋，跟生产队长吵了一架，就是要个明白，要粮食养我们。她说，人善被人欺，马善被人骑，自己干活从不偷懒，凭什么不给粮食。那种时候，她说，怎么可能哭呢，只有表现得很豪强才能赢。

柒肆　爱哭的妈妈

她就我一个女儿,她在我面前哭得最多。我不听话,晚上跟着村里的一群孩子跑到河对岸有电视机的人家去看电视,她揍我,打完后就哭,说怕我出去遇到坏人。但我心里很敌视她这种哭,觉得她假惺惺的,不想原谅她,所以内心一直与她很隔阂。

更多的时候,都是她给我讲那些令她心酸的事而哭。诸如,她时常给我讲她的大儿我的大哥的不容易,十二岁就下地帮她干活挣工分,人还没有锄头长。上山给队里守玉米,怕玉米给野猪们吃了,但她更担心娃被野猪给吃了。她无数次给我描绘那个场景:夜里,黑得一锭墨,伸手不见五指,大雨哗哗的,她找了张塑料布当雨衣给我哥披上,戴上斗笠,让他打着电筒,给他说:幺儿,不怕哈……推开后门,我哥就一个人,深一脚浅一脚地从后山去了……

每次说到这里,她总是泣不成声,两只手都在抹眼泪,说:哪个不是亲生的娘嘛,但是有啥子办法嘛,我的国儿(我大哥的小名)啊,从小就吃了太多苦……每次搞得我也跟着她哭。大概因为老大从小就太懂事了,懂事的娃娃总是让妈妈心疼。妈妈的眼泪,仿佛也让我在心里觉得大哥很可怜,所以,很多年来,一想起他,我也总是哭,但什么都表达不出来……我想,亲情,这种爱,表达不表达,都是一种心疼和不忍吧。

不知是不是受我妈影响,我也特别爱哭。有些是人前哭,有些是人后哭。我也跟她一样,特别不能见我的娃遭罪。我儿小时候几次疯玩,摔得皮开肉绽,骨头都露出来,我是又怕又疼,真是号啕大哭啊。以至于我儿有次骑车又摔伤后,怕回家我看到了哭,先跑去找邻家叔叔陪他去社区诊所,包扎完了才回家。

幼小少年时,和别人吵架,嘴笨,只会哭,人生中第一回被一个男孩表白,初中,居然说是因为看到我跟别的同学吵架吵哭,觉得傻傻可爱。看来，那是个善良的男孩哦。

年轻时爱上些人，为爱，也不知哭过多少回。我自打离开家，在外上学、工作，甚至结婚成家后，都会因为想妈、想家，总是想哭。

当年跟曾经的他在一起，我对他说，我想家，想哭。他就说，你哭嘛！他肯定以为我开玩笑的，结果我就真哭了，我一哭，他竟然哈哈大笑，边笑边搂着我说，哭，哭，好好哭，哈哈哈！

只有在最亲的人面前，才会无所顾忌地哭吧。如果我在你面前哭过，那我一定是爱着你的！

我和妈妈，爱哭的我们，都在背地里无数次哭过。因为生活，总有太多的不容易，也有太多的感动，哭，是身体最诚实的表达。人到中年，看到太多人间真相，但这颗赤子之心不变，所以，泪点就变得特别低。看到爸妈的老去，看到兄长的不易，看到孩儿的病痛，看到自己的伤痕累累，总是时时刻刻不由自主落泪。看到花开花落，看到日升月起，看到风吹雨下，看到云卷云舒，看到流水，看到四季，看到大自然的一切，无关风月和心情，也会落泪。

我总想，幸好我还有泪可落，幸好妈妈还会哭，这让我们保持对生活、对生命的敏感，也保有对自己身体的尊重，有泪可落，缓解压力，排毒，哭哭更健康。那就做个爱哭的妈妈吧，我们母女，大概就这一点最心连心了。

离开故乡、离开她很多年了，总是会因为想念这个爱哭的妈妈，不定期在梦里见到她，有时哭醒继续哭，有时醒来再哭，这是我爱她的方式之一。

她爱我的方式之一，也是哭。当年我在广汉教书，她去看我后，在返程的长途汽车上，从广汉哭到成都，又哭回我们川西小镇的家。她总是说，一个人，在那么远的地方，孤苦伶仃的，叫天天不应，喊地地不灵,咋办嘛!没想到,我后来走得更远,她逢人讲起便落泪。这些年,我在外漂流浪荡,她总是一想起我就哭,就像当年哭我哥一样。

在每一个平常的日子里,我还是因为想念,因为感动,因为心疼,因为不忍……会哭。我的妈妈,还是因为疼痛,因为委屈,因为愤怒,因为怀念,因为爱我们……会哭。感谢命运,让我们成为母女,让我们成为爱哭的妈妈。

其实,爱哭的人,也很爱笑。许多的日子,都是笑与泪,这,才是真实的人生。

柒伍　走夜路请放声歌唱

很少有不出门的日子。即便是住院的日子，我们也几乎每天都在往外边跑，经常天黑了还在路上。

那天晚上，我们从邛崃回家，三哥绕道大唐加油站去加了油，又捡乡间小路回家。从黑竹到廖场，过石头乡，翻山越岭的，天下着雨，车开得不快。除了偶尔擦肩而过的车，和前边车灯照射的道路，车窗外什么也看不见了。

我在后边翻手机，三哥哼起了流行歌《想你的时候问月亮》，哼着哼着不过瘾，就大声唱起来了，一边唱还一边跟老父解释，老父也是嗯嗯连声应答，仿佛无比清醒。唱完一首，三哥又唱了一首《可可托海的牧羊人》——

三哥：还有首歌，叫《可可托海的牧羊人》，这首歌写得好哦！听不听？

父：嗯，嗯嗯！

三哥：我愿意陪你翻过雪山穿越戈壁，可你不辞而别，还断绝了所有的消息……歌词写得好不？

父：呃，嗯！好！

三哥：他们说，你嫁到了伊利，你嫁到伊利整啥子嘛？听说那里有个美丽的地方叫拉拉提，是不是那里的梅子花才能酿出你想要的美酒哦……这是他想的……

父：嗯，嗯嗯……

在老父的嗯哦声和咳嗽声里，他就用川西土话给老父讲述这首歌里的故事……他总是这样的，耐心，不厌其烦，投入。我偷偷用手机录下些片段，窗外下着雨，在黑夜的山路上，仿佛走在人生漫长艰难的前路上。我觉得好艰辛，三哥举重若轻的歌声和爱意，让我黑暗中的眼溢满了泪水。幸好啊，幸好，三哥坚强！

又想起李娟的书《走夜路请放声歌唱》，她写道——

夜行的人，再唱大声些吧！歌唱爱情吧，歌唱故乡吧！对着黑暗的左边唱，对着黑暗的右边唱，再对着黑暗的前方唱。边唱边大声说："听到了吗？你听到了吗？"夜行的人，若你不唱歌的话，不惊醒这黑夜的话，就永远也走不出呼蓝别斯了。这重重的森林，这崎岖纤细的山路，这孤独疲惫的心……

要是不唱歌的话，说不出的话永远只能哽咽在嗓子眼里，流不出的泪只在心中滴滴悬结坚硬的钟乳石……

他们说："唱歌吧，唱歌吧！唱了歌，熊就不敢过来了。"你便在冷冷的空气中陡然唱出第一句。像火柴在擦纸上擦了好几下才"嗤"地引燃一束火苗，你唱了好几句才捕捉到自己的声音。那时我就站在你路过的最高的那座山上的最高的那棵树上，为你四面观望，愿你此去一路平安……

我在泪眼婆娑里想，要是当年父亲对三哥的爱，有这样的温柔和耐心，三哥应该会有不一样的人生道路吧。小时候调皮捣蛋的孩子，不是来气你的，而是来报恩的吧。

三哥一路唱，老父咳得厉害了，要停下拿垃圾桶给他接痰，也不耽误，唱着开过树林，开过山岗，开过爬海沟，开过王水碾，开过牛屎坡，就到家了。

夜路上唱歌的三哥，他在人生的窄缝里，寻找自己生存和喘息的方式。幸好父亲当年教给我们一些无用的东西，诸如拉二胡、吹笛子、写字、写日记、唱歌、跳舞。

每天夜里，伺候老父睡下后，三哥就会溜出门，跑到家对门闲置无人的空屋去。在那里摆开笔墨，挥毫几下，或许还会念经打坐，给自己一丢丢时间和空间。每每看到他一出门，老妈就警觉地说，每天晚上都要跑出去，不晓得他干啥子，老爸要是有事咋办嘛？一有点点风吹草动，她就会打电话喊三哥。我在家，就会阻止她。

老母亲一辈子不懂得精神世界的美好自由，她对我们的文艺行为，向来是不支持、不鼓励，只要不耽搁她的家事安排，她就睁一只眼闭一只眼。对她来说，就是一心一意过日子、做好事，你一边干活一边唱歌，分心走神的，怎么把活干得好呢？她还会生出无端的担忧来。

生死面前，重重的考验，他该得多坚强，才能抵御？走夜路放声歌唱，够不够？很多次了，在带着老父老母奔波的车里，三哥自顾自地唱起歌来，每一次，我都会长舒一口气。长歌当哭，坚韧如他，他比我们都强。

柒陆　流浪的晚年

　　老头儿生了病，牵动好多家。因为住院，亲戚朋友来看的人多，孩儿子嗣都赶回来，这个家，该怎么运转呢？我妈已经不能自如行动，她就只能依靠她的智慧来运筹帷幄了。

　　她首先叫来了能干的光菊姐姐。姐姐来了，买菜做饭、张罗家务，手脚麻利，想得又周到，真是一个过日子的好把式呢。她在，来来去去的人可以来家吃饭坐坐，家就像个家了。姐姐和妈妈一样，她们这样的川西女人，会安排、会打算，会张罗、会做饭，撑起一个家，让家像个家。如若不然，一个家就像飘零浮萍一样。

　　她们，是我对女人最本质的理解注脚。我也希望自己做个像她们一样的女人，但是，我显然差了太多，不很懂老家的人情世故和规矩，老妈绝不放心我。所以，即便我回家来，我也撑不起这个家。

　　平日里，老父一旦住院，三哥就带着我妈一起去住院，医院就是家，医院食堂就是厨房。他们仨，必须扯一起才安全，才顾得全。老妈不能单独行动，一个人容易摔跤，即便在家挪着凳子做好了饭，也没人送给三哥吃。而且，三哥在医院跑上跑下时，我妈还能守住轮椅或病床上的父亲，也算是帮忙。

平日里陪三哥上班去时，会在家里提前做好饭，大保温桶装好带在车上，就在车上吃。但大多数时候，顾不上做饭，只能在外面解决。真的就是处处为家了。加上老父经常闹腾，只要开车出门就好些，拿他没办法时就开车出去转悠，周围方圆几十千米范围内的小镇内外，到处都是他们仨吃饭的地方。

我妈是个极会过日子的人，从不轻易在外吃顿饭，每次带她出去吃饭，她总是给你算账，这样菜多少钱，那样菜多少钱，在家吃省多少钱，我们都听惯了，也不理会她。但现在，别无选择的老年生活，让她慢慢接受了这样的现实，她开始觉得在外面吃饭方便轻松，也知道外卖很方便，有时候还会叮嘱我，不想做饭就叫外卖嘛，你一个人又吃不了多少。现在家里来客人多了，几乎都不在家里做了，直接上饭店订餐，简单利索，不用忙忙乎乎几个小时，完了还要洗碗收拾。

这对于一个把厨房当作人生战场和阵地的女人，不得不说是一个翻天覆地的变化。再能干的女人，在衰老病痛面前自身难保，又怎么还能顾全别的。

我和孩子这次回来后，他们就带着我们一个一个地方去吃。哪里的小菜饭，哪里的牛肉，哪里的血旺，哪里的面，哪里的馒头包子……俨然找饭老江湖了。在她心里，妈妈就是负责吃的，既然不能做给我们吃了，能找到好吃的，让我们吃舒服，也算是解了她心头结。处处厨房处处家，他们慢慢习惯了这种吃饭方式。流浪的厨房，是流浪晚年的序章。

一日，和闺蜜们聊天，说起我们中老年人生的到来，仿佛又是一次新生活的选择和重组。晚年怎么过，在哪里过，都将重新考虑，再不会有故土难离，也不会有更多叶落归根，而是，孩子在哪里，大多数父母就会去哪里。可是，去与不去，去多久，在哪里安度晚年定居，真的成了一个变数，不确定。

不论怎么变，居家养老在未来依然是主流。可是，居哪个家呢？但凡身体状况允许，没有人愿意离开自己的家。即便跟着孩子走，大多数条件允许的，都是挨着孩子买房，不敢真住一起。两代人的矛盾会降低彼此的生活质量。老到离不了人了，请保姆请护工，有子女的，子女轮流陪护，或者在子女家轮流住……轮流住，可不也是一种流浪么？

父母还能在厨房来去，还能做出一桌我们爱吃的饭菜，这应该是人间最美好的时光了。一旦父母老到吃饭成了问题，就不仅是吃饭问题，而是健康问题、赡养问题。他们和我们的人生，就都走到一个艰难的时刻，需要选择、需要平衡、需要承担。

如果厨房是一个家最有归属感的地方，是一个家的灵魂，那么，爸妈的晚年，我们的晚年，日渐消失的厨房和自由，预示着晚年的流浪就开始了。

就地过、回老家、跟孩子、去养老院、去别的想去的地方……你问我，你的晚年在哪里过？怎么过？我真的不知道！就像我们的老父老母，他们既不想离开自己的窝，不想去养老院，也不想给孩子们增加麻烦。但是，身不由己，在现实面前，多少眼泪和无助。

尤其是移民时代，漂流过许多地方的我们这一代，故乡不是归宿，子女也不是，他乡更不是。晚年，还将继续流浪，不知身归何处。那种你想象的退休后的诗和远方，到风景好、环境好的地方去定居，许多人都在这样做了。但是，那都建立在身体健康的基础之上，如果健康成为问题，一切诗意都将土崩瓦解。

今天看到一个视频，总理说要快马加鞭推进异地医疗保险的报销制度，全国两亿多老年人在因各种原因迁移和动荡，其中很大一部分，是为了帮助忙于事业的孩子看护家庭和娃娃，我们，能否逃脱这样的命运呢？

阿爸，咱们去看萤火虫

　　看到老父老母晚年的艰辛，那是我们从未体验过的人生况味，可怕的是，终有一天，那也是我们无可逃脱的宿命。所以，我们相约，好好保重身体，祈祷自然终老！有个好身体，让流浪增加几分诗意。毕竟，老，也是从未体验过的人生。

　　不怕，去吧，勇敢些迎接我们的命运！

当我们老去，谁来扶着我们？

柒柒　盛世的流离

和三哥回顾了一下，仿佛老父的每一次病重都遭遇了举国大事。1998年二次中风，遇上特大洪灾。2008年病重，遇"5·12"大地震。2021年病危，遇新冠肺炎疫情持续蔓延。

这次刚出院，疫情就来势汹汹。2021年11月5日，小镇中学全员半夜被要求核酸检测，小镇所有商户被通知前往中心医院做核酸检测。成都已是如临大敌。锦江、成华、金牛、郫都四区分别出现高风险小区。

担心被滞留，我们临时决定离川返济。周四晚上定了周六的机票，一看，此时离川必须要做核酸检测，而且回到所属城市至少需要两次核酸检测。搞不好，走晚了还会被隔离。于是，第二天就去做核酸检测。在平乐中心医院遇到许多临时被通知来做检测的商户，乱成一锅粥。好在不到一小时也做完出来了。

刚出医院，三哥打来电话说，单位也通知他们马上去高何医院做全员核酸检测，他打算带着父母同去。彼时，我没带钥匙、没背包，就手里的手机和身份证。三哥说把钥匙给我们放在某处，我们回去取了开门……那一瞬间，我顿生乱世流离之感。就像战争突然降临，各自逃生不能相顾，一别天涯，再见不知何时何处的慌乱无措。

阿爸,咱们去看萤火虫

但很快,我们都冷静下来,不就做个核酸检测么?在哪做不一样,为何一定要远去高何或在一锅粥的小镇。妹妹说,邛崃城里全员核酸检测,在五彩广场设置了几十个临时检测点,速度很快,几分钟即可。于是电话与三哥沟通好,等我们回家,一起去邛崃做。果然,到邛崃秒做,秩序井然,一会儿手机上就收到结果了。全部免费做。此刻,又确有大国盛世之感。

做完核检,到妹妹的铺子上坐,但见粮商给她拉了一车大米来,都在囤货,她卖煲仔饭的当然也要多备一些了。前两天,商务部呼吁大家适当储备粮油日用,到处都在抢购。"呼吁"也没有解释清楚缘由,民间各种猜测,有说是出于疫情预防,有说是可能爆发战争,有说是经济形势不好……不明就里的老百姓自然是采取有备无患的策略了。

看看历史,战争和瘟疫总是如影随形,疫情无期,不免令人无端忧虑。这个时候,人,该在哪里待着呢?妈妈说,你在家待着,我们有吃的,总有你吃的嘛。可我为什么还是会有寄人篱下的感觉呢?这个心心念念的家,也就是心理上的一个家罢了,我早已成年独立,并有了自己的家,慌乱时刻,还是觉得要待在自己家里踏实。

想想自己,虽一个人远在他乡,在那个遥远的城市,有我自己的世界、自己的家。担心要来暖气了,会不会试水时家里漏水,阳台的花草大约都等不到我回去就干枯了吧,寄养的小猫咪雪糕还认得我吗?那些等着我的工作和人事……要走,总有很多理由,妈妈发狠说,花草重要还是命重要?我哑然。沉默着开始收拾行李。

我这一去,等待我们的又将是什么?如果疫情阻隔我们,不能再回来,就像去年,太多的家庭被阻隔在远远近近,不得相见。繁华盛世的高歌里,突然生出不能主宰命运的悲凉,人间至爱,总是在乱世的流离中才更显深情,难道,我们都将承受这样的考验么?

突然就变天了。离开的这天，初冬的雨下得像一场夏天的雨，哗哗的。早上，大约因为三哥弄他起床晚了，老父一直很生气，不喝水不吃药，谁给说话都不听，黑着个脸，三哥道歉拥抱都不行，被推开。我们推着行李箱跟他告别，他嘴里咿咿呜呜地，也没有缓过劲来，阿为哥在他脸上亲了一下，我拥抱了他，回身抱了老妈妈，出门。尽量不带任何情绪。没有哭，我是不是进步了？

三哥开车帮我们把行李送到预约车处。很快，接我们的一辆白色大众滑过来，我们上车，出发。穿过湿漉漉的街道，驶上蜿蜒的川西乡村马路，原野一片迷蒙。司机不停说话，我用方言与他交谈，冲淡离愁别绪。

车子穿过川西的枞树林、茶田，在语言的间隙里，妈妈的脸总是忽隐忽现，她的无助和不舍里，该是带着对我的无尽期待吧。生活条件是变好了，这是她不舍的好日子，但是，她可能更希望身边有个贴心的人，陪着她老去。而我，却就这样不回头地离去了……衰老、离别、死亡，是盛世也无法规避的人间流离，我们终将告别，纵然万般不舍！

成都双流机场严阵以待，扫场所码，看绿码，查验核酸检测结果。过了安检，进入候机区，还有专门的工作人员一遍遍过来查看和通知，如有未做核酸检测的，必须立刻马上免费做。非常细致了。查验了核酸检测结果的，盖章放行。

机场通知里不时传来消息，某个城市的航班又被取消了，有人无法离开了。我不知该庆幸还是遗憾，不知此去的行程究竟是离乡还是回家，挥手写下《别》：

盛世流离，天涯孤旅。
爱你何殇，九天之上。

柒捌　说我爱你

临别时，我拥抱了老父亲，亲吻了他的脸，这都比较自然了。因为，在我心中，他俨然是个小孩子，小孩子都需要身体抚慰，就像他现在总是下意识地抓住你的一只手才能安静一样，在他残破的身心里，全是对你的依赖。也抱了抱我妈，结果她在我屁股上"啪"地拍打了一下，说，我叫你跑，打你屁股！哈哈……我们就都笑了，她老人家是在掩饰不太习惯拥抱的尴尬。但是，我知道她是喜欢的。

某天在厨房，她非要给阿为哥一些零花钱，让他去街上买好吃的。阿为哥接下后，谢谢她的方式就是，拥抱了她，并且亲吻了她的脸颊。她心眼里都是笑，说，瓜娃子还是乖得很呢！我一手带大的那个龟儿子（我侄儿）都不跟我亲热！

我们的下一代，表达爱意是很自然的了。但我们父母这一辈，包括我们兄弟姊妹这些六零后、七零后这一代，其实都是很不善于表达爱意的。我的七零后同龄人中，夫妻之间说"我爱你"的就很少，非常少。但，迎着时代的风浪，我们接受了爱的启蒙，先学会了对孩子说爱。我们和孩子之间说"我爱你"是极其自然的事了。所以，我们的下一代说爱和表达爱就自然多了。

柒捌　说我爱你

过去的祖祖辈辈，囿于家长作风，长辈都要摆出长辈的尊严和威信来，总相信娃娃是不打不成才，给不得好脸色。最典型莫过于《红楼梦》中的贾政之于贾宝玉，父母和孩子的关系就像猫和老鼠一样，处处战战兢兢，唯恐稍有不慎就招来惩戒。我们家其实也是这样的。

自打我们记事起，老父亲就是个很有威严的人，不怒自威，家族里大大小小的都怕他。其实，他好像也没有很凶地打过谁，打得最多的，就是三哥。我是五姊妹里唯一的女孩子，他对我其实是很温柔的，从未说过重话，也从未打过我，但是，我就是很怕他。即便后来在我青春期时，他跟我说，他其实是戴了个纸老虎的面具，主要是为了吓唬那帮淘气的小子的，希望我把他当朋友一样谈心，但我也不敢亲近他。他对我的教育，就是不厌其烦地说教，现在想来，我一句都没记住。

我妈呢，因为她对我从来都缺乏耐心（没空耐心、没空温柔的典型），动不动就打我，一边打，还一边用川西恶毒的土话骂，真的觉得骂得我痛，是皮肉连心的痛。我少年时，其实是有些恨她的，跟她一起去赶集，走路都要拉开一段距离，不想跟她说话，也害怕她跟我说话。好几里路，娘俩都是一言不发的。

那样的年月，家里孩子多，父亲纵然温柔待我，也打不开我寂寞黯淡的心扉。母亲忙于生计，我呢，喜欢偷懒、读书、瞎想，不爱做事，不受她待见……所以，疏离是必然的。但，牵挂和惦记，却是真实的。

我们匆匆长大，离开家，父母也匆匆老去，哪里有时间和心情说，爸，我爱你，妈，我爱你，女儿，我爱你哦。我们还未完全成年和独立，父亲就生病了，成了个残疾人。

一生都忙于奔命的路上，哪有空去说爱呢。也是因为病后走路困难，父亲才不得不接受了走路时和我妈手牵手，但都是能不牵就不牵。我们牵他手或者胳膊时，他都万分不适应，一碰到，他就整个身体都僵硬了，他反而很不自在。

等到他俩都老得需要人搀扶了，我们，终于和他们有了肢体接触，才终于可以手拉手了，老父病到甚至需要抱了。但，这些都是需要，好像与心中的情意无干。但也不排除，在这样近距离的接触里，慢慢加深了亲情。

病到如今的老父亲，俨然像个撒娇索爱的孩子了，要抱抱，要摸摸，要亲亲。他开始拉着你的手，心情好时，把你的手放在脸上摩挲，抱着你时，亲你的脸。他也会对亲近的人伸出手去，摸摸脸，拍拍你的脸，表达他的爱和温柔。

三哥，我们几姊妹中，当年仿佛是最不受父亲待见的孩子，因为调皮好动，老整坏东西，挨过无数次打，打得惊天动地，也因此，从青春期开始就跟老父亲对着干，以至于耽误了大好前程，连大学都没上成。这仿佛都是命运的安排，他和父母，就是一辈子的相爱相杀啊。这个当年最淘气、最不听话、挨打最多的孩子，反而最后留在父母身边，承担了养老的重担。他内心的善和爱，在自己孩子身上都没有呈现过，却在顽病的老父身上展现得淋漓尽致。

三哥对老父，是极尽温柔了，就像对待刚出生的无助的婴儿，那疼爱、那耐心，背啊，抱啊，哄啊，亲啊，摇啊，唱歌啊，安抚啊……每次老父犯犟惹三哥生气，三哥也会气得不管他，但过后彼此妥协，一个不说话，默默配合，一个就柔声细语地哄，就像对待三岁孩子一样。

如果老父还能言语，他的风烛残年有限余生，会不会对我们说，幺儿哎，我爱你哈！他早已不能言语，但，在他转瞬即逝的温柔里，我还是看到过那貌似"我爱你"的表达。

表达不表达又如何，那些岁月和陪伴堆积的深情，早就不必用，也无法用语言表达了。

 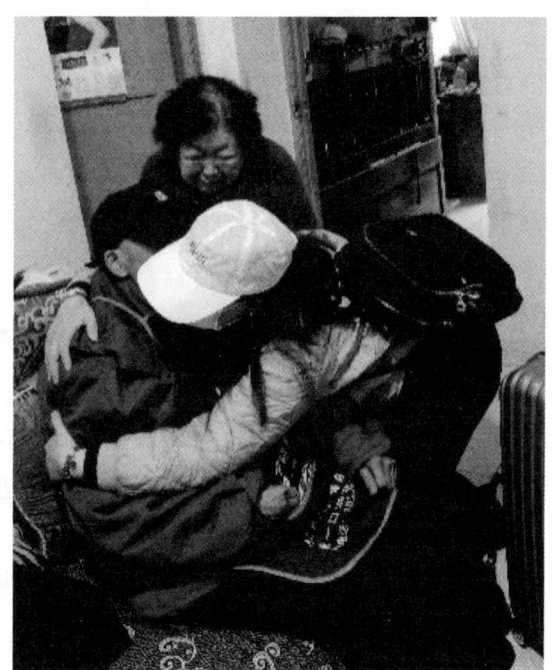

●○○
离愁,尽在无言的拥抱中。

柒玖　秋草黄，思念长

　　总是对生活和岁月报以爱情般激烈的情意，爱与恨，总是那么强，所以，总是伤。人间秋草黄，人生秋意重，你心中还有什么不平事吗？每当这种时候，总是思念故乡，川西啊，邛崃啊，阿婆啊，阿妈啊，阿哥啊，阿爸啊……总是忆起小时候，很小，小到记忆迷糊。有一次，肚子饿了，自己一个人出门去找阿妈，满田坝秋天的迷雾，像在梦中一样，迷路了。后来被邻家哥哥带回家，但那种秋天里不知何去何从的迷茫之感，却留在幼年深深的记忆里。

　　少年时，一到深秋时节，就听阿妈说，"寒露胡豆霜降麦"，此时的川西，到了要种胡豆和小麦的季节了。阿妈又说，川西气候不同，要比节气晚个十几天种下去，胡豆、豌豆才长得更好。所以，别人在寒露过后，急急火火种胡豆时，阿妈却在扯草松土，耐心等待她心里的季节，以至于嘴长的乡邻就说，懒婆娘，还不种豆！

　　到最后，阿妈的豆角长得又长又大，他们的地里却一派草盛豆苗稀。乡邻又说：嘿，懒人种庄稼也得行哦！随便你怎么说，阿妈心里乐滋滋的，来年总是要打出成倍的豆子来哩。你看，我阿妈干活多么用心！她知道用自己的智慧来判断耕种时节。尽管那时家里很多事需要阿妈操心，但是，她干起活来的投入、用心和专注，现在想起来都浑身是劲，哪有空去长吁短叹哦！

我曾跟着能干的阿妈，把川西的农活都干过。种胡豆，豌豆，一般不占用正经田地，而是把田边地角，甚至不过人的坡坎充分利用。阿妈挖窝窝，我就左边挎个灰肥篓子，右边挎个装豆子的口袋，一手撒灰肥，一手撒豆子，阿妈挖的窝一锄下去一个，就像小鸟张开的嘴。我就在那嘴里添上一把灰肥，撒下三五颗豆子，配合得十分默契。

川西的秋天里，田野上、山坡上总是飘着薄雾，我跟着阿妈早出晚归，种过胡豆、豌豆和土豆，种过油菜和小麦。秋天里凄惶苍凉、裸露黑土的田野，经过川西农人的手，在深秋初冬时节，就会变成一大片黄油菜和一大片绿小麦，长势蓬勃。尤其是油菜叶子啊，需要一层一层地往下拔，否则会吸收太多养分，来年春天长不高，油菜叶子拔下来就当猪草喂猪，一举两得。

拔油菜叶子的季节，特别冻手。我和小姨在枫香林拔油菜叶子，她给年少的我讲她年轻时泼辣的往事，因为不能生孩子被婆婆嫌弃，自己主动提出离婚，生产队干部说她这山望见那山高，但哪里知道她心头的苦，还截留她的粮食让她没的吃，她就整天背个背篼死缠烂打去讲理……那些人生的困苦往事，她却讲得笑哈哈的，我听来也一点不觉得她辛苦。我们俩还时常为她的机智甚至善于狡辩的话说得十分有趣，而在菜地里哈哈大笑得直不起腰来。

而其实，那些年的小姨，活得好辛苦。离婚后，投奔到我阿妈的翅膀下，为了不拖累姐姐，匆匆嫁人。因为担心自己不能再生，选择了带着孩子的姨夫嫁了，做了别人的后娘，但视如己出，养大结婚生孩子，她连孙子孙媳妇都还管。结婚不久的小姨生的娃又因为脑膜炎，四处医治无效去世，后来才生了我妹妹，很多年都住在低矮的茅草房……

她还跟我讲，当年外婆带着他们四姊妹，住在四处漏风漏雨的烂房子里，盖的是棕毯，活不下去，外婆胡乱二嫁，为给孩子们找个暂时栖身之地，姊妹几个也是匆忙胡乱长到十几岁，就各自找窝成家。后来，外婆几乎被饿死，被阿妈接到身边，慢慢活过来，又看到我阿妈生下我们姊妹五个，并且不声不响，一个个把我们拉扯大。阿婆，她默默无闻、无声无息的生命里，承载着太多岁月沧桑后的淡泊和平和，那是一种坚韧！

　　川西的女人啊，就是那么勤劳、刻苦、善良、豁达、隐忍。我也是出自川西的女人啊，我也走到了当初和阿婆、阿妈以及小姨一样拖儿带母、人生面临许多重大选择的时候。阿婆啊，你的隐忍、坚韧、平静，阿妈啊，你的勤恳、智慧、沉着，小姨啊，你的善良、豁达，是否在我血脉里流淌？

　　在人生迷茫时，脑海中就总是浮起那个秋天迷雾般的镜头，在一片迷茫中，不知来处，不知去处，把自己完全交给了迷雾和命运。

　　我们川西女人爱说粗话，乐观的小姨在油菜田里说过：管他娘希匹的，刀山火海，一脚踏出去再说哦！呵呵呵……她每说完一句话，总有一句呵呵呵！有时她会顿一下，再加一句：你整不死我，我才活给你看哇！

　　我们川西女人，当然就是这么泼辣的，九死一生，总归有一生嘛！更何况，除了生老病死是大事，其他都是毛毛雨。活着，是任何时候最好的选择！

　　想起我思恋的川西和亲人，他们都在伴随季节老去，我无力留住些什么，但我知道，谁不是经历过人生的种种艰辛后，还顽强地活着，坦然面对季节和岁月呢。

　　又是秋草黄啊，秋天到，生命开始进入又一轮的凋萎、储蓄和更新！我阿爸曾经说：先辈们是土地深处美满的根！是啊，可是根也会老。多少他们在孤老，多少我们在他乡。

想起故乡、土地和亲人，心里满是惆怅，但也渐渐多了平静安详。我知道，我只需要像他们一样，勤恳、乐观、智慧、坚韧，就没有不能面对的季节和岁月。

好吧，让秋草黄，让思念长，让我们继续，不动声色地，有情有义地，活着！

| 编辑手记 |
聚萤映雪，集火成炬，让"萤火虫"飞逸于这深情的"人间世"

世间诸事，讲个缘分。阅文如探境，但凡读到此文的看客，必是被本书字里字外的深情所吸引、打动，才甘愿跨过千山万水，跨过平西的油菜花、夹关镇的碉楼……终抵此处。

我与本书以及作者季先的际会，皆源于数人对生命的热情和热爱——数月以来，我在策划、编辑、包装本书过程中，选择了"代入法"，即化为她家的一位成员，成为她家的又一个"宝宝"（即川西话中的"表哥"），与他们同悲共乐。我借助"串串"（即四川话中的"中间人"）钟岚生动的转述、季先本人深情的陈述以及我和季先无数次文字或电话聊天里补充的边角余料、趣闻轶事，对这个充满爱和故事的大家族的敬意，与日俱增。而季先与家人集体书写的这本"家族之书""时间之书""大爱之书""生命之书"，更让我震撼、感动，以至向身边他人转述书中所言时，每每声音哽咽、眼角含泪，几不能自已。本书所涉及的"中国式

聚萤映雪，集火成炬，让"萤火虫"飞逸于这深情的"人间世" / 编辑手记 /

孝道"和"中国式养老"两大问题，分别从感性和理性两面，引爆同样为人子女的我内心中潜藏的万般情绪：想到日后父母若卧病在床甚至仙逝于世，再想到自己颓然老去，面对肉身的苍老、灵魂的消散，我竟如稚童一般，焦虑、恐惧、无助、难过等况味一概涌上心头。

2022年春节期间，北京冬奥会开幕式上那朵轻盈又满富诗意的"雪花"让我震撼不已，受此启发，本书所蕴含的"萤火虫"意象已在我脑海中时隐时现。我欣然提笔写下腰封文案，连同书名，一并告知季先。得到的反馈是，当晚，她在一个无人的空间，想到如萤火虫般的一切，大哭一场。

《庄子·人间世》主张"心斋"，即摒除杂念，使心境虚静纯一，而明大道；"虚以待物"，即用博大的态度对待世间万物。只有沉下心来，我们似乎才能透悟人生诸多蕴涵。当下社会语境，郁勃昌隆，但亦扰攘纷纭，可谓众声喧哗、异见汹汹。借助新媒体的力量，每个人都是"记者""作者""评论者"，迫切地制造观点、输出价值并说服异己。我生性散淡，素来不喜与人争执，更不愿分派立身；加之近日，为俄乌两国交战，微信圈已发生过势不两立、彼此拉黑的"派别之争"。我知会发生激烈争执，但在成书途中，仍勇敢借由季先的微公号，发起过一次书名投票活动，为的是验证"萤火虫"意象究竟会在多大范围被知会和纳受。

说服季先，摒弃原有成熟且被众多粉丝熟稔的《陪伴爸妈的日子》，甚至放弃票数较高的其他书名，选定《阿爸，咱们去看萤火虫——照护失能父亲三十年》（以下简称《萤火虫》），没错，是我力排众议，与季先反复商榷后的拍板。她的诞生，是我对生命观照多年后心念、自性的一次抒发，也是我集结、征询多方意见后，充分考虑图书营销推广、后续周边产品开发以及引发更高层、更广泛关注的一次精心设计。所以，我愿意，勇敢地站在这个书名身边，和她一起接受时间和结果的考验，接

阿爸，咱们去看萤火虫

受季先原有微公号粉丝之外的更广泛公域里的陌生读者的拷问。在此，向在投票和讨论过程中贡献过其他书名的多方人士表示谢意和歉意，请原谅我放弃了你们的金点子，但请允许我娓娓道出定夺该名的个中原委、此中深意。

第一，"在妈妈老去的时光，听她把儿时慢慢讲"。限于文化惯习，国人在情感表达方面通常是内敛含蓄的——我们常常疏于、羞于、惰于把"我爱你""我想你"等如此深情表露于外。我和季先最终选择的这个书名，模拟了我们成长过程中无数朴实且动人的日常场景：少年时，放学归家，撞开门我们会急吼吼地大喊："妈，我回来了，饭好了没有？"成年后，我们结束假期，悻然返城，离开家门时，不忍看父母眼中的不舍，只能咕哝一句："爸，妈，我走了。"如高亚麟所说，父母是我们和死神之间的一堵墙。有朝一日，当我们回到故人已逝的老屋，对着空荡荡的房子大喊"爸，妈，我回来了"，等待我们的，将是永恒的死寂。

因此，在所有备选的书名中，《阿爸，咱们去看萤火虫》之名，看似稀松平常、波澜不惊，但真实模拟了不得不独身一人的三哥带着爸妈去工作，从家里出发时内心的默念，这像是一场浪漫至死的旅行，也像是一场壮怀颠沛的闯荡。最终择取该名，以停留在"第一人称"的设计，期待季先带着我们万千子女，摒弃看客身份和他者视角，把千千万万个"我"导引进去，一遍遍地，深情地，呼唤我们各自的"阿爸""阿妈"。

尽管"阿爸"带有明显的川西口音，但我丝毫不担心其他地方的读者看不懂，就像世界各国语言称呼妈妈、爸爸，总有几分类似的发音——人类最朴素的情感，大抵都是可以互通的。在书名中，"阿爸"，是千千万万老人、父母的代名词。不管你在皑皑白雪的长白山，还是在碧波荡漾的海南岛，我都想提醒生活在这个"百善孝为先"的国度的每一个子女，趁我们的爸妈尚在人间，多深情地喊几声爸妈，给他们多做几顿饭，陪他们多聊聊天，带他们多出几趟门……远比围绕书名孰优孰劣的争执更有价值、更为动人。

本书的美，首先美在文学性，她挂着整个家族成员的欢笑和眼泪，充满故事的张力、岁月的厚度以及我们寻常血肉之躯所能感知的温度；但我更期望，她美在"社会性"，对更多的读者展开"生命教育"，启发大家思考"临终关怀""养老"等话题。在老龄化日趋严重的当下，只有我们充分热爱生命、敬畏生命、呵护生命，我们才有勇气和资本直面"变老"这个残酷现实。

第二，"为夜路的旅人照亮方向"。季先的三哥是本书的一大题眼。我敢说，我是如他一般的孝子，想起半年时间照料罹患癌症岳母的艰辛，便对三哥多年如一的孝顺特别感同身受。但我在本书腰封上向万千子女提出"哪怕父母沉疴缠身，你是否愿意，三十年如一日，环伺病榻、承欢膝下？"这一问题，恐怕我自己都没有勇气回答。所谓"久病床前无孝子"，对于我们诸多旁人来说，只知三哥伟大如山，并不知他亦渺小如尘；只知他照料老父时似乎威风八面，并不知他独处时其实也懦弱无助；只知他满脸笑意地哄爸妈开心，并不知他转过身时眼眶里常常噙满泪花；只知他身为孝子被四方歌颂，殊不知他个人为此付出惨重代价……季先的文字，表面柔弱，但内里残酷而惨烈，在我眼里，她的确有必要把三哥从"感动人物""道德标兵"等神坛一把拉下，还他一个和我们同样拥有七情六欲的血肉之躯。要知道，她之所记，仅为匆匆回家数月内肉眼亲见的三哥的付出，而文字之外，三哥所承受的生命不可承受之重，常年伺候双亲的艰辛，远超我等想象！

季先的阿爸阿妈是本书的另一大题眼。年轻时，阿爸意气风发、志存高远，像老虎一样威猛，有生气；阿妈，泼辣要强，为了一家生计，斗志昂扬，都有几分凌厉的少年气。可是，从书中所述今日之状况来看，

阿爸,咱们去看萤火虫

他们已颓然老去,英雄迟暮,牙秃爪钝,虎落平阳,多让人有几分伤感。但是,他们仍然活得极为顽强:某次过生日,八十多岁的阿爸遇险送医,连寿衣都已被备下,但强大的求生欲望仍然携领他从鬼门关绕了一个圈又回来了;阿妈尽管腿脚有恙,行动不便,她仍然奔驰在她习惯的"战场"——厨房,找寻当日当"将军"的那点骄傲和荣光,仍然笃定地把为人母的那份温暖和爱,融进明显加多了盐、质量已悄然下降的饭菜里。

不管是三哥,还是阿爸阿妈,他们都是凡夫俗子。他们都在生命最精彩时尽情地放出光亮,照亮自己,也温暖他人;他们为了理想、家庭以及孝道,所释放的人性之美,让人不禁为之惊叹和赞美!即便他们遭遇肉身病痛、人生变故,可生命之光,仍明明灭灭,让人好不喟叹。提及那次送医的惊险经历,季先对阿爸充满了敬意,感谢阿爸就像这个家庭里的一把火炬,照亮几个子女的人生前程;季先甚至感叹兄妹几个都不如老父那么才华横溢、成就非凡。时逢冬奥会举办,我不无敬意地笑言,你阿爸才是采自希腊的火种,是熠熠生辉的圣火之源!反面地说,我和季先也交流过,这份老去的悲壮,我们甚至可以从《乔家的儿女》中的"渣爹"乔祖望身上看到——尽管他不干人事、老来犯浑,但在生命的最后一刻,幡然醒悟,拼尽最后力气,为儿女保住了家产,亦多少挽住了自己的几分颜面。

本书开始编校时,湖南卫视小年夜晚会上"生命舞者"谢欣、刘迦《舞于天地之间》叫人印象深刻:在大美洞庭湖畔的芦苇丛中,他们身姿蹁跹,似大雁,似芦花,似白云,似世间一切有灵有神的万物;在特技的帮助下,他们彼此交错,上下翻飞,嬉戏追逐,缠颈交吻,仿佛为了延续生命的伴侣佳偶,浮荡于天地间。我想,最好的日子,最好的心情,最好的生命,都应该像他们的举手投足,轻盈,自在,散逸,却不失力量。我的心潮,随着八百里洞庭一起澎湃激荡,仿佛感触到了"鹰击长空，鱼翔浅底，万类霜天竞自由"般的新生。将绿之处，向春起舞，像四季轮回、日夜轮转，生生此间，气象万千！北京冬奥会开幕式上灵动的绿色荧光棒，亦有此意，其所营造的"万物生"气象，同样唤醒了疫情期间人们内心蛰伏的希望。

  我结束本书复审的那一天，适逢北京冬残奥会开幕，盲人田径选手李端置放火炬的那一刻所发生的停留，引发的那声巨大的"加油"和全场如雷的掌声，映射出特殊人群自强不息的精神，更增加了几分戏剧或者悲壮色彩——残疾同胞们，要在黑暗中摸索，要在残缺中冲刺，他们比常人更不易，他们是生命礼赞勇敢的号手。李端坚持"失去了光明，但灵魂不能坠入黑暗"的人生信条，那一晚，他把黑暗留给了自己，却在包括我在内的无数人的心中，点亮了另一盏明灯。难怪有人感叹，奥运会选出来的是人类最强健的体魄，而残奥会选出来的，是最不屈的灵魂。

  写就此文时，窗外本已开得充满蓬勃生意的桃花却被突如其来的春雪压得瑟瑟发抖，开出了腊梅才有的顽强；季先本人正在医院，精心照顾其患病爱子；一百多条鲜活生命消殒于蓝空，留给亲人无限的悲恸……我特别理解季先为什么要用四个篇章，以冬去秋来，串起三哥陪伴阿爸的悠悠时光。在我看来，季先上有老下有小，是一个地地道道的"生命接力者"，人生之路，如其所述，充满艰难和喜乐——为人子，为人母，既是荣光，更是道义！虽说时光易逝，三十年，寥寥仨字，读起来容易，但季先的三哥和他们的阿爸，过起来，却是可想而知的难——父子俩，小小心心地拢着一团"生"的火，一个努力地自我维系，另一个拼命地添炭加柴——怎么着，都是咬牙坚持"活着"，拼命抵抗"死去"。父子俩，用爱，用陪伴，共同谱写了一曲悲壮、感人、悠长的生命之歌；父子俩，均可堪称"生命壮士"！

第三,"生活总该迎着光亮"。初识季先,谈下本书出版计划时,经我推荐,她才补上了《乔家的儿女》,追剧时,想起自家情形常常掉泪,尤其是自家大哥伯先为全家担责抗苦,像极了剧中老大乔一成。我打趣道,她从小爱打扮、爱写小情小调文字、爱臭美、爱作,如剧中"乔四美",正好又是排行老四,常戏称她为"四美"。

无论是乔家,还是季先家,抑或张家、李家……都是寻常人家,家家有本难念的经。季先笔下的每篇文章,前面部分,平铺直叙,仿佛如镜面的茫茫黑夜,让人读后撼然并怅然,但在最后,季先再添点睛之笔,字字珠玑、句句含情,常对生命、亲情、世道、人伦等多有赞叹评述,发人警醒深思,如漆黑暗夜里的一星萤火,虽幽微,但明亮,有思想火炬、灯塔的力量,灵气十足,又意义非凡。从这个意义来说,萤火虫的英文FIREFLY多传神啊——有火,有光亮,还有传散。

通过暗中观察,我发现与季先正在同读的一本书中写道:"对创作者来说,反复污泥里打滚和控诉并无太大意义,用文字写出灵魂的明光才不容易。"所谓众生皆苦。如季先所说,我们的生活如此沉重,已经够苦了,我们需要找一个发泄、倾诉的口子,需要苦中作乐,需要一些美好的事物升华我们的胸臆。所以,我想对投票选择《陪伴爸妈的日子》等书名的其他读者说:请原谅,书名没有择您所爱;因本书而起的所有情绪的传递,如奥运火炬借力,我们有幸都是传递者,但很显然,季先才最有资格成为点燃火炬的最后一棒。既然"萤火虫"之意象引发过季先的触动和眼泪,那么,我恳请诸位放下笔墨之争、忍痛割爱,把那晚她包含岁月之殇、之痛、之美的眼泪视作珍珠,因为,她才是这本书之母,是我们诸位看客浓醇情绪的酒引子。包括本人在内,无论我们投注了多少感动、眼泪、叹息,但终究都是看客,我们理当把选择书名的最终权利交还季先。

聚萤映雪，集火成炬，让"萤火虫"飞逸于这深情的"人间世" /编辑手记/

纳博科夫说，任何生命的存在，不过是一条光缝，稍纵即逝，前后皆是永恒的黑暗。萤火虫最长活不过七天，在亘古绵长的历史长河里，我们何尝不是一只只从生涯跨到死境的弱小"萤火虫"呢？我们在所活的最长不过百年的岁月里，朝着希望、梦想……努力发光发热，试图在这世间留下些许痕迹。我不由得想起在中国乡间，告别亡者时，亲人们总会在其肉身旁点上一盏长明灯，以示对生命之火的绵延和挽留，抑或为亡灵转世的黄泉之路驱逐黑暗，照亮前程。我还想起盗仙草为救许仙之命的白素贞临走时，取来一盏油灯，点燃后放在床脚，告诉小青已经把本命系在这盏油灯上，如果油灯不熄，她就能活着回来。如果熄了，说明她已遇难……用灯火比喻生命，用光明照亮去程，其心惶惶，其境幽幽，其意亦切切，这是多么令人心酸又多么有人情味的举动啊！

总之，颇费笔墨和心血，作上述解释，是为了安抚众心，更是为了激奋群情——唯愿本书成为一盏"路灯"，鼓励千千万万个如季先三哥一样的孝子纷纷涌现，既照顾好垂老的父母，也照顾好将老的自己，把中国传统文化中的"孝"的美好和伟大，继续一代传接一代；唯愿我们每一个如萤火虫般微小的生命、每一份如萤火虫般温暖的亲情，汇聚成光，结集于万家灯火和人间烟火中，像雷佳在《人世间》片尾曲中所唱，"平凡的我们，撑起屋檐之下一方烟火，不管人世间多少沧桑变化"，最终成为人间大爱；也唯愿本书成为一本珍贵的"生命教材"，导引更多的人对于生命建立更深意义的解读和尊重，也像雷佳所唱，"祝你不忘少年样，也无惧那白发苍苍，若年华终将被遗忘，记得你我火一样爱着，人世间值得"，从此敬畏生命、礼赞生命，少时拼搏，老时坦然，活得精彩，死得无憾！

谢谢书中的阿爸阿妈，谢谢季先，谢谢三哥和其他兄长，谢谢引荐书稿的钟岚，谢谢我们团队参与策划、讨论、决策的尉敏、孙丛丛、李瑞荣，谢谢参与投票并向我传达不同意见、为我鼓劲的每一个人，谢谢给我无穷启发的张艺谋，谢谢封面设计师马书瑶，谢谢版式设计陈玲、魏大庆，谢谢校对胡永立，谢谢川西的平乐和夹关镇……谢谢你们让我看见了生命最绝美、最顽强的亮色！——"一切皆有光"，萤火虫的光，微弱，但希望《萤火虫》这本书所散发的光亮，微光不微，照亮我们爸妈晚年直至其生命终点的路，温暖千万个环伺病榻的孝子那颗疲惫、沧桑但坚韧的心，并播散人世间最美好的、最恒久的大爱至无疆。

　　从父亲到儿女，从生到死，从纸上到现实，从张家到李家……万物有灵且美，一切皆值得歌颂。谨以此文，致献凡间每一个如萤火虫般柔弱但强大、美好的生命！愿本书，扩展为一卷史诗，鼓励大家努力活成一道光，让靠近的人都温暖！

　　我无比欣慰，这本书，最终要让父子之爱、兄妹之爱、母子之爱等人间大爱，汇集于此，聚是一团火，散是满天星！

"大观"品牌主理人、本书策划编辑　潘飞
2022年3月21日